김우창 金禹昌

1936년 전라남도 함평 출생. 서울대학교 문리과대학 정치학과에 입학해 영문학과로 전과했다. 미국 오하이오 웨슬리언대학교를 거쳐 코넬대학교에서 영문학 석사 학위를, 하버드대학교에서 미국 문명사 박사 학위를 취득했다. 서울대학교 영문학과 전임강사, 고려대학교 영문학과 교수와 이화여자대학교 학술원 석좌교수를 지냈으며《세계의 문학》편집위원,《비평》편집인이었다. 현재 고려대학교 명예교수, 대한민국예술원 회원으로 있다.
저서로『궁핍한 시대의 시인』(1977),『지상의 척도』(1981),『심미적 이성의 탐구』(1992),『풍경과 마음』(2002),『자유와 인간적인 삶』(2007),『정의와 정의의 조건』(2008),『깊은 마음의 생태학』(2014) 등이 있으며, 역서『가을에 부쳐』(1976),『미메시스』(공역, 1987),『나, 후안 데 파레하』(2008) 등과 대담집『세 개의 동그라미』(2008) 등이 있다. 서울문화예술평론상, 팔봉비평문학상, 대산문학상, 금호학술상, 고려대학술상, 한국백상출판문화상 저작상, 인촌상, 경암학술상을 수상했고, 2003년 녹조근정훈장을 받았다.

풍경과 마음

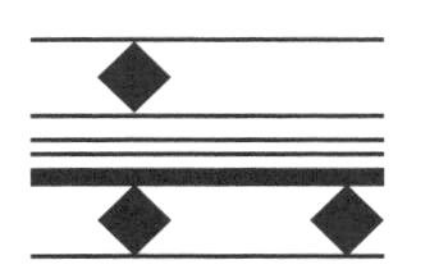

풍경과 마음

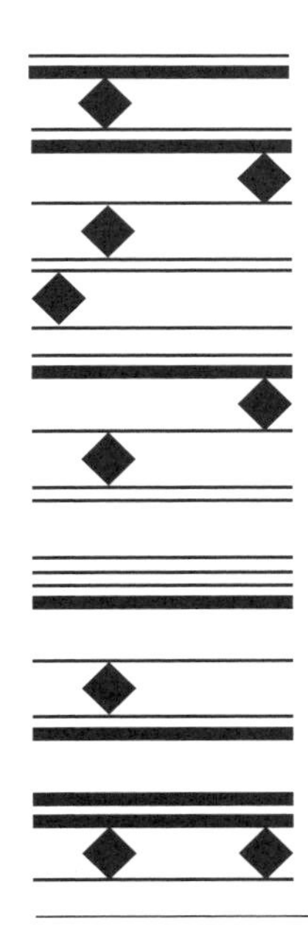

동양의 그림과
이상향에 대한
명상

김우창 전집

12

민음사

간행의 말

1960년대부터 글을 발표하기 시작한 김우창은 문학 평론가이자 영문학자로 글쓰기를 시작하여 2016년 현재까지 50년에 걸쳐 활동해 온 한국의 인문학자이다. 서양 문학과 서구 이론에 대한 광범위한 천착을 한국 문학에 대한 깊은 관심과 현실 진단으로 연결시킨 김우창의 평론은 한국 현대 문학사의 고전으로 읽히고 있다. 우리 사회의 대표적 지성으로서 세계의 석학들과 소통해 온 그의 이력은 개인의 실존적 체험을 사상하지 않은 채, 개인과 사회 정치적 현실을 매개할 지평을 찾아 나간 곤핍한 역정이었다. 전통의 원형은 역사의 파란 속에 흩어지고, 사회는 크고 작은 이념 논쟁으로 흔들리며, 개인은 정보 과잉 속에서 자신을 잃고 부유하는 오늘날, 전체적 비전을 잃지 않으면서 오늘의 구체로부터 삶의 더 넓고 깊은 가능성을 모색하는 김우창의 학문은 우리가 믿고 의지할 수 있는 소중한 자산의 하나가 아닌가 한다. 그리하여 간행 위원들은 그 모든 고민이 담긴 글을 잠정적이나마 하나의 완결된 형태로 묶어 선보여야 할 필요성을 절감했다. 이것이 바로 이번 김우창 전집이 기획된 이유이다.

김우창의 원고는 그 분량에 있어 실로 방대하고, 그 주제에 있어 가히 전면적(全面的)이다. 글의 전체 분량은 새로 선보이는 전집 19권을 기준으로 약 원고지 6만 5000매에 이른다. 새 전집의 각 권은 평균 700~800쪽 가량인데, 300쪽 내외로 책을 내는 요즘 기준으로 보면 실제로는 40권에 달한다고 봐야 할 것이다. 이 막대한 분량은 그 자체로 일제 시대와 해방 전후, 6·25 전쟁과 군부 독재기 그리고 세계화 시대에 이르기까지 한국 현대사를 따라온 흔적이다. 김우창의 저작은, 그의 책 제목을 빗대어 말하면, '정치와 삶의 세계'를 성찰하고 '정의와 정의의 조건'을 탐색하면서 '이성적 사회를 향하여' 나아가고자 애쓰는 가운데 '자유와 인간적인 삶'을 갈구해 온 어떤 정신의 행로를 보여 준다. 그것은 '궁핍한 시대'에 한 인간이 '기이한 생각의 바다'를 항해하면서 '보편 이념과 나날의 삶'이 조화되는 '지상의 척도'를 모색한 자취로 요약해도 좋을 것이다.

2014년 1월에 민음사와 전집을 내기로 결정한 후 5월부터 실무진이 구성되어 본격적인 활동을 시작했다. 방대한 원고에 대한 책임 있는 편집 작업은 일관된 원칙 아래 서너 분야, 곧 자료 조사와 기록 그리고 입력, 원문 대조와 교정 교열, 재검토와 확인 등으로 세분화되었고, 각 분야의 성과는 편집 회의에서 끊임없이 확인, 보충을 거쳐 재통합되었다.

편집 회의는 대개 2주마다 한 번씩 열렸고, 2016년 8월 현재까지 42차례 진행되었다. 이 회의에는 김우창 선생을 비롯하여 문광훈 간행 위원, 류한형 간사, 민음사 박향우 차장, 신새벽 대리가 거의 빠짐없이 참석했다. 이 회의에서는 그간의 작업에서 진척된 내용과 보충되어야 할 사항에 대해 서로 의견을 교환했고, 다음 회의까지 무엇을 해야 할지를 결정했다. 일관된 원칙과 유기적인 협업 아래 진행된 편집 회의는 매번 많은 물음과 제안을 낳았고, 이것들은 그때그때 상호 확인 속에서 계속 보완되었다. 그것은 개별 사안에 대한 고도의 집중과 전체 지형에 대한 포괄적 조감 그리고 짜임새 있는 편성력을 요구하는 일이었다. 이렇게 19권의 전체 목록은 점차 뚜렷한 윤곽을 잡아 갔다.

자료의 수집과 입력 그리고 원문 대조는 류한형 간사를 중심으로 서울대학교 국어국문학과 대학원의 천춘화 박사, 김경은, 허선애, 허윤, 노민혜, 김은하 선생이 해 주셨다. 최근 자료는 스캔했지만, 세로쓰기로 된 1970년대 이전 자료는 직접 타자해야 했다. 원문 대조가 끝난 원고의 1차 교정은 조판 후 민음사 편집부의 박향우 차장과 신새벽 대리가 맡았다. 문광훈 위원은 1차로 교정된 이 원고를 그동안 단행본으로 묶이지 않은 글과 함께 모두 검토했다. 단어나 문장의 뜻이 불분명한 경우에는 하나도 남김없이 김우창 선생의 확인을 받고 고쳤다. 이 원고는 다시 편집부로 전해져 박향우 차장의 책임 아래 신새벽 대리와 파주 편집팀의 남선영 차장, 김남희 과장, 박상미 대리, 김정미 대리, 김연정 사원이 교정 교열을 보았다.

최선을 다했으나 여러 미비가 있을 것이다. 독자 여러분들의 관심과 질정을 기대한다.

2016년 8월

김우창 전집 간행 위원회

일러두기

편집상의 큰 원칙은 아래와 같다.

1 민음사판 『김우창 전집』은 1964년부터 2014년까지 한국어로 발표된 김우창의 모든 글을 모은 것이다. 외국어 원고는 제외하되, 『풍경과 마음』의 영문판은 포함했다.(12권)

2 이미 출간된 단행본인 경우에는 원래의 형태를 존중하였다. 그에 따라 기존 『김우창 전집』(전 5권, 민음사)이 이번 전집의 1~5권을 이룬다. 그 외의 단행본은 분량과 주제를 고려하여 서로 관련되는 것끼리 묶었다.(12~16권) 이 책은 『풍경과 마음』(생각의나무, 2003)과 그 영문판 *Landscape and Mind*(생각의나무, 2006)를 묶은 것이다.

3 단행본으로 나온 적이 없는 새로운 원고는 6~11권, 17~19권으로 묶었다.

4 각 권은 모두 발표 연도를 기준으로 배열하였고, 이렇게 배열한 한 권의 분량 안에서 다시 주제별로 묶었다. 훗날 수정, 보충한 글은 마지막 고친 연도에 작성된 것으로 간주하여 실었다. 예외로 자전적 글과 수필을 묶은 10권 5부와 17권 4부가 있다.

5 각 권은 대부분 시, 소설에 대한 비평 등 문학에 대한 논의 이외에 사회, 정치 분석과 철학, 인문 과학론 그리고 문화론을 포함한다.(6~7권, 10~11권) 주제적으로 아주 다른 글들, 예를 들어 도시론과 건축론 그리고 미학은 『도시, 주거, 예술』(8권)에 따로 모았고, 미술론은 『사물의 상상력과 미술』(9권)으로 묶었다. 여기에는 대담/인터뷰(18~19권)도 포함된다.

6 기존의 원고는 발표된 상태 그대로 싣는 것을 원칙으로 삼아 탈오자나 인명, 지명이 오래된 표기일 때만 고쳤다. 단어나 문장의 의미가 불분명한 경우에는 저자의 확인을 받은 후 수정하였다. 단락 구분이 잘못되어 있거나 문장이 너무 긴 경우에는 가독성을 위해 행 조절을 했다.

7 각주는 원문의 저자 주이다. 출전에 관해 설명을 덧붙인 경우에는 '편집자 주'로 표시하였다.

8 맞춤법과 외래어 표기는 국립국어원 규정에 따르되, 띄어쓰기는 민음사 자체 규정을 따랐다. 한자어는 처음 1회 병기하는 것을 원칙으로 하고, 문맥상 필요하다고 판단되는 경우 여러 번 병기하였다.

본문에서 쓰인 기호는 다음과 같다.

책명, 전집, 단행본, 총서(문고) 이름: 『 』

개별 작품, 논문, 기사: 「 」

신문, 잡지: 《 》

차례

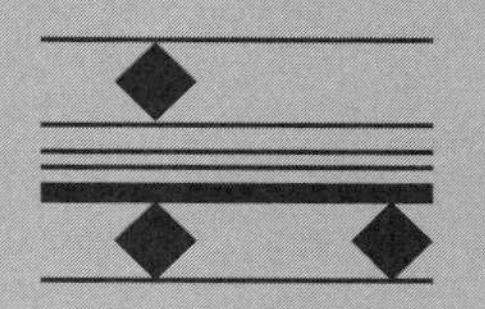

1부

풍경과 마음

감각과 세계

서문을 대신하여

그림은 그 자체로 독립된 대상물이고 세계이지만, 그것이 그림 밖의 것들을 가리키는 바가 없다면, 그 매력은 상당히 줄어들 것임에 틀림없다. 또 어쩌면 우리의 흥미는 완전히 사라져 버릴는지 모른다. 그러나 그림이 어떻게 하여 외부 세계를 가리킬 수 있는지는 분명치 않다.

그림은 색채와 일정한 윤곽을 그리는 선들의 집합체에 불과하다. 사람은 이러한 것들에서 실제적인 사물을 읽어 내려는 강박적 성향을 가진 것이라고 할 수 있다. 그림을 볼 때에 2차원의 화면에 나열된 것들을 3차원으로 읽어 내는 것은 그러한 성향 중에도 두드러진 것이다. 어떤 경우에나 사람의 시각 체험은 일정하게 조직화되려는 경향을 가지고 있다. 이것은 단순히 질서를 향하는 것이라고 할 수 있지만, 이 질서는 다시 사물의 세계를 향한다. 시각 체험은 감각적 인상의 중성적인 배분으로 이루어지지 아니한다. 시각의 장에서 폐쇄된 형체는 바탕과 대조를 이루면서 물체처럼 떠올라 온다. 또는 사람은 많은 곳에서 예상치 않은 곳에서 사람의 얼굴을 발견하는 심리적 경향을 가지고 있다. 비슷한 특징의 확대라고 할 수 있는 것으로 대칭적 형태—얼굴도 그에 속한다고 할 수 있는데, 대칭적 형태에 대한 심리적 민감성 같은 것도 지적할 수 있다. 이 마지막 특징은 많은 생명체가 대칭적 형태를 가졌다는 사실에 관계되고 그것에 특별한 주의를 기울이는 것은 그것이 생존의 전략에 중요하기 때문이라는 설명이 가능하다. 그러나 아마 다른 시각 체험의 조직 원리나 특징도 결국은 삶의 원리에서 연역되는 것일 것이다. 여러 가지 감각적 증표들의 단편으로부터 현실 세계를 구축하려는 것은 매우 자연스러운 시각 체험의 경향인 것이다. 이것이 그림의 체험을 의미 있는 것이 되게 하는 바탕이다.

그림의 현실 관련은 사실적인 그림에만 해당되는 것은 아니다. 그림의 색채와 선들이 현실의 사물들을 전혀 환기하지 않는 경우에도 그 의미는 그 현실 세계와의 연속성에서 도출된다고 할 것이다. 그림은 어떠한 것이든지 간에 감각적인 경험으로 존재하고 이 경험은 현실 세계에 대한 우리의 감각적인 경험의 연장선상에 있다. 그러니만큼 그것은 감각의 세계 내적인 의미를 벗어날 수 없다. 물론 그것은 분명하게 사실이나 행동으로 결과되는 것이라기보다는 어떤 감정적 환기—분위기나 기분의 환기에 관계될 수 있다. 그러나 그것도 사실 세계에 대한 어떤 공명(共鳴)을 나타낸다고 하여야 한다. 그리하여 그림은 비사실적인 의도의 경우에도 세계에 지향성을 갖는다. 그리고 이 지향의 핵심은 궁극적으로는 단순히 색채와 형체의 범벅으로 이루어진 세계가 아니라 그것들이 분명한 사물로 확정되는 사물들의 세계이다. 이러한 의미에서 사실주의는 그림의 근본 바탕이라고 할 만하다.

그러나 그림의 사실성은 적어도 전통적인 그림의 역사에서 볼 때 사실성 자체에 그치지는 아니한다. 이미 우리는 위에서 그림의 색채나 형체 그리고 그것들이 지시하는 사물의 의미를 언급하였다. 위에서 시사한 것은 그것들이 생물체의 생존 전략에서 갖는 의미였다. 그러나 이것은 말하자면 감각의 의미의 기층을 말한 것이고 많은 경우 그림은 그것보다는 더 쉬운 인간적인 의미를 가지고 있다. 많은 그림은 종교적인, 역사적인, 또는 도덕적인 이야기를 전하고자 한다. 단순한 묘사처럼 보이는 경우에도 그것은 한 사회가 가지고 있는 인간의 우주론적 위치나 인간의 도덕적·사회적 위치에 대한 서사를 포함한다. 가령 난초나 대나무와 같은 것이 선비의 정신 자세에 대하여 친화적 관계를 가지고 있다는 것은 상투 개념의 하나이다.

그렇긴 하나 이러한 서사는 모두 알아볼 만한 감각적 사실성에 기초하여 이루어진다. 그렇다면, 여기에 추가하여 그림에는 또 하나의 서사의 차원이 있음을 생각하지 않을 수 없다. 색채와 형체가 사람에게 의미 있는 서사의 매체가 될 수 있다면, 사실과 의미의 연결은 사람에 의한 또는 예술가에 의한 조작의 결과일 수만은 없다. 보다 심각하게, 그것은 그러한 연결을 허용하는 세계 자체에 대한 형이상학적 가정을 전제한다. 분명하게 추출할 수 있는 의미나 서사를 가지고 있는 것이 아닌, 그림 그 자체로서 우리에게 세계 자체의 의미의 신비를 생각하게 하는 그림들도 있다. 그리고 한 발 더 나아가 모든 그림의 뒤에는 이 신비에 대한 전제가 있다고 할 수도 있다. 그러면서도 이 형이상학적 서사는 어떤 전통에서 특히 두드러지는 것으로 보인다. 동양화는 그러한 전통에 깊이 함입되어 있다. 여기에 대하여 르네상스 이후의 서양화에서 중요했던 것은 종교적·영웅적 서사이고 17세기의 네덜란드의 그림에서 중요한 것은 스베틀라나 알퍼스(Svetlana Alpers)가 그의 탁월한 저서 『사실 기술의 예술(*The Art of Describing*)』에서 밝히고 있듯이 단순한 사실의 모사이다. 물론 이것은 다시 일상적인 삶의 서사라는 말로 바꿀 수도 있다.

어떤 경우에나 그림이 우리의 감각이 느낄 수 있는 세계에 확실하게 뿌리를 내리고 있는 것은 틀림이 없다. 그러한 의미에서 다시 한 번 사실 세계를 재현하는 것은 그림에 있어서 기본적인 문제로 남는다.

그러나 사실의 재현 또는 리얼리즘이 모든 것의 기초라고 하더라도 그림은 사람이 지각하는 외부 세계의 특징을 간단히 베껴 내는 것은 아니다. 어떤 감각적 특정 그리고 그 결합이 사물 세계를 구성하는 기본 조건이 되게 하는지는 분명치 않다. 사물 세계의 출현에는 일정한 한계적 조건이 있는 것 같다. 그러나 그 조건은 너무나 많은 요인들의 동적인 연결 속에 형성되는 까닭에 일정한 공식으로 추출하기 어렵다. 그림은 끊임없이 발견되어야 하는 새로운 사건이라는 면을 가지고 있다. 이것은 단지 모든 사람은 새로운 시작이며 모든 체험은 유니크하다는 뜻에서만은 아니다. 이러한 새로운 시작은 옛 공식에 새로운 변수를 대입하는 이상으로 공식 자체의 확장 내지 갱신을 뜻한다. 그러나 그림이 일정한 전통 속에 존재하고 전통을 이룬다는 사실은 그러한 공식화가 전혀 불가능한 것은 아니라는 것을 시사한다. 다만 그러한 공식이 있다고 하더라도, 그것은 정태적인 공식이라기보다는 일정한 제한을 가지고 있으면서도 수없는 변용을 허용하는 하나의 창조적 매트릭스로서의 성격을 갖는다.

20세기 미술 이론의 획기적 저서의 하나인 곰브리치(Ernst Gombrich)의 『예술과 환영(*Art and Illusion*)』의 공헌은 미술이 얼마나 특정한 전통에서 개발되는 관습에 의존하는 것인가를 분석적으로 또 역사적으로 보여 준 데에 있다. 그러나 곰브리치의 관습주의가 그림의 사실적 근거를 부정하는 데에서 나오는 것은 아니다. 조금 전에 말한 바와 같이 사람은 주어진 감각적 자료가 어떠한 것이든지 간에 그것이 적절한 증표만 가지고 있으면 그것들을 실재 세계의 일부로서 보려는 본능을 가지고 있다. 그림이 그러한 증표를 드러내면, 당연히 그것은 실재 세계를 표상하는 것으로 판독된다. 다만 거기에는 기술적 번역의 문제가 개재되어 있다. 무엇이 참으로 실재의 증표를 구성하고 있는지를 알아내어 그것을 화면에 재현하는 것은 쉽지 않은 일이다. 그것은 시행착오로만 찾아낼 수 있다. 그림이 전통적 관습에 의하여 제작되는 것이라고 하더라도, 사실의 재현에 대한 간단한 방법론은 존재하지 않는다. 그것은 무수한 시행착오로서 또 그것의 집적으로 접근될 뿐이다. 이것이 회화의 전통을 이룬다. 그림에 방법론이 있다고 한다면, 그것은 대부분 실제 기술의 집적이 만들어 놓은 전통을 습득하는 일이 된다.

그러니까 이 전통은 과학 지식의 경우처럼 달리 대체할 수 없는, 또는 반박할 수 없는 지적 체계나 수법의 체계를 이루지는 아니한다. 이것은 회화의 역사가 하나의 연속적인 발전을 나타내는 것이 아니라 전통의 답습과 파괴, 연속과 단절, 그리고 새로운 시작으로 이루어진다는 사실에서도 드러나고, 무엇보다도 세계에 여러 다른 회화의 전통이 공존한다는 데에서도 알 수 있는 일이다. 외부 세계의 표상을 가능하게 하는 특징이나 그것의 집적의 체계는 여러 가지라고 할 수밖에 없다. 그러나 이러한 체계들이 자의적인 것은 아니다. 그 이유의 하나는, 되풀이하여 말하건대, 그림의 사실성의 기준이 사실 세계라는 점에 있다. 사실 세계 자체가 문화 전통에 따라서 달리 지각되고 표상된다고 말할 수는 있지만, 그러한 차이가 지나치게 큰 것일 수는 없다. 사실성의 기준이 사람의 생물학적 기원에 있다고 한다면 그렇다.

지각의 확실성에 대한 믿음은 시각 심리학의 한 근원이 되는 제임스 깁슨(James Gibson)의 생각인데, 곰브리치의 사실주의적 확신은 그로부터 빌려 온 것이다. 그러면서 두 사람 사이에는 미묘한 차이가 있다. 이 차이는 그림과 사실의 세계와의 관계를 생각하는 데에서 재미있는 차이를 드러낸다. 그리고 이 차이는, 아래에서 말하려는 것이지만, 동양 회화의 전통을 이해하는 데에 의도되지 아니한 시각을 제공하는 것으로 생각된다. 깁슨의 생각으로는 그림의 관점이란 도대체가 인위적인 것이다. 즉 실재의 세계를 색채와 형체의 2차원의 세계—"시각의 장(visual field)"으로 환원하여 본다는 것 자체가 인위적인 것이다. 현실의 "시각의 세계(visual world)"는 언제나 3차원으로 보인다. 사람의 생물학적 이해관계가 이 이외의 시각적인 조작을 허용하지 않는 것이다. 그러니까 사람이 자기 몸의 눈으로 2차원적인 색채의 세계를 보는 일이 있다면, 그것은 인위적인 회화의 전통에서 단련된 결과이다. 이에 대하여 곰브리치의 생각은 세계의 2차원적인 체험 자체가 사람의 현실 지각의 일부를 이룬다는 것이다. 그것이 정상적인 현실 체험의 일부를 이룬다고 말하는 것이다. 곰브리치 저작의 전체를 볼 때, 그리 중요한 문제로 지적한 것이라고 할 수는 없지만, 그의 논문 「하늘이 한계다: 하늘의 궁륭(穹窿)과 회화적 시각」에서 말하고 있는 것은 이 점이다.[1] 사람의 눈이 가까이 있는 것을 3차원의 공간 속에 보는 것은 자연스러운 일이다. 그러나 그의 생각으로는 멀리 있는 풍경은 2차원으로 보인다. 가령 둥그런 돔으로 보이는 하늘과 같은 것이 그러하다. 그리고 플라네타륨(planetarium)의 경우에서 알 수 있듯이 별들은 비교적 납작한 평면에 배열된다.(평면이 아니라 볼록면의 렌즈처럼 보이는 것은 대상물이 사람의 시각의 방향에 대하여 옆으로 펼쳐져 보이는 현상에 관계된다.) 사실 무한한 깊이여야 할 공간이 하늘이라는 평면으로 보이는 것은 환각에 불과하다. 그러니까 사람의 시각은 먼 곳을 향한 시각과 가까운 곳을 향한 시각의 두 가지 다른 양식을 왕래한다. 하나는 시계를 "에워싸는 한계"의 지각으로서 그 나름의 시각 법칙을 가지고 있다. 다른 하나는 가까운 사물들을 보는 일에 관계되는 것으로서 여기에서는 입체적 대상들의 식별이 두드러진다. 두 양식은 그 나름의 생물학적 목적을 가지고 있다. 먼 것은 주로 보는 자의 공간

1 E. H. Gombrich, "The Sky is the Limit: The Vault of Heaven and Pictorial Vision", *The Image and the Eye: Further Studies in the Psychology of Pictorial Representation*(London: Phaidon, 1982) 참고.

내의 정위(orientation)를 위해서 필요하다. 가까운 것들을 개별적 사물로 인지하는 것은 물론 삶의 기본적인 필요이다. 이 시각의 두 양식이 분명하게 경계를 이루는 것은 아니다. 먼 곳도 외적인 조건과 내적인 주의에 따라서 입체적인 사물들이 있는 공간으로 사물의 자세한 검증을 위한 대상의 장소가 될 수 있다. 그림은 이러한 사정들을 그대로 반영한다. 깁슨의 생각에 대한 곰브리치의 수정은 그림의 사실성을 보강해 준다. 그리고 이것은 우리가 동양화의 사실성을 다시 평가하게 한다.

고대 희랍과 로마 그리고 중국의 그림에서 전경의 집이나 바위는 입체적으로 그려지고 원경의 나무나 산은 하늘을 배경으로 평평하게 투사된다. 그리고 이 두 다른 시각의 양식과 그에 따른 다른 수법의 갈등을 완화하는 방법으로 전후경의 가운데, 중간 지대는 애매하게 처리된다. 안개와 같은 것이 중간 지대를 덮는 것이다. 그런데 곰브리치가 지적하는 대로 시각과 회화적 재현의 수법에서 두 가지 양식은 동양화나 서양화에 다 존재하는 것이지만, 그 하나가 지배적이 되는 것은 있을 수 있는 일이다. 특히 동양화에서 우세한 것은 먼 것을 보는 시각 양식이다. 큰 스케일의 산수를 그리는 것이 중요한 동양화에서 원경의 시각 양식이 중요한 것은 당연하다.

물론 전경의 소나무나 바위 등이 없는 것은 아니고 또 그에 비슷하게 화조(花鳥) 등에 근경의 수법이 요구되는 것들이 없는 것은 아니다. 그러나 사실 이 근경과 사물의 묘사에서 중요한 것이 반드시 사물들의 입체적 성격이라고 하기는 어려울는지 모른다. 입체성을 부여하기 위한 음영이라든가 원근법보다는 원경에 비하여 뚜렷한 색채, 크기, 세부에 대한 주의가 가까운 물체의 실감을 두드러지게 하는 데에 크게 작용하는 것으로 생각되기 때문이다. 세밀한 필치가 구체성을 만들어 내는 주된 수단인 것이다. 이와 관련하여, 중국화에 상자처럼 폐쇄되어 있는 실내를 그린 것이 적다는 존 화이트의 지적은 자명한 것인 듯하면서도 흥미로운 지적이다. 실내를 그리는 데에는 마루와 천장 그리고 측면의 벽이 점차적으로 뒤로 줄어져 가는 것을 그려야 한다. 이것은 원근법적인 공간의 창조를 요구하는 일이다. 중국화에서 이것은 적극적으로 기피되는 일이었다.[2] 산수의 큰 조감을 목표로 하는 그림에서 그것은 수법상 필요 없는 것이기도 하고, 그 의도에 충실하려고 하는 경우 전경의 지나친 입체화는 그림의 조화를 깨트리게 될 가능성이 있다. 어쨌든 그것은 그림의 문화적인 의도에 배치되는 일이었을 것이다.

존 화이트는 대체적으로 중국의 전통에서 건축물에 대한 면밀한 묘사가 적은 것도 지적하고 있지만 건축물의 성공적인 재현은 원근법의 도입을 요구한다. 그런데 이러한 것들을 종합해 볼 때 중국화 또는 한국화를 포함한 동양화에서 일반적으로 관심의 대상이 되지 않았던 것은 전경과 원경이라기보다 그 중간의 풍경이라고 하여야 할는지 모른다. 사람의 현실 체험에서 참으로 시각적 주의가 요구되는 것은 중경이라고 하여야 할 것이기 때문이다. 그것은 시각의 일정한 오리엔테이션이 가능한, 공간적으로 이해하여야 할 삶의 환경이다. 중경을 차지할 건물이라든가 길 그리고, 실내의 경우 그것이 상당한 크기의 실내일 때, 실재는 일정한 방향 속에서 파악되어야 한다. 여기에서야말로 오리엔테이션이 필요하다. 사물의 실감과 오리엔테이션의 문제를 한번에 해결해 줄 수 있는 것이 3차원의 느낌을 불러일으키면서 정확한 수학적 인식을 주는 원근법이다. 이 원근법은 르네상스 이후의 서양화에서, 원경과 근경에 확대된다. 그리고 그것은 원경을 참으로 무한에 이르기까지 확대시킬 수 있다. 서양화에서의 공간은 이러한 중경에 대한 관심에서 나왔다고 할 수 있을는지 모른다. 어쩌면 원근

---

2 John White, *The Birth and Rebirth of Pictorial Space*(London: Faber & Faber, 1987), pp. 67~69.

법을 통하여 모든 것이 중경에 통합된다고 할 수 있기 때문이다. 그로 인하여 가까운 것의 실체가 부각되고 먼 것의 — 거의 무한에 이르는 먼 것까지도, 통제 가능한 것 — 합리적 도해가 가능한 것이 되는 것이다.

그의 관찰이 본격적으로 동양화를 겨냥하는 것은 아니지만, 동양화의 많은 특징에 대한 화이트의 관찰 — 원근법의 부재, 실내나 건축물에 대한 무관심 또는 사면각(斜面角)으로부터의 묘사의 희귀성, 섬세하면서도 지나치게 강조되지 않은 표면에 대한 관심은 정확하다. 그리하여 그는 중국의 그림에서, "예술은 평면이 기하학적 공간이나 입체적 장애물에 의하여 교란되기 직전에 멈추어 선다."[3]라고 말한다. 이러한 특징들은 모두 중국화의 정신적인 추구로 인하여 불가피한 것이다. 조용한 자연의 느낌을 불러일으키는 것이 그림의 목표인 까닭에 그 회화적 수법이 사물의 사물성을 지나치게 강조하지 않는 것이다. 이러한 것이 화이트로 하여금 동양화를 정신적, 신비적 동기를 가진 것으로 보게 한다.

그러나 동양화의 특징들을 지나치게 신비적·종교적 태도로 귀착시킬 것은 아니다. 곰브리치가 지적한 하늘의 궁륭은 종교적 암시를 위한 장치가 아니라 현실 안에서의 체험의 모습이다. 그것은 우리에게 오리엔테이션을 준다. 그러나 그것이 간단한 의미에서의 현실적 지표가 되는 것은 아니다. 높은 산이 우리의 공간 감각에서 하나의 지표가 되는 것은 분명하다. 벌판은, 벌판 그대로든지 인공적 건축물로 덮인 도시화된 벌판이든지, 우리에게 길 잃은 느낌을 준다.(이것은 보편적인 것이라기보다는 산이 많은 나라의 한국인에게 고유한 느낌인지 모른다. 그러나 산수화의 존재는 이것이 상당한 정도 인간 공유의 느낌이라는 증거라고 할 수 있다.) 하늘은 실제로 우리가 길을 가는 데에 길잡이가 될 수 있다. 바다를 항해하는 데에 하늘 — 물론 뜨고 지는 해

---

3 Ibid., p. 68.

나 별들을 포함한 하늘은 가장 큰 의미에서 방향을 잡아 주는 역할을 한다.

그러나 일상적 차원에서 산이나 하늘이나 기타 원경의 표적들이 직접적으로 실용적인 의미를 갖는 경우가 그렇게 많다고 할 수는 없다. 그럼에도 그것에 대한 욕구가 강한 것은 부정할 수 없다. 탁 트인 공간에 대한 사람의 욕구도 가히 억제할 수 없는 어떤 원초성을 가진 것으로 보인다. 그리고 생물로서의 인간의 삶의 관점에서 볼 때 그것은, 곰브리치의 생각대로, 오리엔테이션과 관계된다고 할 수 있다. 그러나 그 오리엔테이션은 직접적으로 실용적인 것이라기보다는 실존적인 의미를 갖는다고 보는 것이 옳을 것이다. 그것은 한편으로 동물 생태학자들이 말하는 "영토적 본능(territorial imperative)"에 관계되는 것일 수도 있고, 또 다른 한편으로는 바로 이 현세 안에 형이상학적 토대를 원하는 인간의 형이상학적 본능에 관계된다고 할 수도 있다. 그러나 이러한 것들이 쉽게 철학적, 형이상학적, 신비적, 종교적 또는 정신주의적인 관점으로 변화되는 것도 자연스러운 일이다. 다만 여기에서 상기하고자 하는 것은 우리가 동양화의 정신적 의미를 강조하고자 할 때, 그것이 반드시 경험 외적인 근거에서 나온 것이라기보다 현실의 지각 체험의 어떤 부분에 이어져 있다는 점이다. 그러니까 동양화는 정신을 나타내면서 동시에 사람의 지각 체험의 현실을 표현한다고 할 수 있다.

정신과 물질의 일치가 동아시아의 문화에서 회화에 규범적인 성격을 부여한다. 그림이 사대부의 정신생활에서 중요한 한 부분을 차지했던 것은 우리가 잘 아는 사실이다. 그림을 그린다는 일상적 실천에서는 화조를 무시할 수 없지만, 장르의 서열에서 가장 중요한 것은 산수화이다. 산수화는 위에서 시사한 바와 같이 인간 삶의 전체적인 환경을 예시한다. 그리고 그것은 쉽게 규범적 성격을 갖는다. 그것이 구현하는 것이 삶의 원형적 이념으로 생각되기 때문이다. 분명 그것은 많은 경우 사람이 어떻게 사는 것이 마땅한가에 대한 우화를 담고 있다. 산림에 숨어 지내는 고사(高士)나 초동어부(樵童漁夫)의 모범만이 아니라 산수 그 자체가 교훈을 전한다. 그리고 이것은 자연환경이 문제가 되는 오늘날에 있어서 위안과 영감을 주는 역할을 할 수도 있다. 그러나 다른 한편으로 우리는 동양화의 한계에 주의하지 않을 수 없다. 동양화는 주제나 수법에 있어서 매우 단조한 역사만을 보여 주는 것 같다. 이 단조성은 산수화 그리고 산수의 체험이 세계에 대한 인간의 감각적인 체험의 다른 부분을 — 위에 말한 바와 같이, 전경 또는 근경, 그리고 중경 그리고 거기에서 두드러지게 되는 사물들과 함께 인간 행동의 현실 공간을 등한시한 결과이다. 그러나 그것은 그림의 화법의 의도적 자기 제한으로 인한 것이라고 말할 수도 있다.

화법은 저절로 풍경의 전체 — 감각적으로 직관으로, 분위기로 또 기운으로 느껴지는 전체를 전달하는 데에 집중된다. 그리하여 그 영역의 밖에서는 그림의 현실 재현은 부적절한 것이 된다. 화법의 특수성은 사실 기법의 문제가 아니라 문화사적인 맥락에서 이해하여야 마땅하다. 그 맥락의 전부는 아니더라도 그 내적 논리를 언급하는 것은 그림을 산출한 정신을 이해하는 데 도움을 줄 수 있다. 되풀이하건대, 동양화 전통의 단조로움은 산수화의 규범적 성격으로 인한 것이다. 규범적 책임을 떠맡는다는 것은 단조롭고 반복적인 임무를 떠맡는다는 것을 말한다. 또 체계적인 것은 자유로운 변주를 크게 제한한다. 특히 이 체계가 추상화된 생성 원리가 아니라 일정하게 배열되는 구체적인 것의 질서를 의미할 때 더욱 그렇다. 산수는 지형의 경험을 토대로 한다. 그것은 전체로서의 지형이다. 전체화된다는 점에서 지형은 일반화되고 추상화된다. 그러면서도 그것은 구체적인 풍경의 자국을 그대로 지니고 있다. 형상은 일반화되고 구성 분자들로 분해될 수 있다고 하더라도 원형적인 상호 연관성은 그대로 유지된다. 그 구체의 구속하에서 원형은 자유로운 변주를 제한한다.(여기에서 자유란 상하좌

우가 없는 공간에서의 기하학 도형의 회전·변형과 같은 것에 성립하는 추상적이고 수학적 관계의 자유를 연상할 수 있다.) 수법도 이러한 특징들에 종속된다. 물론 이러한 특징들은 전체를 전달하려는 그림의 의도에 의하여 규정된 것이다. 그러니까 다시 말하여 원형의 구속력과 구체성과의 긴밀한 관계가 회화의 주제와 기법의 유연성에 한계를 부여하는 것이다.

산수화의 이러한 특징은 풍수 사상과 비슷한 것으로서 그에 옮겨서 생각해 볼 수 있다. 풍수지리는 지형의 구체적 특징을 일반화하고 그 구성 요소들을 세밀화하고 체계화한 결과로 생겨나는 지형 이해이다. 그러면서도 그것은 지형의 일반 이론은 아니다. 산수화도 이러한 면을 가지고 있다. 역사적 증거가 없는 한 산수화나 풍수 사상은 어느 한쪽이 다른 한쪽에 영향을 주었다고 말할 수는 없지만, 적어도 두 동양의 예술과 지혜는 같은 경험적 근거에서 나온 것이 아닌가 한다. 여기에서 중요한 것은 이 둘의 상동관계보다도 그것이 전근대 동양의 어떤 사고 유형의 표현이라는 사실이다. 산수화나 풍수 사상에 세계에 대한 인식으로서의 타당성을 말한다면, 그것은 레비스트로스가 말하는 "구체의 과학"에 속할 수 있다. 구체의 과학은 인간의 세계 내적 거주에 대한 매우 중요한 통찰을 가지고 있다. 삶의 지혜라는 것은 추상적 이론에서 오는 것이 아니라 구체적인 체험의 전형화 형태를 취한다고 말할 수 있다. 그러니만큼 풍수의 지혜와 같은 구체의 지식이 과학에 의하여 대체될 수 있는 것은 아니다. 그것은 그것대로의 지혜를 내포하고 있고 사람의 삶과 생각에 대하여 그 나름의 구속성을 가지고 있다. 그러면서 그것은 세계를 향한 다른 열림을 제한한다. 이러한 특징은 일반적으로 전근대의 우주론이나 윤리학에서 발견되는 것이다. 그 지식은 구체적인 삶의 유형화에 관계되어 경계에 둘러싸인 삶—환경적 삶의 바탕을 떠나지 않는 한 유효하다. 그러나 이 바탕을 벗어난 순간 그것은 극히 제한된 적응성밖에 갖지 못한다.

방법적 자유는 사물과 사물에 대한 사유의 과정에서 추출되는 추상적 원리를 통하여 얻어진다. 그림의 경우에 단순한 사실주의의 수법은 어떤 커다란 서사나 의미보다도 사실 기술(description)에 집중된다. 17세기 네덜란드의 회화는 사물들을 될 수 있는 대로 재현하려고 한다. 재현의 대상이 무엇이 되느냐는 중요하지 않다. 그리하여 사람, 옷, 칼, 정물, 고깃간, 인간 사회의 여러 신분의 사람들, 실내, 풍경, 이 모든 것이 사실적 묘사의 대상이 되었다. 그렇다고 하더라도 물론 있는 대로의 사실이란 무엇을 말하는 것인가를 물을 수는 있다. 사실은 사실이지 다른 무엇이겠는가 하고 반문할 수도 있고, 있는 대로의 사실이란 눈에 보이는 대로의 사실이라고 할 수도 있다. 17세기 네덜란드의 사실주의를 설명하는 데에 화가들은, 그것이 실제로 사용되었든지 아니든지 간에, 카메라옵스큐라(암실) 장치를 사용하여 그것에 보이는 대로 사물과 세계를 그리는 것처럼 그렸다고 말하여진다. 아마 적어도 이러한 그림에서 사물이란 카메라옵스큐라에 비친 바대로, 또는 당시에 흔히 사용되는 비유로서 거울에 비치는 바대로, 또는 사람의 안구에 비친다고 생각되는 바와 같이 재현된 것을 말한다. 위에서 언급한 알퍼스는 사람의 눈과 시각 현상을 광학의 관점에서 파악한 케플러의 시각 이론에서 네덜란드 사실주의를 낳은 시대 분위기의 과학적 표현을 본다.[4] 여기에서 기계적 장치의 사용 또는 그것에 대한 비유 그리고 과학 이론과의 평행 관계는 중요하다. 그러니까 이러한 사실주의에서의 사실은 기계적으로 또는 과학적 환원 작용으로 나타나게 되는 사물을 말한다. 알퍼스에 의하면, 네덜란드의 수동적 사실주의는 보다 적극적으로 보는 자의 관점을 중시한 르네상스 이탈리아의 재현 기법과는 차이가 있

---

4 Svetlana Alpers, "'Ut Pictura, ita visio': Kepler's Model of the Eye and the Nature of Picturing in the North" Chapter 2, *The Art of Describing*(University of Chicago Press, 1984) 참조.

는 것이다.

이 적극성이란 여러 수법의 작은 특징에 나타나는 것이지만, 공간 속에서의 의미 있는 사물의 배치에 가장 두드러지게 나타난다. 이것은 사실에 의미를 부여하는 시각의 개입 — 결국은 의미 있는 인간 행동에 대하여 예비적인 관계에 있는 시각의 개입을 드러낸다. 이탈리아의 회화에서 이러한 사실적 세계를 통합하는 일을 하는 것은 원근법의 적극적인 공간 구성이다. 이에 대하여 네덜란드 회화는 더 수동적으로 보이는 세계를 그린다. 원근법이 사용되는 것은 사실이나 공간적 틀이 그림의 화제를 일정한 의미의 질서 속으로 통합하는 역할을 하지는 않는다. 이러한 차이에도 불구하고, 사실적 재현의 중요성이란 관점에서 말하면, 남과 북의 회화가 크게 다른 것은 아니다. 우리는 르네상스 회화의 큰 발견인 원근법이 기하학적인 것이면서, 당대의 많은 예시에서 볼 수 있듯이, 사각 격자의 창과 같은 기계적 장치를 사용하여 획득될 수 있는 것이기도 했다는 사실에 주목할 수 있다. 모두가 기계와 과학에 어떤 관계를 가지고 있는 것으로 생각되는 것이다. 다시 말하여, 사실 묘사나, 원근법이나 또는 입체적 음영 사용이나, 다 같이 과학적 원리로 움직이는 주관의 추상 작용에 어떤 관계를 가지고 있는 것이 분명한 것이다. 기계는 이러한 추상화의 보조 수단이다.

객관적 사물이란 특정한 주관에 대응하여 나타난다. 클로델은 네덜란드의 사실적인 그림에서 "순수함과 벗겨 내고, 소독하고, 모든 물질적인 것을 씻어 내고, 어딘가 수학적이기도 하고, 천사적이기도 한 담박함의 눈길"[5]을 보았다. 객관적 사물을 위해서는 보는 눈이 객관적 태도를 가질 수 있어야 한다. 그러나 이것은 역설적으로 주관을 분명히 한다는 것을 말한다. 이러한 역설을 가장 잘 표현한 것이 데카르트의 사유(cogito)이다. 과학

---

5 Ibid., p. 30.

의 기초는 사유를 사유 자체 위에 두는 일이다. 사유자는 단지 이 사유를 뒷받침하는 지주일 뿐이다. 이 사유는 모든 것을 과학적 탐구의 대상이 될 수 있게 한다. 그것이 17세기 네덜란드 회화에서 시작되었다는 것은 맞는 말이 아니지만, 적어도 서양화의 다양성과 자유는 주체적 시각 ―사유하는 것처럼 순수하고 벗겨 내고 소독한 주체의 시각의 확립에 있었다고 할 수 있다. 그 시각이 세계를 보다 객관적으로 대하고 또 세계를 색채와 형체의 조합으로서, "시각의 장"으로서 볼 수 있게 한다. 그리하여 그림은 시각적 체험의 질서화라고 말할 수 있다. 물론 이것은 단순히 주어진 것에 질서를 부여하기보다는 그러한 질서를 창조하는 것이기도 하다. 시각 체험은 질서의 가능성을 드러내어 보이는 일이다. 이것은 사물 자체와 사물들의 상호 관계에서 저절로 성립하는 것이면서 동시에 사람의 활동이 만들어 내는 것이다. 여기에 그림이 적극적으로 참여한다. 그림을 구성하는 원리가 사람의 주체적 능력에서 나올 때 이러한 질서화는 훨씬 자유롭고 폭넓은 것일 수 있다.(이것이 예술가의 상상력 ― 시각의 가능성 속에 움직이는 예술가의 상상력이다.) 그러면서 물론 그것은 어떤 방식으로든 사물의 세계 속에 잠재하는 것이어야 한다.

물론 이러한 주체성이 커다란 회의의 대상이 되어 있는 것이 오늘의 실상이다. 인상파 이후 사실성을 떠난 현대 회화가 얼마나 주체성의 통합 작용을 포용하고 있는지는 분명치 않다. 설치 미술을 포함한 여러 포스트모던 시대의 전위적 미술이 저항하는 것은 예술 활동에 있어서의 주체성의 체제이다. 그러면서도 우리가 말할 수 있는 것은 저항이나 반발도 그 대상이 되는 것과의 관계 공생이 아니라 갈등의 관계라고 하더라도, 그것들과의 일단의 관계 속에서 존재한다는 사실이다.

근대 서양화에 특이한 시각 질서는 반드시 그것이 과학과 더불어 시작되었다고 하지는 않더라도, 그것과 상동 관계에 있고 그것과 같은 문화적 모태에서 나왔다고 할 수 있다. 그림에 작용하는 질서의 원리는 문화의 다른 현상에서도 작용하는 것으로 보인다. 그 원리는, 단순화해서 말하면, 찰스 테일러가 사용한 용어를 빌려, "따로 있고 단자화된 주체(disengaged punctual subject)"이다.[6] 이 자아가 그 자신의 원리에 의하여 세계를 구성한다. 이것은 과학의 원리이고 근대 사회의 원리인데 이것이 변형된 것이 근대 미술에서도 작용한다고 할 수 있다.

이에 대하여 산수화에 작용하는 주체가 있다면, 그것은 장소에 자리하고 있는 주체이다. 그것은 처해 있는 장소에 의하여 규정되지만, 이 장소는 우주론적 전체성을 투영하는 것으로 생각된다. 그 외의 장소에서 그것을 지탱해 주는 것은 이 우주적 공간의 좌표에 대한 회상일 뿐이다. 그림의 질서의 원리로서 이 주체는 이 좌표 이외의 사실 연관에 대하여 무력하거나 무관심하다. 이러한 장소의 주체는 그림에서뿐만 아니라 생활의 공간에서도 작용할 것으로 생각된다. 위에서도 말한 바와 같이 풍수지리는 지형의 형이상학적·존재론적 의미화이지만, 이것은 그러한 의미를 감당할 수 있는 지형 이외에서는 질서화의 원리로서 부적절하다. 전통적 한국의 도시는, 북경과 같은 중국 도시가 그러하듯이, 그 시가 계획에 천지의 이치를 반영하도록 설계되었지만, 이 우주론적 도시 계획은 기본적인 대강을 마련하는 일 이외에는 유연하게 적용되기 어렵다. 그리고 그것은 생활의 필요를 수용하지 못하고 테두리의 범람을 제어하지 못한다. 근대 이전에도 서울과 같은 도시의 무질서는 외부에서 온 관찰자들이 기술한 일이 있지만, 산업화 이후의 한국 도시의 혼란은 이러한 점과도 관계되어 있는 것일 것이다. 비슷한 혼란은 근대 서양화의 도입 이후 한국의 많은 그림에도 존

---

6 Charles Taylor, "Inwardness and the Culture of Modernity", Axel Honneth et al ed. *Philosophical Interventions in the Unfinished Project of Enlightenment*(Cambridge, Mass.: MIT Press, 1992), pp. 98~100.

재한다고 할 수 있다. 이 혼란 속에서 시각 체험의 주된 특징은 유기적 통일성의 부재일 것이다. 이것은 화면에 의하여 물리적으로 또는 기계적이고 평면적 디자인에 의하여 주어질 수는 없다. 유기적 통일성의 부재에서 강조되는 것은 단편적인 색채와 형상이다. 이것은 그림, 건축, 건축물이나 조형물의 공간, 도시 일반의 공간에서 쉽게 관찰될 수 있다.

이렇게 말하는 것은 회화의 원리는 시각 체험의 원리이고 다시 그것은 다른 사람의 활동에도 그대로 작용하는 원리라는 말이다. 회화와 다른 예술과 사상에 작용하는 것은 그것들을 넘어가는 시대의 원리이다. 그것은 이미 선험적으로 상정되어 있다. 한 시대나 문화 안에 존재하고 생성되는 현상들의 상호 관련을 설명하기 위해서는 푸코가 생각한 바와 같은 에피스테메의 체제 — 담론과 표상 그리고 실재를 만들어 내는 생성 문법의 총체적 체제를 생각하는 것이 편리할는지 모른다. 그런 상정이 옳다면 많은 것은 이 체제의 창조적 생산 활동의 결과로 받아들여져야 할 것이다.

그림은 흔히 말하듯이 예술가의 창조적 자유로부터 나온다. 그러나 동시에 그것은 어떤 필연성 속에 있는 것으로 받아들여져야 한다. 독창적 그림은, 비록 그것이 사람의 의표 밖에 날 정도로 기발한 것이라고 하더라도 예술가 본인의 마음으로부터 그리고 보는 사람으로부터, "그럴 수도 있지, 당연히 그렇지." 하는 동의를 받아 내어야 한다. 그림을 보는 사람이 경험하는 이러한 느낌은 사람의 세계에 대한 관계에도 해당된다. 사람이 사는 세계는 자유와 필연이 기묘하게 교차하는 곳이다. 세계는 필연적 법칙 속에 있으면서도 자유와 선택과 창조와 우연을 포용한다. 스스로 자신의 자유로운 의사로 수행한다고 생각하는 일은 숨은 강박의 표현일 때가 많다. 또는 그럴 수밖에 없다는 강박과 필연 속에서 행하는 일은 새로운 자기표현의 계기가 된다. 자유와 필연의 분리하기 어려운 연결은 개인의 삶에서도 일어나지만, 집단의 삶에서는 더욱 쉽게 일어난다. 사람이 속한 집단은 언제나 규범적 필연성을 가지고 있다. 집단의 이름 자체가 많은 것을 정당화한다. 집단이 정해 놓은 행동의 규범과 절차도 물론 여기에 포함된다. 동시에 집단이 가진 전체성의 체제가 아무리 단단하다고 하여도 그것은 자유로운 선택의 여지를 완전히 배제하지 않는다.(법칙이 아니라 규범은 바로 이 점을 전제로 하여 성립하는 구분이다.) 집단의 필연성은 외부 세계에 대한 인식의 방식에도 작용한다. 우리는 어떠한 관점에서만 사물과 사물의 세계를 인식하고 해석하도록 요구받는다.

그러면서 그러한 요구는 강제적이라기보다는 필연적인 것으로 생각된다. 이 필연과 자유, 법칙과 창조의 모체는 무엇인가? 동양화에 관하여 위에서 말하려고 한 것은 그것이 인간의 지각 체험에 확실하게 기초하고 있다는 것과 함께, 우주론, 인간론, 사회 철학 등으로 표출된 거대한 에피스테메의 체계 속에 위치해 있다는 것이고 그러면서도 늘 새로운 예술적 활동은 가능했다는 사실이다. 그것은 인간 존재를 에워싸고 있는 하늘과 땅에 대한 총체적인 관찰, 인간 존재의 근본적인 오리엔테이션에 필요한 관찰에 기초해 있으면서 동시에 그러한 관찰에서 출발하여 그것을 우주론으로 확대하고 윤리 규범으로 그리고 사회 조직의 원리로 확대한, 사유와 현실 체제의 일부를 이루고 있는 것이다. 이 체제가 만들어 낸 세계는 적어도 그 근본적 통찰에 있어서 오늘의 삶을 위하여 중요한 의미를 가지고 있다. 그러나 그것이 오늘의 현실을 표현하고 창조하는 데에 적절한 대책이 된다고 할 수는 없다.

그에 대체할 만한 것이 무엇인가 하고 묻는다면, 그것은 오늘날 우리가 살고 있는 세계라고 답하는 것이 옳을 것이다. 이것은 우리의 선택을 넘어서 이미 존재하는 세계이다. 이것을 분명히 하고 질서화하고 거기로부터 새로운 가능성을 발견하는 것이 주어진 과제이고 가능한 선택인 것이다. 이 이미 있는 세계는 서양 문명이 만들어 놓은 근대성의 세계이다. 다만 우리는 이 세계에 주체적으로 거주하고 있지 못하다. 이 세계를 분명히 하는 일은 그러한 거주를 위한 작업의 일부가 된다. 이것은 이성의 원리를 나의 원리로 내면화하는 일을 포함한다. 데카르트적인 자아와 그 사유화(思惟化)가 바로 이것을 말한다. 그러나 이성이 낳는 괴물에 대하여서는 우리가 많이 들어 온 바와 같다. 우리가 전통을 되새기는 것은 이 왜곡의 현실을 너무 깊이 느끼기 때문이다. 이성이 — 특히 기계적인 이성이 개인적으로나 사회적으로나 삶의 모든 문제에 대한 답변이 될 수는 없다는 것은 너무나 분명하다.

그런데 이성은 자기 구원을 위한 조그마한 실마리를 가지고 있다. 자기 성찰은 근대적 이성의 특징의 하나이다. 이성은 스스로의 담론과 행위 그리고 진리를 다시 물어보는 힘을 가지고 있다. 이것이 스스로의 방법을 보다 사실과 논리에 민감한 것으로 다듬어 갈 수 있게 한다. 말하자면 자기 성찰적 사유는 모든 공리와 정리가 가설적 성격을 가지고 있음을 인정할 수 있고 다른 가설의 가능성을 생각할 수 있다는 것이다. 그리고 이것은 모든 언표의 너머에 존재할 수 있는 실재의 세계를 인정하는 것이다.(포스트모더니즘의 사고에서 언표의 다양성은 언어의 텍스트 이외에 진리의 기준이 없다는 사실의 증거로 받아들여진다. 그러나 바로 다양한 언표의 존재는 그것 너머의 실재를 생각하게 하는 이유라고 할 수도 있다.) 실재는 여러 가지로 공식화되는 공리나 정리 너머, 그리고 그것을 생산해 내는 인식의 체제 너머에 암시될 수 있을 뿐이다. 그러나 동시에 세계는 언제나 사람의 감각에 열려 있다. 감각은 세계에 규정되면서 하나의 세계를 지향한다. 사람이 삶을 현실 속에 뿌리내릴 수 있는 것은 그가 육체적 존재이기 때문이다. 다만 그것은 그 근거가 어디에 있든지 간에 에피스테메의 창조 활동, 그것이 만들어 내는 사물의 얼개를 통해서만 스스로를 되찾고 의미 있는 세계의 초석이 되게 할 수 있다. 가설적 체제의 번식·확장은 회의주의의 원인이 되기도 하지만, 그러한 체제 사이에 넘겨 보이는 실재와 실재의 진리—인간의 필요와 세계의 존재에 대한 진리의 가능성을 높인다고 할 수 있다. 감각은 이 실재에 노출되어 스스로를 새롭게 한다. 그러나 그것은 형상 없는 에네르기아에 불과하다. 그것은 하나의 기억으로, 통일성으로서, 의미로서 다시 구축되어야 한다. 여러 문화의 교섭과 충돌은 갈등의 원인이 되면서 인간의 삶에 대한 지혜의 차원을 넓히는 일도 할 수 있다. 동서와 전통과 근대가 교차하는 시대에서 우리가 기대해 볼 수 있는 것은 보다 풍부한 미래에 대한 표상의 출현이다.

이 책에 모은 글들은 위에 설명하고자 한 주제들에 관계되는 글들이다. 이 글들은 특정한 기회로 인하여 쓰게 된 것들이다. 「풍경과 선험적 구성」은《월간 미술》1996년 2, 3, 4월호에 실렸다. 이것은 그 앞서 1995년 10월 7일 일본 경도의 국제일본문화연구소의 '동서양의 이상향'이란 주제의 심포지엄에서 발표한 것을 개고한 것이다. 두 번째 글 「동양적 전통과 평정한 마음」은 앞의 글과 여러 면에서 중복되는 부분을 많이 가지고 있다. 그러나 앞의 글이 조금 난해한 점이 많은 데 비해, 이 글은 구두로 발표한 것을 원고로 다시 정리한 것이어서 조금 더 논지가 쉽게 전개되지 않았나 한다. 그리하여 그것은 앞의 글을 다시 쉽게 설명하는 역할을 할 수 있을 듯하여 여기 한데 모으는 데에 동의하였다. 이것은 원래 1991년 5월 11일 월전미술관의 동방예술연구회 주최 강좌에서 이야기한 것을 정리하여 1992년《한벽문집》창간호에 실렸었다. 그런 다음 1993년 나의 평론집 『법 없는 길』에 이미 실린 바 있다.[7]

---

7 이 글은 「동양화의 정신과 생활에 대한 수상」이라는 제목으로 전집 4권 『법 없는 길』에 실려 있다. 이 책에서는 이미 출간되었던 단행본 『풍경과 마음』의 체제를 존중한다는 전집 편찬 원칙에 따라 중복해 싣는다. 1부 끝에 추가한 「도화원과 욕망의 변용」(최정호 박사 화갑기념문집편집위원회, 『말의 만남, 만남의 말』(나남, 1993))은 『풍경과 마음』과 주제적으로 관련되어 함께 수록했다.(편집자 주)

이번에 미술과 전통문화에 관한 글을 이와 같이 모으게 된 것은 전적으로 박광성 사장의 정성 어린 권에 의한 것이다. 편집과 교정에는 최가영 선생이 애써 주셨다. 이 기회를 빌려 감사드린다.

풍경과 선험적 구성[1]

전통 한국의 이상적 풍경과 장소의 느낌

에피스테메와 유토피아

근년에 많이 논의된 바 있는 『상상된 공동체』에서 베네딕트 앤더슨은 근대 민족 국가의 역사적 기원을 설명하면서, 국가는 여러 상상력의 구성물이 형성된 것과 동시에 태어났다고 주장한다. 반드시 근대적 민족 국가가 아니더라도 원시 사회이든 다른 형태의 인간 집단이든, 어떤 사회적·정치적 현실이 하나의 통합된 단위로 성립하는 데에는 그와 같은 상상력의 작용이 있는 것일 것이다. 이 상상적 구성물 안에는 구성의 원리로서 이상화 작용이 있고, 그 한 요소로서 이상향에 대한 생각이 ―사회가 어떤 것이며 어떤 것이어야 하는가에 대한 이념을 분명하게 표현하고 있거나 아니면 단지 무의식적으로 전제하거나 하는 생각들이 들어 있게 마련이다.

---

1 본고는 1995년 10월 7일 일본 교토 일본문화연구소에서 열린 '동서양의 이상향'이라는 심포지엄에서 발표한 것을 개고한 것이다.

14세기에 시작한 조선조는 유교의 이상 국가 건설을 의도적으로 지향하는 이데올로기적 국가였다. 수백 년 동안 조선조 사람들은, 적어도 공적 차원에서는 이 유교적 이상 국가 — 요순 시대에 대한 복고적 유토피아를 모델로 하는 이상 국가를 그들의 모델로 삼았다. 물론 유교적 이상 국가에 대한 생각 이외에도 다른 종류의 유토피아와 이상향에 대한 생각이 존재했다. 하나의 이상향의 꿈은 다른 이상향에 대한 꿈을 낳게 마련이다. 또는 유교적 이상 국가의 꿈의 실패가 이에 대한 반대되는 꿈으로서 다른 이상향의 꿈을 낳았는지도 모른다. 유교의 국가 이데올로기 외에 가장 강력한 이상향의 이상은 토지의 형상을 행복의 결정 요인으로 파악하려 한 풍수 사상에도 들어 있고, 또 지복의 경지를 심미적으로 의미 있는 토지에 일치시켜 생각하고자 한 도교와 신선 사상에도 들어 있다.

이 심포지엄의 주제를 따라 한국에 있어서의 이상향을 문제 삼는다면 이러한 이상 사회 또는 이상향의 여러 종류를 검토해야 할 것이다. 그러나 본고에서는 그것을 특정한 관점에서, 즉 이념보다는 지각에 나타나는 주제로서, 또 다른 한편으로는 그것을 하나의 지각과 인식의 총체적 체계 — 조선조의 이상향에 대한 여러 가지 생각들은 하나의 포괄적이고 총체적인 체험의 체계에서 나오는 것이라는 전제하에서 접근해 보려 한다. 이러한 접근을 시도해 보는 것은, 유교 사상이든 풍수 사상이든 또는 신선 사상이든 조선조의 이상 사회에 대한 생각들은 추상적인 이념의 체계를 이루는 이름 그대로의 사상으로 남아 있기보다는, 매우 구체적인 인간 체험 — 지각 체험에까지 배어들어 있는 삶의 방식, 지각하고 느끼고 생각하는 방식으로서의 의미를 가지고 있었다고 생각되기 때문이다. 또는 거꾸로 말해, 이러한 사상들은 사상이라는 관념의 차원에서 시작한 것이라기보다는 원초적인 삶의 체험으로부터 시작하여 일정한 방식으로 개념화되고 체계화된 결과라고 할 수도 있다. 그러나 어느 쪽이거나 참으로 의미 있는 것은 관념 또는 사상의 체계 그 자체가 아니라 그 밑에 또는 그것을 넘어 존재하는 근원적인 세계, 감각하고 느끼고 생각하는 세계 — 삶의 세계다.

물론 이것은 그 자체로 있다기보다 개념적 체계화에 비판적으로 서식하는 것으로만 존재한다고 할 수도 있고, 또는 우리가 가진 개념의 저쪽에 새로이 비쳐지는 또 하나의 체계로만 존재한다고 할 수도 있다. 그리하여 참으로 바탕을 이루는 삶의 세계는 도저히 우리가 이를 수 없는 심연일는지 모른다. 그리고 그러한 세계로 굴착해 간다는 것은 단지 다른 체계를 우리 자신의 체계로 치환하는 것을 말한다고 할 수 있다. 그럼에도 불구하고 그러한 노력은 필요한 일이다.

현재에 살아 있는 사고방식과 거기에서 나오는 개념들의 의미는 우리가 분명히 의식하지 않는 대로, 직관적 체험과의 살아 있는 관계를 전제하고서 이해·전달된다. 다시 말해 우리 자신의 체계는 오늘의 삶의 세계의 콘텍스트와의 연결에 의해 살아 있는 의미를 갖는다. 그러나 지나간 시대의 개념과 그 체계에 대한 굴착 행위는, 한편으로 오늘날 우리가 직관적으로 알고 있는 삶의 콘텍스트와 연결되면서, 다른 한편으로는 그 나름으로 지나간 삶의 콘텍스트를 회복해 줄 수 있는 것으로 보인다. 여러 중간적 매개가 불가피한 대로 사상은 사상의 차원에서가 아니라 그것들이 나타내고자 한 원초적 체험의 차원에서 회복될 필요가 있다. 그리하여 비로소 우리는 그러한 사상의 인간적 의미 — 현재에도 살아 있는 의미를 회복할 수 있다. 앞에서 말한 조선조의 토지와 이상적 토지에 대한 생각들이 우리에게 의미 있는 것으로 이해되기 위해서는 그것들이 감추어 가지고 있는 보다 직접적인 체험과의 관계에서 생각할 필요가 있다.

조선조에 있어서 이러한 생각들은 오늘날 그것들이 주는 매우 이질적인 인상에도 불구하고 다른 사상의 경우보다도 구체적인 경험에 밀착되어 있던 것으로 생각된다. 물론 사상은 그 나름으로 원초적 체험에 깊은 영향을 끼쳤다. 사실 여기에서 문제되는 것은 서로 따로 존재하고 있으면서 맞붙기도 하고 떨어지기도 하는 관념과 경험이 아니라 이것을 다같이 지배하고 있는 어떤 종류의 생성적 원형 또는 매트릭스다. 말하자면 미셸 푸코의 용어를 빌려 에피스테메(epistēmē) — "인식의 사실성의 근거를 이루며…… 그 가능성의 조건의 역사를 드러내는, 인식의 장으로서의 에피스테메"[2]가 문제되는 것이다.

푸코에 의하면 문화는 하나의 경험과 이론의 총체적인 체계다. 문화의 규약은 언어의 규칙, 지각의 구도, 교환 관계, 기술, 가치, 실천의 위계 등을 정하면서 경험과 이론 또는 그 중간 지대에 질서를 부여한다. 그런데 이러한 문화가 실현하는 여러 질서들의 밑에는 또 다른 근원적인 질서가 있어서, 이것이 사실 모든 경험과 이론의 체계를 구성한다. 푸코는 이것을 "질서의 생존재(L'être brut de l'ordre)"[3]라 부르고 있지만, 이 근원적인 질서가 참으로 문화를 초월하여 '물 자체'에 대한 경험을 가능하게 하거나 또는 '물 자체'가 이루는 질서를 구성하는지는 분명하지 않다. 푸코는 그것을 완전히 문화적 구성을 넘어가는 것이라고 생각하지는 않은 것으로 보인다. 그것은 그가 『말과 사물(*Les Mots et Les Choses*)』에서 시도한 것처럼, 르네상스에서 고전 시기 또 현대에 걸치는 문화의 변동의 시기에 더 분명하게 그 존재를 드러낸다. 그리하여 그것은 물 자체의 질서보다는 문화의 규정 속에서 끊임없이 근접되는 또 다른 차원의 문화적 질서라는 성격을 갖는다.

여기서 우리의 목적을 위해 중요한 것은 그것이 정확히 같은 차원에서

---

2 Michel Foucault, *Les Mots et Les Choses*(Paris: Gallimard, 1966), p. 13; 미셸 푸코, 이광래 옮김, 『말과 사물』(민음사, 1987), 19쪽 참조.

3 Ibid., p. 12.

든 아니든 문화 규약의 심층 구조의 생성적 매트릭스와 비슷하다는 것이고, 다른 한편으로는 이 문화의 밑에 있는 '질서의 생존재'에 이르게 될 때 생경험에 비슷한 경험적 현실도 복원될지 모른다는 것이다. 여하튼 조선조의 이상향에 대한 여러 생각의 경우 그것들은 하나의 총체적 에피스테메를 이루었던 것으로 파악할 필요가 있고, 이러한 파악을 통해 그것들은 우리에게 조금 더 알아볼 수 있는 형태로 회복될 수 있다.

그런데 여기에서 푸코의 에피스테메는 또 다른 관점에서도 시사하는 바가 있다. 그것은 유토피아에 숨은 연결을 가지고 있다. 그러니까 모든 질서의 사고는 유토피아를 전제한다. 위에 말한 책의 서문에서 푸코가 말하고 있는 것처럼 그의 에피스테메의 변화에 대한 관심은 그가 이해할 수 없는 중국적 사물 분류법 — 동물이 천자에 속하는 것, 약물 처리로 보존한 것, 순치된 것 등등으로 분류되는 방법에 접하여 시작되었다. 여기에서 그가 생각한 것은 분류의 밑에 가로놓여 있는 공통된 공간(lieu commun)이 있다는 것이다. 이 공간에 많은 것들을 함께 위화감 없이 '놓이게' 할 수 있어야 비로소 분류는 이해할 만한 것이 된다. 이상향 또는 유토피아는 이러한 공통 공간의 이상화다.

> '유토피아'는 위안을 준다. 그것은 현실의 장소는 아니지만, 경이롭고 매끄러운 공간 속에 피어난다. 그곳으로 가는 길은 몽환 속의 길이지만, 유토피아는 넓은 가로의 도시와 잘 가꾸어진 정원과 살기 좋은 나라들을 열어준다. 혼재향(헤테로피아, heteropia)은 불안하다. 왜냐하면 그것은 은밀히 언어를 침식해 들어가며, 이것이다 저것이다 하고 이름을 붙이는 것을 막고, 상용하는 이름들을 깨부수고 얽히게 하며, '통사법'을 — 문장을 구성해 내는 통사법뿐만 아니라 말과 사물들 — 가까이 또 대립하여 존재하는 사물들을 '함께 묶어 두는' 덜 명확한 통사법을 미리 붕괴시키기 때문이다. 그러므

로 유토피아가 이야기와 언설을 허용하는 것이다. 유토피아는 언어의 바른 흐름 안에 들어 있고, '이야기'의 기층에 들어 있다. 헤테로피아는…… 화두를 시들게 하고 말들을 제자리에 멈추어 서게 하고, 문법의 가능성을 뿌리째 문제화한다; 그것은 신화들을 해체하고 문장의 서정을 불모가 되게 한다.[4]

사고에 필요한 조건의 연장선에서 유토피아를 볼 때 그것은 흔히 생각하듯이 단순히 욕망의 표현 또는 그 논리화가 아니라 사고 또는 일체의 의식 작용의 요건이다. 푸코의 말과 같이 그것은 언어 — 이야기와 문법을 가능하게 하는 요건인 것이다. 또 여기의 문법은 단순히 언어의 문법이 아니고 사물의 그것이기도 하다. 또 여기의 사물은 객관적 대상으로 성립하는 사물뿐만 아니라 우리의 지각에 수용되는 감각적 자극물로의 사물이다. 그리하여 유토피아는 사실 우리의 지각 현상 또는 감각 작용 속에서 이미 움직이고 있는 것이다. 푸코가 지적하듯이 분류 작용 또 더 일반적으로 지적 작용이 일관된 공간을 필요로 하고 그것의 한계 형상으로서 유토피아의 공간이 성립한다면, 이러한 관련은 지각 작용에도 그대로 해당된다. 즉 유토피아는 지각 작용의 한계 개념이기도 한 것이다.

우리의 공간 지각에 숨어 있는 좋은 형상(Gestalt)에 대한 느낌은 그것의 국부적 표현이지만 특히 토지나 풍경에 대한 느낌에는 지각과 유토피아의 관련이 더 확대되어 나타나는 것이 아닌가 한다. 이렇게 볼 때 유토피아는 지금 여기의 토지나 풍경과 따로 있는 공간이 아니라 지금 여기의 토지와 풍경 속에 들어 있는 것이다. 그것은 우리의 토지의 지각에 내재하는 구성적 원리다. 그리하여 그것은 앞에서 말한 인식의 장 — 한 문화와 시대의

4 Ibid., pp. 9～10.

에피스테메와 겹친다. 즉 구성적 원리로서의 공간 개념 또 유토피아 그리고 지각이나 의식의 보다 추상적인 생성적 매트릭스로서의 에피스테메는 하나로 일치한다.

그런데 이러한 중첩은 동서양을 막론하고 근대 이전에 있어서 더 두드러지는 것이 아닌가 한다. 그것은 전근대적인 의식 작용에서 인간의 사고는 덜 추상화되고 객관화되었기 때문이라고 할 수도 있고, 또는 더 구체적이고 일체적이었기 때문이라고 할 수도 있다. 조선조의 사정도 그러했던 것으로 여겨진다. 물론 그것의 성격이 이것으로 이해될 만한 것은 아니다. 그것을 정확히 밝히는 것 또한 나의 능력을 넘어선다. 그러나 조선조의 에피스테메가 구체적이었다는 성격 규정의 어려움만을 말하기 위해서도 우리는 그것을 다시 다른 모순된 주장으로 수정할 필요가 있다. 조선조의 에피스테메는 다른 한편으로 현대적 사고 관습을 넘어설 만큼 추상적이기도 한 것이다. 이와 관련해 다시 푸코가 『말과 사물』의 서문에서 하고 있는 말은 우리와 같은 관련에서 말한 것이 아니기는 하지만, 매우 시사적이다. 얼핏 보기에 중국적 사유는 일관된 공간성이 없는 사유로 비친다. 그러나 그것은 복잡한 변증법의 결과다.

> 중국은 우리의 몽상 속에서, '공간(espace)'의 특권적 '장소(lieu)'가 아닌가? 우리의 상상적 체계에서 중국 문화는 가장 정밀하고, 가장 위계적으로 분류되고, 가장 시간의 전개에 둔감하고, 공간의 펼쳐짐에 결부되어 있는 문화다. 우리는 중국을 꿈꾸면서 하늘의 영원한 얼굴 아래 펼쳐진 수로와 제방들이 이루는 문명이라고 생각한다. 우리는 그것이 벽으로 둘러싸인 대륙의 지표 위에 널따랗게 움쭉 않고 놓여 있는 것을 본다. 문자 자체가 수평으로 이어지는 선으로써 목소리의 뻗어 나감을 재생하는 것이 아니라 수직적 기둥으로써 사물들 자체의 움직임 없는 그러면서 아직도 알아볼 수

있는 이미지를 세운다. 그리하여 보르헤스가 인용한 중국의 백과사전과 거기에 나오는 분류법(앞에서 인용한 동물의 분류법)은 공간 없는 사고, 생명도 없고 장소도 없는 말과 카테고리로 우리를 이끌어 간다. 그리고 그것들은 엄숙성의 공간—복잡한 형상들과 서로 얽힌 길, 낯선 장소와 비밀 통로와 의외의 연결로 가득한 엄숙한 공간 위에 자리한다. 이렇게 하여 우리가 살고 있는 지구의 다른 끝에, 공간의 질서화에 몰두하고 있으면서도 우리가 이름하고 말하고 사고할 수 있는 공간 안으로는 무성한 존재물들을 배분하지 않는 문화가 존재하는 것이 아닌가 하고 우리는 생각하는 것이다.[5]

위의 중국 문화론은 이질적 문화에 대한 서양인의 우발적 반응에 불과하다고 할 수 있는 점도 있지만, 지나치게 일반화된 점이 바로 이 반응으로 하여금 중국 문화에 대한 매우 흥미로운 통찰을 하는 것으로 생각된다. 그것은 위에서 말한 것과 관련해서, 중국 문명이 공간의 질서에 철저하면서도 바로 그로 인해 수없이 구획화된 공간을 낳고, 그것이 급기야는 무공간의 사유에, 현대 서양의 관점에서 볼 때, 헤테로토피아를 넘어 아토피아(무장소(無場所))의 상태에 이르게 한 듯하다는 관찰이다. 위에서 조선조의 공간적 에피스테메를 구체적인 것이라고 할 때 그것도 사실은 이러한 관점에서 구체적인 것이라고 해야 할는지도 모른다.

어떠한 문명에 있어서도 사람이 추상적 사고를 하지 못하는 경우는 없다고 해야 할 것이나, 다른 한편으로 현대적 사고에 비해 어느 경우에나 전근대적 사고는 대체적으로 특이한 구체성을 가진 것으로 또는 구체적인 것과 추상적인 것이 강하게 겹치는 일체성을 지니는 것으로 말할 수 있는 면이 있다는 것도 부정할 수 없다. 이것은 어쩌면 사고에 있어서 반성

---

5 Ibid., pp. 10～11.

적 차원이 부재한 결과일 것이다. 문화의 에피스테메는 스스로를 에피스테메로 의식하지 못한다. 이것이 의식될 때, 다른 인식의 질서의 가능성이 생긴다. 가공되지 않은 사실이 있다면, 그것은 여러 질서의 가능성을 의식하는 에피스테메의 저편에서 암시된다. 또는 그것은 여러 지적 체계의 틈새에 존재한다고 할 수 있다. 이러한 지식의 다원적 가능성이 반성적으로 인지되지 않은 곳에서, 구상과 추상은 하나가 된다. 이때 관념과 현실은 하나이다. 조선조 사유의 스타일은 바로 이러한 특징을 가진 것으로 생각된다.

구체와 추상, 개념과 지각, 유토피아와 현실, 공간과 비공간은 조선조에서 하나이거나 또는 매우 근접한 것이었다. 그리하여 그것은 직접적으로 일체적인 에피스테메를 구성했다. 또는 이것은 거꾸로 많은 지각이나 사상의 표현들이 근대적 또는 과학적 사고에서 보다 더 직접적으로 이 일체적 인식의 공간 또는 에피스테메로부터 나오는 것으로 생각된다는 말이다. 이 글에서 우리는 이러한 에피스테메 — 조선조 문화에서의 공간 개념, 장소의 느낌, 거기에 작용하고 있는 구성 원리로서의 유토피아 그리고 이러한 것들의 밑에 놓여 있는 조선조 문화의 특유한 에피스테메를 생각해 보고자 한다.

풍수와 이상향

조선조의 이상향에 대한 생각은 여러 가닥 — 정치적 이데올로기, 풍수 사상, 문학과 예술에 있어서의 미적 표현, 신선 사상의 초월적 표현에서 찾아볼 수 있는데, 이 중에 땅에 대한 어떤 핵심적인 생각은 조선조의 에피스테메의 근원에 매우 가까이 있는 것으로 생각된다.

이 생각으로부터 어떻게 이데올로기적 또는 상상적 표현이 퍼져 나가는가 하는 문제는 중요한 연구 과제가 될 것이나, 일단 이데올로기로서의 유토피아 사상과 땅에 대한 직관적이고 미적인 느낌은 서로 대립적인 관계에 있는 것으로 보인다. 전자는 합리적으로 연구해 낸, 사회와 정치의 조직화·제도화의 필요에 의하여 만들어진 이상 사회의 청사진인 데 비해 후자는 사람들이 자연 형상에 대해 가지고 있는 직관적 감각에 더 많이 관계되어 있는 것이기 때문이다.

이 둘 사이의 대립 또는 대조가 무의미한 것은 아니다. 가령 생태계와 환경의 문제에 있어서 이상적인 사회를 체계적인 합리적 사고와 계획의 관점에서 생각하는 것과 그것을 직접적이고 감각적인 체험의 직관에 의존하여 생각하는 것 사이에는 상당한 차이가 있을 것이기 때문이다. 그러나 풍경의 느낌은 행복의 환상과 지리적 현실을 하나로 조화시킴으로써 우리의 땅에 대한 생각을 지배하는 규범적 척도가 되는 것으로 여겨진다. 지상의 환경을 유토피아적으로 재구성하자는 충동을 불러일으키고 그렇게 구성된 현실을 평가할 수 있게 하는 것은, 현실의 삶에서 느끼든 그 예술적 표현을 통해 감상되든 풍경일 것이기 때문이다.

어떤 경우에나 유토피아와 풍경의 대립은 정도의 문제다. 유토피아적 계획의 규모가 작아지고 지형의 현실적 조건과 타협할 필요가 강해짐에 따라 유토피아는 풍경과 합칠 수밖에 없다. 사사로운 주택의 택지와 그 환경은 전체적으로 계획되고 재구성될 수 없다. 그것은 예술 작품의 '발견된 대상물(objet trouvé)'처럼 발견되어야 한다. 그리고 이 과정은 추상적 개념을 넘어서서 감각적이고 감성적인 지각이 개입되는 과정이 되기 쉽다. 보다 큰 규모의 공공 공사의 경우에도 마찬가지다. 근대 이전의 농업 사회에서 공적 토목 공사는 너무 클 수 없는 것이었다. 그리하여 완전한 공학적 창조에 기초한 이상적 도시보다는 지형에 적응하는 이상형의 모델—결국 풍경적인 토지 감각에 기초한 이상향의 모델은 여기에도 중요한 것일 수밖에 없었을 것이다. 이것은 위에서 말한 바와 같은 문화적 에피스테메의 특이한 구체성과도 관계있는 것으로 생각된다. 농업 사회의 경제 규모와 그 구체적인 공간 감각과는 상호 작용의 관계에 있었다고 할 수도 있을 것이다. 또는 농업 경제의 체제에서 추상적인 공간의 계획과 구체적인 감각은 하나의 발상의 근원에서 합치고, 이것은 디지털화된 사고보다는 유추적 사고 유형을 만들어 내고, 추상적 사고의 차원에서도 레비스트로스가 말하는 '구체의 과학'[6]과 비슷한 사고방식에 따라 움직이는 것이라고 할 수 있다.

근대 이전의 한국에서 그러한 구체의 과학의 대표적인 경우는 풍수 사상이다. 객관적 지식으로서의 그 위치가 어떠한 것이든지 간에, 풍수 사상은 땅에 대한 사고에서 감각적인 것과 합리적인 것을 하나로 합쳐 하나의 전통적인 개념 체계를 만들어 냈다. 그것은 널리 알려져 있듯이 조선조 수도 서울의 계획과 건설, 개인의 주택과 음택의 선정, 또 살 만한 고장을 생

---

6 여기에서 이 문제를 길게 논의할 수는 없으나 땅에 대한 조선조의 에피스테메에 나오는 추상적이면서도 구체적인 과학이 있다고 한다면, 그것은 레비스트로스의 용어를 빌려 '구체의 과학'이라고 할 수 있을 것이다. 여기에 해당하는 대표적인 사상 체계가 다음에 언급하는 풍수 사상이다. 레비스트로스는 신화적 사고와 같은 구체적인 과학의 한 경우와 과학을 구분하여 다음과 같이 말한다. 이것은 풍수 사상의 성격에 대해 시사하는 바가 있는 구분으로 생각된다. "브리콜뢰르(bricoleur, 수리공)라고 할 신화적 사고는 사건 또는 사고의 잔재를 꿰맞추어 구조를 만든다. 이에 대하여 과학은 — 존재하게 됨과 동시에 작용 속에 들어가는 과학은 끊임없이 정치하게 만들어 가는 구조 또 그 가설과 이론이 되는 구조의 힘을 빌려 사건이라는 형태로 그 수단과 결과를 만들어 간다."(영역본, *The Savage Mind*(Chicago: University of Chicago Press, 1966), p. 22) 이것을 달리 말하면 과학에 있어서는 구체적인 사건들을 만들어 가는 것이 생성적 구조인 데 대하여 신화적인 사고 또는 다른 구체적인 과학에서 나오는 사고는 구조가 사건을 만들어 내고, 이 구조는 과학의 경우에 보다 더 의식적 조종이나 생성의 작용을 벗어나서 존재한다. 풍수의 관점에서도 지형의 분석이 있고 이 분석에서 원형적인 형상이 발견되나, 그것은 추상적 이론 체계에 수용될 정도로 충분히 추상화되고 이상화되지 아니한다. 풍수는 과학과 신화적 사고의 중간쯤에 위치하는 것으로 말할 수 있으나, 과학보다는 구체적인 과학에 가까운 것이라고 하는 것이 맞지 않나 싶다.

각하는 지리적 고찰에 심대한 영향을 끼쳤다. 뿐만 아니라 그 영향은 시와 미술에서도 흔히 생각되는 것보다는 더 편재하는 것이 되었다. 물론 이러한 풍수 사상은 의사(疑似)의 체계적 사고이지만, 그 의사성이 그 적용 범위를 제한하지 아니하였다. 유추에 의한 사고의 전개는 추상화의 수준의 차이를 건너뛰는 확산력을 갖는다. 조선조의 땅에 대한 사상 일반에 관하여 이미 비친 바와 같이 구체적인 체험을 크게 떠나지 아니한 것이기 때문에 그것은 궁전이나 주택의 건축, 여러 목적의 토지의 선택 또는 단순히 땅에 대한 일반적인 경험들의 기초를 이루었다.

풍수 사상에서 말하는 지형은 여러 가지 영향과 생각들을 아울러 나타내고 있음에 틀림없다. 땅의 모양과 우주의 구성과 운행의 근본 요소인 오행(五行)과의 조응(照應), 또 땅을 강력한 마술적 힘을 갖는 곳이 되게 하는 땅의 기운, 지기(地氣) 등의 이야기는 풍수 사상이 형이상학적 우주론에 이어졌음을 말한다. 풍수에서 토지의 평가가 '산(山), 수(水), 방위(方位), 삶 등 사자(四者)의 조합'에 기초한 관점에서 이루어지고, 이러한 것들이 방어·방풍의 이점이나 물을 얻고 양지바른 곳에 자리를 정하는 이점의 관점에서도 언급되는 것을 보면, 풍수가 현실적인 삶의 이익에 관계되어 있음도 쉽게 추측되는 것이다.[7] 또 전설이나 신화—자연이 뛰어난 곳에 사는 영생의 신선, 중국의 『신선전(神仙傳)』에 나오는 단지 속에 사는 신선·호선(壺仙)의 전설,[8] 또는 도연명(陶淵明)의 『도화원기』의 이야기 등이 여기에

---

7 최창조, 『한국의 풍수 사상』(민음사, 1984), 32~40쪽.

8 이 전설 그리고 도원향의 전설은 한국인 상상력에서 매우 중요한 위치를 점하였다. 이 점은 이연재, 『고려 시와 신선 사상의 이해』(아세아문화사, 1989)에도 지적되어 있다.(앞의 책, 53쪽) 이 교수가 인용한 김극기(金克己)의 고동선역(古洞仙驛)은 호선이나 도화동에 대한 언급을 담고 있다.(앞의 책, 59쪽)

樹石相縈轉
風煙共接重

섞여 있다.

어쨌든 풍수설의 영향은 한국의 생활과 문화에 너무나 편재해 있어, 지리지에서는 물론 지형을 말할 때는 거의 나오지 않는 경우가 없는 것이어서 오늘날까지도 한국인의 상식이 된 정도지만, 전통적인 문헌에서는 더욱 지형은 으레 풍수의 관점에서 말해졌다. 가령 예를 들어 박인로(朴仁老)가 「노계가(蘆溪歌)」에서 은거할 수 있는 땅으로서 노계를 묘사할 때도 그 수사는 풍수설에서 오는 것이다.

척피(陟彼) 고강(高岡)하여 사우(四偶) 도라보니
현무(玄武) 주작(朱雀)과 좌우(左右) 용호(龍虎)도 그린 ᄃᆞ시 ᄀᆞ잣고야
산맥(山脈) 믹친 아리 장풍(藏風) 향양(向陽)ᄒᆞᆫ디

청라(靑蘿)를 허혀 드러 수연와실(數椽蝸室)을
배산(背山) 임류(臨流)하야 오류변(五柳邊)에 디어두고
단암(斷厓) 천척(千尺)이 가던 용(龍)이 머무ᄂᆞᆫᄃᆞ

壺中壽日月
地上訪神仙
水出栽桃洞
雲封種杏田
却疑庭下吏
遺世俗飄然

『택리지(擇里志)』에 경포대와 관련해 인용되어 있는 최전(崔澱)의 시에도 같은 호선의 모티프가 같이 나옴을 볼 수 있다.(이중환, 이익성 옮김, 『택리지』(을유문화사, 1993), 179쪽)

蓬壺一人三千年
銀海茫茫水清淺
鸞笙今日獨飛來
碧桃花下無人見

강두(江頭)에 둘렸거든 초초정(草草亭) 한두 간(間)을
구름신 긴 솔 아리 바휘 디켜 어러 니니
천태(千態) 만상(萬狀)이 아마도 기이(奇異)코야
봉만(峰巒)은 수려(秀麗)ᄒᆞ야 부춘산(富春山)이 되야잇고
유수(流水)는 반회(盤回)ᄒᆞ야 칠리탄(七里灘)이 되야거든
십리(十里) 명사(明沙)ᄂᆞᆫ 삼월(三月)눈이 되엿ᄂᆞᆫ다……[9]

여기에서 현무·주작·좌우 용호라는 상징적 동물의 이름과 형상을 통한 산세의 형용, 장풍·향양·배산 또는 유수·반회와 같은 지형에 대한 처방 등은 풍수설에 대한 상식이 없이는 이해할 수 없는 토지의 묘사임은 말할 것도 없다.

어쨌든 복잡한 영향과 경위를 통해 구성된 풍수 사상은 한국인의 정신생활에 깊은 영향을 끼쳤다. 그리고 그것은 땅에 대한 한국인의 의식 속에 작용하는 원형 — 또는 한국인의 의식의 원형 그리고 전근대의 에피스테메를 탐색하는 데 중요한 자료가 된다. 그러나 그것의 복잡한 내용을 현대적인 의미로 해석하기는 쉽지 않고, 또 나는 그렇게 할 준비가 돼 있지도 않다. 그러나 풍수 사상의 관점에서 좋은 토지라고 말해지는 곳의 원형적 구도는 간단히 추출될 수 있는 것으로 생각한다.

명당이라는 좋은 땅은 중첩되어 있는 동심원적인 산 또는 산맥들의 체계 안에 들어앉은 일정한 넓이의 평지이다. 그리고 묘지의 경우 또는 주거지의 경우에 이러한 배치의 지형 가운데 혈이라는 곳이 있어 그것이 땅의 에너지를 집약하는 것으로 생각된다.[10] 이러한 기초 구도는 그런대로 현대

9 최강현 역주, 『한국 고전 문학 전집 3』, 「가사 1」(고려대 민족문화연구소, 1993), 478쪽.

10 여기의 간단한 원형은 최창조의 『한국의 풍수 사상』, 21~40쪽의 설명에서 추출한 것이다.

「사신사개념도」

혈(穴) 가깝게 주산으로부터 내려오는 용이 우뚝 솟은 곳을 현무정(玄武頂)이라 한다. 현무는 북쪽 방위에서 수(水) 기운을 맡은 태음신(太陰神)을 상징하는 거북 모양의 상상적 짐승이다. 청룡(青龍)은 동족의 목(木) 기운을 맡은 태세신(太歲神)을 상징하는 짐승이며, 백호(白虎)는 서쪽의 금(金) 기운을 맡고 있고, 주작(朱雀)은 남쪽에서 화(火)를 상징한다.(최창조, 『한국의 풍수 사상』(민음사, 1984), 59쪽)

적 해석을 허용하는 것으로 생각된다.(물론 간단한 해석이 그 복잡한 의미를 소진할 수는 없는 일이다.) 기본 구도에서 명백한 것은 명당이 아늑하게 보호된 곳이라는 점이다. 그리하여 그것은 위에서 언급한 방어나 안전 또는 경제 등 삶의 이익에 쉽게 관계된다. 동물 생태학자들은 많은 동물이 영토에 대한 본능을 가지고 있음을 지적한다. 지빠귀나 늑대나 원숭이 등이 일정한 범위의 땅을 자신의 영역으로 하고 그 범위에서 주로 활동하며 그 영역에 경쟁자들이 침입하는 것을 허용하지 않는다는 것이다. 이러한 동물의 행동은 안전, 먹이, 생식 기회의 확보 또는 어떤 학설로는 경계 지역에서의 싸움의 재미에서 그 동기를 찾을 수 있다. 사람에게도 이러한 영토 본능이 있는 것인지는 분명치 않다.[11] 그러나 사람도 안전 또는 안정감 등과 관련하여 일정한 공간

11 Robert Ardrey의 *The Territorial Imperative*(New York: Delta Publishing, 1966)는 영토 동물의 증거에 근거하여 사람에게도 영토적 본능이 있다는 것을 주장한 대중적인 해설서이다.

을 필요로 하는 것이 사실이다. 풍수설은 일반적으로 이러한 의미에서의 영토적 감각과 관계있는 것으로 생각된다.

그런데 이 안전을 위한 영토는 단순히 물리적 또는 직접적인 생물학적 의미만을 갖는 것은 아니다. 동물의 경우에도 그것은 상당 정도 물리적이라기보다는 심리적인 것이다. 사람의 경우에 영토적 감각이 있다면 그것은 단순히 물리적으로 신체적 능력이 미치는 범위에 한정되는 것이 아니라 그의 지적 범위의 전부에 미치는 것이다. 이 범위는 사람이 그 안에 존재하는 것으로 전제하는 우주 전체와 그 과정까지도 포함한다. 궁극적으로 그것은 형이상학적 또는 적어도 우주론에까지 뻗치는 것일 수밖에 없다. 땅에 대한 사람의 감각은 결국 그가 물리적으로 지각하거나 지적으로 추정하는 세계 또는 우주 안에서의 그의 자리를 확인함으로써 일정한 안정에 이른다 할 것이다.[12]

위에서 단순화해 본 명당의 구도도 안전한 피난처만을 말한 것이 아니라 하나의 체계를 포함하고 있는 것에 주목할 필요가 있다. 구체적 체험의 직관은 일반화되고 체계화된다. 명당은 동심원적으로 둘러싼 산들의 체계의 복판인데, 산들은 이 복판을 보호하여 둘러서 있기만 하는 것이 아니라 그 너머로 퍼져 나가는 산의 연맥들, 실재하든 상상만 되든 갈 수 없는 먼 곳, 지평의 너머까지 계속된다. 이 산들은 명당에 물리적으로 존재하는 것은 아니지만 상징적으로는 이곳에 임장하고 있는 것으로 되어 있다. 좋은

---

12 풍수 사상의 산맥 체계에 대한 관심은 지리학적 관심과 상통한다. 어느 쪽이나 동기는 공간적 방위와 방향의 확인에 대한 사람의 필요에 있다고 할 수 있다. 한국인의 풍수 사상에 대한 관심과 함께 지도에 대한 관심은 긴 역사를 가지고 있다. 이것은 조지프 니덤도 주목한 바 있다.(Joseph Needham, *Science and Civilization in China*, Volume III(Cambridge University Press, 1959) 참조) 한국의 옛 지도들을 보면 산맥들의 상호 연쇄를 두드러지게 표현한 것이 눈에 띈다. 이러한 사실과 풍수지리에서 한 장소를 산맥 전체와의 관련에서 살피려고 한 사실 사이에는 상동 관계가 있는 성싶다.

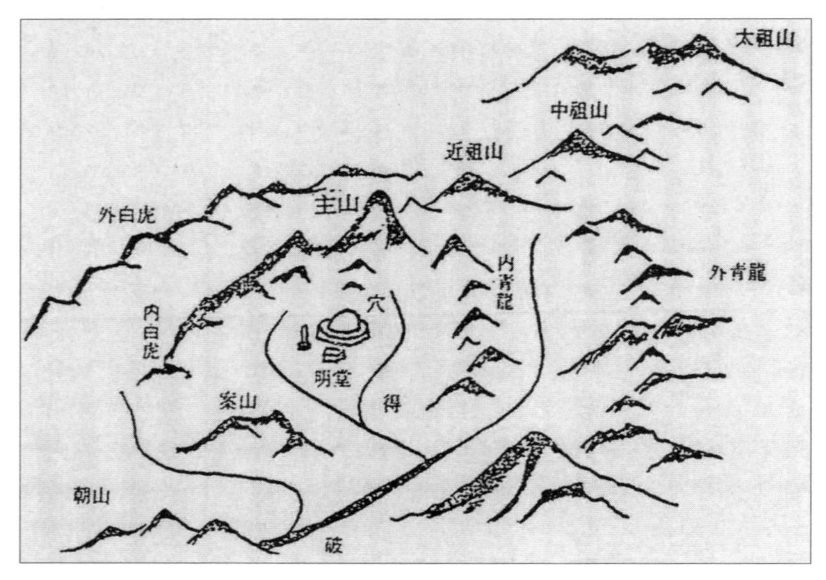

「풍수개념도」

명당에는 환상(環狀) 산맥의 주된 지표로서 주산(主山)이 있어야 한다. 이 주산은 조산(祖山)을 통해 성산인 백두산을 중심으로 일관된 체계를 이루고 있는 조선 반도의 전 산맥들에 연결되고, 다시 중국의 산맥 체계에 이어진다. 이 연계 관계는 하향적으로 계속하여 주산에 조례를 드리는 것과 같은 형태의 조산(朝山)을 통하여 다른 지평의 다른 산맥들로 확산된다. 그리고 이러한 배치 가운데에는 혈(穴)이라는 곳이 있어 땅의 에너지를 집약하는 것으로 생각된다.(최창조, 『한국의 풍수 사상』(민음사, 1984), 61쪽)

자리에는 항상 산맥의 주된 지표로서 주산(主山)이 있어야 하고, 이 주산은 조산(祖山)을 통해 성산인 백두산을 중심으로 일관된 체계를 이루고 있는 조선 반도의 전 산맥들에 연결되고 다시 이것은 중국의 산맥 체계에 이어진다. 이러한 연계 관계는 하향적으로 다시 계속해 주산에 조례를 드리는 것과 같은 형태의 조산(朝山)을 통하며 다른 지평의 산맥들에 확산된다. 조산(祖山), 주산(主山), 조산(朝山)의 체제는 천자와 왕의 지배하에 있는 사회의 위계적 제도를 모방한 것으로 보인다. 봉건 시대에 있어서 공간의 질서를 파악하려는 노력이 사회와 정치의 체계에서 그 모델을 발견한 것은 자연스럽다. 그러나 질서의 느낌은 위에 비친 바와 같이 사회적 유사 관계보다도 형이상학적 한계에 이르러서 완성된다고 할 수 있다.

그러나 풍수적 지형이 보여 주는 체계적 유추적 또는 형이상학적 질서에 대한 지향은 위에서 언급한 것보다는 심리적으로 더 깊은 함의를 가지고 있다. 정신 분석은 위에서 말한 지형의 구도에서 쉽게 성적인 의미[13] 또는 어머니에 대한 유아기의 기억을 발견할 것이다. 후자의 경우 헨리 무어의 거대한 여성상들에 대한 에리히 노이만의 정신 분석적 해석은 재미있는 시사를 던져 준다. 노이만은 무어의 여성상이 산과 들의 지형이 중첩되는 것이라는 지적을 했지만, 이것은 풍수설의 심리적 근거를 지적하는 것처럼 들린다.[14] 그러나 풍수적 지형의 심리적 의미는 좁게 생각한 성적 의미나 어머니의 기억으로 보다 더 넓게 해석될 수 있다.

어니스트 샥텔(Ernest Schachtel)은 인간 발달의 일반적 이론을 담고 있는 그의 저서 『변용(*Metamophosis*)』에서 사람의 성장 과정에서 서로 모순된 두 경향이 갈등을 일으킨다고 말한 바 있다. 그중의 하나는 그가 '안주의 원리(embeddedness principle)'라고 부르는 것으로서 유아기의 보호된 환경에 남아 있고자 하는 사람 본연의 욕구를 나타내는 것이고, 다른 하나는 세상을 향한 개방성과 이 세상과의 해후에서 일어나는 자아실현을 촉구하는 '초월의 원리(transcendence principle)'이다. 풍수설에서 명당 또는 길지로 보는

---

13 땅과 성적 암시의 관계는 풍수설의 도처에 드러나고, 풍수가들 자신에 의해서도 말하여진 것이다.(최창조, 37쪽 참조)

14 Erich Neumann, *The Archetypal World of Henry Moore*(New York: Pantheon Books, 1959), pp. 16~18. 노이만은 자신의 해석을 뒷받침하여 1951년의 무어의 전시회를 위해 쓰인 실베스터의 카탈로그(A. D. B. Sylvester's Catalogue)의 말을 인용하고 있다. "「1929년의 비스듬히 앉은 여인(The Reclining Figure)」은 비스듬히 앉아 있는 여인과 산맥과의 유사 관계를 보여 주는데, 이것은 여성의 신체를 지형으로 다루는 수법의 첫 선언으로서, 그 후 무어의 비스듬한 여인상들의 특징이 된다."

헨리 무어, 「비스듬히 앉은 여인」(1956)

지형은 우선 산으로 둘러싸인 장소로서, '안주의 원리', 이는 어머니의 자궁에 의하여 예시되었던 보호된 생존의 상태로 숨어 들어가려는 사람의 충동을 표현하고 있는 것으로 해석될 수 있지 않나 한다. 이것은 오히려 자명한 것이지만 풍수적인 지형에서 흥미로운 것은 혈(穴)을 중심으로 한 안정된 지역 너머에 있는 산들의 체계다. 이것은 위에서 말한 바와 같이 지금 이 자리를 넘어가는 세계로 이어진다. 이러한 외부 세계가 여기에 포함되는 것은 그것마저도 이 삶을 뒷받침하고 있다고 느끼고자 하는 삶의 욕구 때문이라고 할 수도 있지만, 다른 한편으로는 사람의 밖으로 향하는 에너지를 수용하는 것이라고 할 수도 있다. 그런 관점에서 외곽의 산들은 샥텔의 초월의 원리를 표현한다. 풍수적 지형 구도는 사람의 심층에 들어 있는 모순되면서 상호 보완적인 충동을 구현한 것이라고 할 수 있다.

그런데 산들의 체계가 나타내고 있는 초월은 단순한 외부 세계에 대한 열림보다는 더 복잡한 의미의 초월도 포함하는 것으로 생각될 수 있다. 사람의 초월적 지향은 이 시점과 지점을 넘어가는 조금 더 넓은 세계를 향할 수도 있지만 그것에 연속되는 한없이 큰 세계를 향하는 것일 수도 있다. 영토의 상징적 의미가 그러할 수 있듯이, 그것은 우주의 끝까지 영향을 미치는 형이상학적 그리움을 나타낼 수도 있다.

대체로 사람이 만드는 상징체계가 사람의 안주의 충동에 이어져 있는지 아니면 초월의 충동에 이어져 있는지는 분명치 않다. 그러나 심리적으로 현재의 지점 또는 시점을 넘어가는 넓은 세계는 특히 그것이 일체적인 무한성으로 이해될 때 문자 그대로 도저히 소유될 수 없는 것이기 때문에 초월적인 것이라고 할 수밖에 없다. 전체성은 유한한 인간에게는 초월성으로 나타나는 것이 당연하다. 이런 관점에서 명당의 가장자리에 있는 산들은 연속적이면서 또 단절된 것이다. 그러나 질적으로 그것은 단절적인 것으로서 초월의 원리를 나타낸다. 그리고 그것이 인간에게 존재하는 방식도 현실적인 것은 아니다. 명당에 이어진 산들의 체계는 적어도 그 전체성에 있어서는 가시적인 현실로 존재하기보다는 현재에 중첩된 신비스러운 그림자로서 존재한다. 사실 이러한 의미의 초월을 포함함으로써만 삶의 공간의 의미는 완전해진다고 할 수 있다. 즉 그것은 안주의 공간, 두 가지 의미의 초월의 세계, 즉 외부 세계와 참다운 의미에서의 초월의 세계를 포함한다. 이것이 인간에게 가능한 전체성이다. 풍수의 공간은 이러한 요건들을 모두 다 수용하고 있는 것이다.

풍수 사상의 지형 구도는 위에서 비친 바와 같이 보다 과학적인 지리학과 마찬가지로 객관적 공간으로서 땅에 대한 체험을 개념화하려는 노력에서 나온 과실이다. 그러나 그것이 땅의 경관을 보여 주는 지도의 측면을 가지고 있다면, 그 지도는 실제 존재하는 지도라기보다도 심리의 지도, 사람의 심층적 욕구를 나타내는 지도라고 할 수 있다. 사람은 땅이 어머니 뱃속처럼 편안한 안주의 장소이기를 원한다. 또 땅을 그러한 것으로 체험한다. 그러면서 땅은 다양한 모험을 약속하는 곳이다. 그러면서 그것은 형이상학적 의미를 갖는다. 땅은 무한하다. 그리고 그것은 신비한 곳이다. 이것도 사람의 내적 필요에 대응하는 것이다. 그리하여 이러한 면에서 땅은 사람의 안주와 모험과 초월의 체험이 된다.

체험으로서의 땅에서 특이한 것은 그 초월적인 양상이다. 지적인 요구로나 형이상학적인 요구로나 땅에 대한 느낌은 저절로 그 전체성으로 확산된다. 그것은 따라서 무한에로 이어지고, 무한한 사고의 가능성을 포함하여 신비한 것이 된다. 체험은 어느 경우에나 그것이 비일상적인 성격의 것일 때 강한 인상을 남긴다. 형이상학적 전율(frisson metaphysique)은 미적 체험의 중요한 촉진제이지만, 대체적으로 강한 체험의 매체다. 물론 땅의 의미가 특별히 거기에만 있는 것은 아니다. 그러나 땅이 편안한 거주의 장소가 되고, 자기실현의 장이 되고, 모험의 장소가 될 수 있다는 사실도, 생각하면 신비스러운 땅의 속성이 아닐 수 없다.

사람에 대해 도구적 관계에 있는 것은 너무나 익숙한 것이 되고, 그 독자성, 그 궁극적인 타자성을 상실해 버리고 만다. 땅의 경우도 마찬가지다. 그것은 도구적인 현존에서 해방된 상태, 다시 말해 신비로서 체험되어 비로소 그 원초적 성격을 회복한다. 풍수지리에서 명당의 지평 너머에 있는 산들은 일상적 인간이 쉽게 가까이할 수 없는 현실의 산이기도 하지만, 동시에 땅의 이러한 속성을 상기시키는 것이기도 하다. 물론 이 상기는 사람이 원하는 것이다. 땅의 신비는 사람과 세상의 대응 관계에 있어 인간 존재의 신비를 깨닫게 하는 것이고, 또 이 깨달음을 통해 일상성을 넘어서는 인간 자신의 가능성이 열리기도 하기 때문이다. 샤텔의 성장 공식에서 바깥

세상으로 나아가게 하는 초월의 원리는 결국 자기실현의 원리이다. 사람은 현실적으로 높은 산들에 의해 보호된 안주의 땅을 원하면서 그것의 초월적 체험을 구한다. 신화 연구가 조지프 캠벨은 자아의 영웅적 전신의 신화를 말하면서, "세상으로부터의 떠나감, 어떤 힘의 원천에의 침투, 그리고 고양된 삶에로의 회귀"를 말한다.[15] 원시의 신화에 나오는 여행—일상의 땅으로부터 비일상의 땅에로의 출발 그리고 새로이 솟아난 생명력과 더불어 귀환함은 정신적 여행이고 실재의 땅의 체험이다. 이러한 체험의 여행을 공간화한 것이 풍수지리의 지형 구도다.

땅에 대한 총체적 체험 또는 초월적 체험은 신비주의적 체험을 말하는 것으로 들린다. 그러한 면이 없다고 할 수는 없지만, 되풀이하건대, 그것은 우리의 일상적 체험이기도 하다. 신비는 과학적인 요구라고 할 수도 있는 공간의 전체성이 우리의 유한한 시각에 나타나는 모습이다. 또 초월적 체험으로서의 땅은 위의 공간 감각에 일치하는 것은 아니면서도 궁극적으로 미적 체험으로서의 산수에서 일상적 삶 가운데 주어진다. 서구의 낭만주의자는 산수의 아름다움을 "숭고"라는 말로 표현했다. 숭고는 이성으로 헤아릴 수 없는 아름다움을 말한다. 그것은 신비감과 유사하다. 그러면서 아름다운 것이다. 미적 체험으로서의 땅은 예술 작품에 주로 기록되지만, 이러한 측면이 삶의 땅에 대한 세속적 태도에서도 드문 것이 아닌 것은 쉽게 볼 수 있다.

이중환(李重煥)의 『택리지(擇里志)』는 어떤 의미에서는 정치경제학 책으로서, 단순히 명당을 말하는 책이라기보다는 한 가문의 사람들이 대를 이어 살아가기에 넉넉할 경제성이 있는 땅에 대한 연구다. 그러면서도 흥미로운 것은 이중환이 경제성 이외에 경치가 빼어난 땅을 좋은 땅의 필수적

---

15 Joseph Campbell, *The Hero with a Thousand Faces*(New York: Meridian Books, 1956), p. 35.

인 조건이라고 생각하는 것이다. 그 두 가지 다른 성질의 토지에 대한 그의 이해는 풍수 사상에서의 토지의 상충·중첩하는 두 부분, 안주와 초월로서의 토지의 구도를 모형으로 하고 있다는 느낌을 준다. 그는 쓰고 있다. "대저 산수는 정신을 즐겁게 하고 감정을 화창하게 하는 것이다. 살고 있는 곳에 산수가 없으면 사람이 촌스러워진다." 그러나 그는 곧이어 이러한 미적인 요소가 생활과는 관계없는 것임을 경고한다. 그러나 산수가 좋은 곳은 생리가 박한 곳이 많다. 사람이 자라처럼 모래 속에 살지 못하고, 지렁이처럼 흙을 먹지 못하는데, 한갓 산수만 취해 삶을 영위할 수는 없다. 그러고는 두 가지 연속적이면서 단절적인 요구, 생활의 요구와 심미적 요구를 결합한 타협을 다음과 같이 제안한다.

> 그러므로 기름진 땅과 넓은 들에 지세가 아름다운 곳을 가려 집을 짓고 사는 것이 좋다. 그리고 십 리 밖 혹은 반나절 길쯤 되는 거리에 경치가 아름다운 산수가 있어 매양 생각이 날 때마다 그곳에 가서 시름을 풀고 혹은 유숙한 다음 돌아올 수 있는 곳을 장만해 둔다면 이것은 자손 대대로 이어 나갈 만한 방법이다. 옛날에 주부자가 무이산의 산수를 좋아하여 냇물 굽이와 봉오리 꼭대기마다에 글을 지어 빛나게 꾸미지 않은 것이 없었다. 그러나 거기에다 살 집은 두지 않았다.[16]

이중환이 현실적으로 조화시켜 보고자 한 현실과 초월의 두 가지 욕망은 사람과 시대에 따라 여러 가지로 다르게 표현된다. 그리고 이것은 예술 작품에서 특히 중요한 주제가 된다.

다만 예술 작품에서 초월적인 경향은 더 강력하게 표현된다고 할 수 있

---

16 『택리지』, 195쪽.

다. 그것은 앞에서 말한 대로 그것이 체험의 주제화에 필요한 것이기도 하고, 또 예술은 대체로 일상적 삶의 세계보다는 그 초월에 관심을 가지고 있기 때문이기도 하다. 그러나 땅과 인간의 욕망의 이중적 인력이 거기에서 완전히 떠나는 것은 아니다. 예술의 초월에 대한 관심의 동기는 대체로 이 세상에 남아 있으면서 저세상의 체험까지를 원하는 데에 있다고 할 수 있다. 뿐만 아니라 초월적인 것이 체험으로 가능하기 위해서는 감각과 사고의 가능성 속에 있어야 한다. 이 표현의 필요만도 예술의 초월을 제한한다. 그러면서도 예술이 일상적 세계에 비해서는 그것을 넘어가는 무엇을 가리키고자 하는 것은 사실이다.

땅의 미적 체험을 재현하려는 것은 말할 것도 없이 동양에서는 산수화다. 그러면서도 그것이 있는 그대로의 토지의 객관적 형상을 재생하려는 것은 아니다. 그것은 무엇인가 다른 것을 보여 준다. 이것이 초월적인 것에 관계된 것임은 전통적 산수화에서는 작품 자체에 표시된다. 유명한 『개자원화전(芥子園畫傳)』은 좋은 산수화는 근접이 불가능한 장소를 포함하고 있어야 한다고 말한다. 그림에서 피해야 할 열두 가지 잘못 가운데 하나는 "자연이 근접 불가능하게 한 장소가 없는 풍경"을 그리는 것이다.[17] 물론 여기에도 우리는 그림이 가지고 있는 불가근(不可近)의 장소는 참으로 그러한 것보다도 암시로 있어야 하고 동시에 체험의 일부가 될 수 있어야 한다고 말할 수는 있다.

---

17 Mai-Mai Sze, *The Way of Chinese Painting: Its Ideas and Technique, with Selections from the Seventeenth Century Mustard Seed Manual of Painting*(New York: Vintage Books, 1959), p. 133.

「관동별곡」의 선경

땅에 대한 신비적 체험은 시에서 더 잘 묘사될 수 있다. 언어는 전체성으로서, 초월적 신비로서 또 지금 이 자리의 체험으로서 땅을 보여 주지는 못해도 적어도 말할 수는 있다. 가령 「관동별곡(關東別曲)」은 그러한 체험을 대표적으로 말하고 있는 시다. 여기에서 땅 또는 산수는 심미적 기쁨의 체험인 동시에 현실적 전체로서 또 형이상학적 전체로서 말해진다. 그것은 산수와 별들의 세계를 포함하는 우주와의 일체적 합일 속에 드러난다. 물론 이 전체성이나 합일은 신비적인 것이기도 하다.

이 시는 처음에 서울에서 관동의 해변에 이르는 여행을 될 수 있으면 많은 지점을 접하려는 듯 숨가쁘게 서술한다. 그런 다음 마지막 부분에서 우주적인 비전으로 나아간다. 처음부터 자연이 특권적 의미를 갖는 것은 분명하지만, 이 마지막 부분에서 산수는 전체성으로서 또 초월적 신비로서 시적 또는 신비주의적 엑스터시로 체험된다.

왕정(王程)이 유한(有限)ᄒᆞ고 풍경(風景)이 못슬믜니
유회(幽懷)도 하도할샤 객수(客愁)도 둘듸없다
선사(仙槎)를 띄워내여 두우(斗牛)로 향(向)ᄒᆞ살가
선인(仙人)을 ᄎᆞᄌᆞ려 단혈(丹穴)의 머므살가
천근(天根)을 못내보와 망양정(望洋亭)의 올은말이
바다밧근 하ᄂᆞᆯ히니 하ᄂᆞᆯ밧근 므서신고
ᄀᆞᆺ득 노ᄒᆞᆫ 고래 뉘라셔 놀내관ᄃᆡ
블거니 뿜거니 어즈러이 구ᄂᆞᆫ디고
은산(銀山)을 것거내어 육합(六合)의 ᄂᆞ리ᄂᆞᆫ 듯
오월(五月) 장천(長天)의 백설(白雪)은 므ᄉᆞ일고

져근덧 밤이드러 풍랑(風浪)이 정(定)ᄒᆞ거늘

부상(扶桑)지척(咫尺)의 명월(明月)을 기ᄃᆞ리니

서광(瑞光)천장(千丈)이 뵈ᄂᆞᆫ ᄃᆞᆺ 숨ᄂᆞᆫ고야

주렴(珠簾)을 고텨것고 옥계(玉階)를 다시쓸며

계명성(啓明星) 돗도록 곳초안자 ᄇᆞ라보니

백련화(白蓮花) ᄒᆞᆫ가지를 뉘라셔 보내신고

위 인용을 되돌아보자. 시인은 세속적 여행의 끝에 이른다. 그리고 그 다음의 다른 여행에 들어간다.

왕정이 유한ᄒᆞ고 풍경이 못슬믜니

유회도 하도할샤 객수도 둘듸없다

여행―관직으로 인한 여행은 끝나지만 남아 있는 정신의 에너지는 그것으로 충족되는 것이 아니다. 그것은 그러한 여행 너머로의 여행을 요구한다. 그리하여 시인은 우주 공간으로 배를 띄우고 떠나는 것을 꿈꾼다.

선사를 띄워내여 두우로 향ᄒᆞ살가

선인을 ᄎᆞᄌᆞ려 단혈의 머므살가

천근을 못내보와 망양정의 올은말이

바다밧근 하ᄂᆞᆯ히니 하ᄂᆞᆯ밧근 므서신고

땅끝에서 바라보는 우주는 공간의 모든 지점을 포함한다. 한편에 북두성과 견우성이 지시하는 별들의 넓은 공간이 있고 다른 한편에는 단혈과 같은 구멍이 있다. 시인의 소원은, 땅속과 함께, 바다 끝과 하늘의 끝, 우주

의 끝까지를 확인하는 것이다.

이것은 조금 복잡한 마술적 전략을 필요로 한다. 그렇게 함으로써 여기의 체험은 현실적 체험이면서 동시에 현세적이 아닌 신비의 체험으로 제시될 수 있다. 여기에서 매개자가 되는 것은 시인이 보게 되는 고래의 물을 뿜어내는 광경이다. 고래는 그 불거니 뿜거니 하는 동작으로 하늘과 땅을 연결한다. 고래는 땅의 생물로서 하늘의 신이 되는 용에 대응하는 바다의 짐승으로 생각되는 것인지도 모른다. 현실이든 상상 속에서든 고래의 존재는, 하늘과 땅 또 바다를 하나로 묶어, 우주 공간을 포괄하는 것은 단지 자연 공간의 일이 아니라 동적인 정신적 움직임 또는 자기 초월의 변신이라는 것을 암시하는 것일 수 있다. 고래의 동작은 기적을 불러일으킨다. 그것은 하늘을 무너뜨려 땅에 지게 하고 겨울과 여름을 하나로 하여 눈이 내리게 한다.

은산을 것거내어 육합의 ᄂᆞ리ᄂᆞᆫ듯
오월 장천의 백설은 므ᄉᆞ일고

하늘과 땅을 잇는 기적이 있은 후에 낮은 밤이 되고, 밤은 풍랑을 가라앉히고, 먼 곳이 지척과 합치는 공간에서 달은 멀리 가는 빛을 드러내면서 이를 다시 감춘다.

져근덧 밤이드러 풍랑이 정ᄒᆞ거늘
부상 지척의 명월을 기ᄃᆞ리니
서광 천장이 뵈ᄂᆞᆫ 듯 숨ᄂᆞᆫ고야

이러한 일종의 깨우침의 순간은 단순히 형이상학적 순간이 아니다. 그것은 육체적이고 현세적인 황홀도 포함하는 것이다. 이 깨우침의 순간이 성적 해후의 암시로 끝나는 것은 자연스럽다. 달이 비치는 다음 순간 연인을 기다리는 장면이 암시되는 것이다.

주렴을 고텨것고 옥계를 다시쓸며
계명성 돗도록 곳초안자 ᄇᆞ라보니
백련화 ᄒᆞᆫ가지를 뉘라셔 보내신고

이 성적 해후는 시의 다음 부분에서는 신선주에 잠이 들어 꿈을 꾸고 그 꿈에서 신선과 해후하는 것으로 바뀐다. 꿈의 계시의 핵심은 신선이 전해 주는바 시인 자신이 신선이라는 가르침이다. 다만 그는 실수로 인해 잠시 지상에 머무르고 있을 뿐이다. 그리하여 그는 우주적 스케일에 도취되고 또 스스로 신선이 되는 느낌을 갖는다. 그리고 이러한 신선으로서의 정체가 그에게만 한정된 것이 아니라 모든 인간의 정체라는 것도 깨닫는다.

ᄭᅮᆷ에 ᄒᆞᆫ사ᄅᆞᆷ이 날ᄃᆞ려 닐온말이
그ᄃᆡᄅᆞᆯ 내모ᄅᆞ랴 상계(上界)예 진선(眞仙)이라
황정경(黃庭經) 일자(一字)ᄅᆞᆯ 엇디그ᄅᆞᆺ 닐거두고
인간(人間)의 내려와셔 우리ᄅᆞᆯ ᄯᆞᆯ오ᄂᆞᆫ다
져근덧 가디마오 이술ᄒᆞᆫ잔 머거보오
북두성(北斗星) 기우려 창해수(滄海水) 부어내여
저먹고 날머겨ᄂᆞᆯ 서너잔 거후로니
화풍(和風)이 습습(習習)ᄒᆞ야 양액(兩腋)을 추혀드니
구만리(九萬里) 장공(長空)에 져기면 ᄂᆞᆯ리로다
이술 가져다가 사해(四海)에 고로ᄂᆞᆫ화

억만(億萬) 창생(蒼生)을 다 취(醉)케 밍근 후(後)의
그제야 고텨맛나 또 ᄒᆞᆫ ᄌᆞᆫ ᄒᆞ잣고야
말디자 학(鶴)을 ᄐᆞ고 구공(九空)의 올나가니,
공중(空中) 옥편(玉篇) 소ᄅᆡ 어제런가 그제런가

그러나 시인의 우주적 비전은 비전으로서 끝난다. 그것은 진정한 의미에서 신비의 세계로 떠나가는 것은 아니다. 시인은 잠에서 깨어나고, 자연계의 아름다운 광경으로 돌아온다. 그러나 이 아름다운 광경은 하나의 황홀한 체험 속에 일체가 되는 것을 가능하게 하는 것은 아니다. 그것은 자연상태 그대로—깊이를 알 수 없는 바다가 있고 달이 비치되 수많은 산봉우리와 떨어질 수도 있는 골짜기로 있는 자연이다.

나도 ᄌᆞᆷ을 ᄭᅵ여 바다ᄒᆞᆯ 구버보니
기픠ᄅᆞᆯ 모ᄅᆞ거니 ᄀᆞ인들 엇디알리
명월(明月)이 천산만락(千山萬落)의 아니비쵠 ᄃᆡ 업다.[18]

정선의 「금강전도」

「관동별곡」이 우주적 비전으로 도약했다가, 그것을 하나의 꿈으로 돌리고 다시 가시적 세계로 돌아오는 것은 중요한 일이다. 이 비전으로 들어갈 때의 시적 전략에서 이미 드러나 있듯이, 송강은 이 시의 끝에서 말한 신비적 비전이 비현실적으로 과장된 것임을 인정하는 것이다. 또는 그의

---

18 『한국 고전 문학 전집 3』, 222~226쪽.

비전은 우주적 차원을 가지고 있음에도 불구하고 굳건히 땅 위에 자리하고 있는 것이라고 말할 수도 있다. 이것은 존재의 피안적 차원을 부정하는 유학(儒學)의 인간으로서의 그의 입장으로 볼 때, 합당한 일이다.

풍수지리에서 보는 좋은 땅이란 현세적인 의미에서의 좋은 땅인데, 그 의미는 어떤 풍경의 이념에서 구현되면서, 그 이념은 다시 지금 이 자리의 땅으로 되돌아가서만 의미를 갖는다. 「관동별곡」에서 땅의 의미는 같은 움직임을 가지고 있다. 일반화하여 말하건대, 다시 한 번 풍경은 전통적 한국의 사고에서 현세적으로 얻어지는 장소의 완성이다. 풍경의 비전은 신비적인 것이라기보다는 미적 비전이다. 또 이 미적 비전은 일상적인 체험의 연장선상에 있는 것이다.

발터 벤야민은 전통적 예술 작품의 특별한 효과로서의 '분위기(Aura)'를 설명하면서, 풍경에 대한 일상적인 체험을 들어 그것을 예시하고 있다. "여름날 오후, 지평선의 산의 연봉들 또는 당신 위로 그림자를 드리우고 있는 나뭇가지를 눈으로 좇을 때면, 그때 당신은 그 산들이나 그 나뭇가지의 분위기를 경험하고 있는 것이다."[19] 벤야민의 '분위기'는 먼 것과 가까운 것이 겹쳐 현재의 감각이 될 때의, 즉 거리가 감각의 직접성에 일치하는 순간의 현상이다. 벤야민이 다른 곳에서 또 "거리의 유니크한 현시"[20]라고 부른 '분위기'의 경험은 특이한 것임에 틀림이 없으면서, 우리가 부분으로서 또 전체로서 또는 이것의 혼융으로서 경험하는 일상적 세계에서 멀리 따로 있는 것도 아니다. 현대 생활의 문제는 이러한 혼재의 풍경의 체험에 들어 있는 자연스러운 세계감을 별로 허용하지 않는 세계에 우리가 살고 있다는 것이다. 이에 대하여 이러한 세계의 느낌은 근대 이전에는 조금 더

---

19 Walter Benjamin, "The Work of Art in the Age of Mechanical Reproduction", *Illuminations* (New York: Schocken Books, 1969), pp. 222~223.

20 Benjamin, "Some Motifs in Baudelaire," *Illuminations*, p. 188.

쉽게, 가볍게 그리고 흔히 작용했던 것이 아닌가 한다. 그것은 일상적 삶의 자연스러운 장비였던 것 같다. 우리는 많은 이야기들이 장소의 묘사로부터 시작하는 것을 보거니와, 이것은 장소의 느낌이 모든 것에서 기본이 된다는 것을 말해 주는 한 예라고 할 수 있다. 이것은 특히 전근대의 설화에서는 거의 빠지지 않는 것으로서, 장소뿐만 아니라 그것을 넘어가는 넓은 지리적 묘사로서 이야기가 시작되는 것을 흔히 볼 수 있는 것이다. 가령 『구운몽(九雲夢)』의 서두는 상징적 의미를 가진 중국의 명산을 전체적으로 언급하는 점에 있어서, 풍수지리의 산맥 체계 의식에 비슷한 것을 보여 준다.

> 천하 명산 다섯이 있으니 동은 태산이요 서는 화산이요 남은 형산이요 북은 항산이요 중은 숭산이라. 오악지중에 형산이 가장 중국에 멀어 구의산이 그 남에 있고 동정희 그 북에 있고 소상강 물이 그 삼면을 둘렀으니 제일 수려한 곳이라. 그 가온데 연화봉이 있으니 봉만이 운무에 잠겨 청명한 날이 아니면 그곳을 보지 못할너라.

이러한 거시적인 지형에 대한 조감이 있은 연후에, "진 시절에 한 부인이 도를 일워 하날 벼살을 얻어 선동 옥녀를 다리고 형산을 진정하나 이른바 남악 위부인이라"라고 고사가 인용되고, 이어서 비로소 "당 시절에 서역으로 한 중이 중국에 들어와 형산의 수려함을 사랑하여 연화봉에 암자를 짓고……"[21] 하는 설화의 단초가 열리기 시작한다.

이러한 지형 의식은 설화에서처럼 양식화된 공식이 되어 있지 아니한 경우에도 그에 비슷한 관습적인 수사의 원인이 되는 것으로 보인다. 퇴계

---

21 박성의(朴晟義) 편주, 『한국 고대 소설 집성(韓國古代小說集成)』(신광도서, 1976), 341쪽.

는 풍기 군수로서 관찰사 심통원(沈通源)에게 백운동서원(白雲洞書院)의 개수를 건의한 일이 있는데, 이 서원의 중요성을 말하고 있는 일종의 공문서 성격을 가진 편지에서 우리는 그가 오늘의 공문서에는 있을 수 없는 문학적인 수사로서 서원을 풍광과 관련하여 말하는 것을 읽을 수 있다.

> 이 고을에 백운동서원이 있는데, 전 군수 주세붕(周世鵬)이 창건하였습니다. 죽계(竹溪)의 물이 소백산 아래에서 발원하여 옛날 순흥부의 가운데로 지나니, 실은 유학계의 선정 문성공 안향(文成公 安珦)이 옛날에 살던 곳입니다. 마을은 그윽하고 깊숙하여 구름에 잠긴 골짜기가 아늑한데, 주후(周候)는 군을 다스리는 데에 있어서 특히 학문을 일으키고 인재를 육성하는 것을 으뜸으로 삼아 이미 향교에 정성을 다하던 차에, 죽계는 선현의 유적이 있는 곳이므로 나아가 터를 잡고 서원을 지으니, 무릇 30여 간이나 되었습니다.[22]

도교의 영향을 보여 주는 그림이나 「관동별곡」과 같은 작품의 신비주의적 풍경의 체험은 이러한 일상화된 땅의 느낌이 확대된 것이다. 그러나 거꾸로 예술 작품에 강조되어 나타나는 고양된 지리 의식이 일상생활의 땅의 느낌을 더욱 두드러지게 뒷받침해 왔다고도 할 수 있다. 그보다도 이러한 일상적 체험, 그것도 조금만 들치면 미적이고 신비적인 면을 드러낸다는 것이 옳은 것인지 모른다. 퇴계의 죽계서원의 묘사는 그곳이 좋은 곳이라는 것을 암시하는 것이고 「구운몽」 서두의 명산에 대한 언급은 바야흐로 벌어지려 하는 일들을 하나의 안정된 세계에 위치하게 하고 또 그것들을 상징적 전체로서의 세계 속에 전형적 사건이 되게 한다. 그리고 이것

---

22 이황(李滉), 『한국(韓國)의 사상(思想) 대전집(大全集) 10』(동화출판사, 1972), 171쪽.

은 더 나아가 앞에서 말한바 초월과 신비 또는 아름다움의 체험에 이어진다. 그러나 다시 한 번 뒤집어 말해야 하는 것은 이러한 것들이 일상적인 차원과 별도의 것으로 존재하는 것이 아니라는 점이다. 그것들은 일상적 지각 속에 있는 것으로서, 그것이 직접적으로 인지되는 것이 아니라면, 적어도 그러한 지각 체험의 구성의 원리로서 그 안에 들어 있는 것이다. 그러나 동시에 그것은 숨은 원리로만 존재하는 것이 아니라 관념적으로 표상될 수 있는 것이기도 하다. 가령 우리가 낯선 땅에서 어떤 지점을 찾아간다고 할 때 이 땅에 대한 지도상의 이해는 우리의 지상 표적물의 지각에 어떻게 작용하는가. 이때의 지도가 우리의 구체적 지각에 있어서 반드시 선험적 구성의 원리까지는 아닐지라도 어떤 내적 원리로서 작용할 것임에는 틀림이 없다. 지각 체험에서의 이러한 관념적 표상이, 관념적으로 생각할 수 있는 배경이나 틀과 미적 체험에 시사되는 초월적 차원과 같은 것인지는 분명치 않다. 그러나 거기에 어떤 연속성이 있는 것은 부정할 수 없고, 전통적 체험의 방식에서 이러한 것들은 특히 일체적인 것이 되었던 것이 아닌가 한다. 다시 말하여 땅을 전체적으로 의식한다고 할 때, 이러한 모든 차원들이 개입되는 것일 것이고, 이 전체적인 차원, 현세적이고 초월적인 차원이 강하게 하나가 되어 있던 것이 전통적 땅의 느낌이라고 생각되는 것이다.

전통적 땅의 느낌의 표현에서 매우 시사적인 것은 풍경화다. 풍경화는 한편으로는 우리가 직접적으로 지각하는 땅을 모사하지만, 대부분의 경우 그것은 다른 한편으로 그러한 한정된 지각을 넘어가는 넓은 풍경을 보여 준다. 그러한 점에서 그것은 땅에 대한 우리의 부분적 지각과 전체적인 의식을 하나로 묶음으로써 성립한다. 전체로서의 땅은 분명 질적인 의미에서 초월적 암시를 갖지만, 가시적인, 말하자면 양적인 공간으로 보여 줄 수 있는 것이기도 하다. 양적인 공간은 현실적으로 지각될 수 있는 범위의 것에 한정될 수도 있지만, 다른 한편으로는 그것을 넘어서 상당히 넓은 공간을 ― 지각의 직접성을 넘어가기 때문에 관념화될 수밖에 없고, 무한한 공간의 가시적 아날로그로서의 캔버스나 종이에서는 도형이 되어 표상되는,(지도가 그 극단적인 경우다.) 상당히 넓은 공간을 포함할 수도 있다. 「관동별곡」에서 땅의 넓이는 빠른 속도로 언급되는 지명들로도 시사되지만, 궁극적으로 그것은 시적 비전, 신비적 일체감의 계시로 표현된다. 이러한 것을 그림으로 옮길 때, 매체의 성격은 불가피하게 이것을 가시적 공간 속에 수용할 것을 요구한다. 가시적으로 표현될 수 없는 질적인 체험까지도 양화(量化)된 공간에 나타나야 하는 것이다.

좁은 감각을 넘어가는 전체성을 가시적 공간에 어떻게 표현하느냐 하는 문제에 대해서는 간단한 답변이 있을 수 없다. 그것은 한편으로 회화의 전통 속에서 묘사의 관습에 의하여 그리고 다른 한편으로는 이러한 관습 자체에까지 작용하는 문화의 토지 인식의 체계에 의하여 결정된다고 할 것이다. 이것은 다시 감각적 체험까지도 결정하거나 적어도 그것에 영향을 준다고 할 수 있다.

전통적인 산수화가 성립하는 것은 이러한 여러 맥락에서다. 그것은 흔히 생각되듯이 직접적인 풍경의 체험과 그것을 초월하는 신비스러운 전체성으로서의 땅에 대한 체험을 전달하려는 수가 많지만, 동시에 땅의 체험을 개념화함에 있어서 얼른 생각하기에는 예술과는 관계가 없는 것으로 보이는 땅에 대한 양적인 이해 ― 현대적인 지리학과 지질학 또는 풍수지리의 땅에 대한 이해를 포함할 수 있는 것이 아닌가 한다. 그러면서도 산수화가 회화의 일종인 한, 즉 감각적 예술로서 감각에 호소해야 하는 한, 이것을 관념을 통한 선형 분석으로 접근되는 것이 아니라 직접적이고 일체적인 감각의 작용으로 접근되는 현실로서 제시해야 한다는 부담을 피할 수는 없다. 이 부담을 가볍게 하는 데에 예술 형식의 이상적 암시, 인간 심리의 원형적 심상들 또는 더 두드러지는 것으로는 이상향의 신화 등이 수단으로 이용된다. 그러나 산수화의 종합은 인위적인 조작보다는 회화의 기법과 과학적 이해를 포괄하는 문화의 중심적 감수성에 대응하여 일어나는 현상이라고 하는 것이 옳을 것이다.

이렇게 보면 동북아시아 특유의 실제적 그리고 지적(知的) 기획들에서 나오는 관념이나 구도들이 거기에 삼투되어 있음을 알지 못하는 눈에는 산수화는 불가해한 것이라고 말할 수 있다. 물론 세계의 어느 곳에서도 예술은 문화적·예술적 관습의 산물이지만, 산수화의 경우 이것은 어느 다른 회화의 경우보다도 문화의 보다 실제적 측면 — 단순한 감각적 체험뿐만 아니라 다른 실제적 지식의 측면을 포함하고 있기 때문에 이러한 관습의 강한 지배하에 있고, 그러니만큼 그것은 문화적 관습과 규약과의 관계에서 재해석될 필요가 있는 것이다.

앞에서 우리는 벤야민의 분위기로서의 풍경을 언급하면서 풍수설이나 우리의 고전 시에 들어 있는 그리고 우리의 회화에도 들어 있는 풍경의 느낌이, 이러한 '분위기'로 나타나는 생활 세계의 체험에 충실한 것이라는 것을 암시했다. 그러나 여기에서 우리는 이 암시를 수정해야 한다. 마치 풍수의 지리학이 땅에 대한 근원적 체험으로부터 발달된 관념의 체계이면서 재해석을 통해서만 원체험으로 복원될 수 있듯이, 산수화에 땅의 원체험이 들어 있다면, 그것도 문화적 규약의 해독 과정을 경유하여 다시 우리에게 접근할 수 있는 것이 된다. 물론 이것은 우리의 생활 세계 자체가 순수한 감각의 세계라기보다는 문화의 규약과 구도들로 가득 찬 세계라는 소박한 사실을 확인하는 일에 불과하다. 산수화는 되풀이하여 말하건대 화조(花鳥)나 곤충과 같은 것을 근접한 시각으로 세밀하고 정교하게 그리는 경우와는 달리, 넓은 범위의 풍경을 그린다. 이 범위의 확대는 숭고한 느낌을 줄 수 있다.(서구의 낭만주의자들은, 앞에서 비친 바와 같이, 숭고미에 특별한 관

카스파르 프리드리히, 「뤼겐의 석회암 절벽(Chalk Cliffs on Rügen)」(1818, 캔버스에 유채, 함부르크 시립 미술관)

독일 낭만주의의 대표적인 화가 프리드리히의 작품은 자연에 대한 숭고미에 큰 관심을 가지고 있었음을 보여 준다. 이는 이상적인 풍경을 화폭에 담는 동양의 산수화를 연상시킨다.

이성길, 「무이구곡도」(1592, 비단에 담채, 국립중앙박물관 소장)

그 폭이 4미터에 달하는 이 그림은 기괴한 형상의 암석들을 통해 광대하고 신비로운 자연 세계를 묘사하고 있다. 서른여섯 개의 봉우리와 서른일곱 개의 바위가 있다는 상상 속 풍경으로, 이는 실경을 바탕으로 한 것이 아니라 관념적으로 이상화한 공간이다.

심을 가지고 있었는데, 전형적인 낭만주의 화가 프리드리히(Caspar David Friedrich, 1774~1840년)의 풍경에서 그러한 관심을 쉽게 볼 수 있다.) 그런데 이 범위의 확대는 직접적 감각의 체험으로 주어질 수 있는 형태로만 이루어지지는 아니하고, 앞에서 말한 바와 같이 관념적 구도로서도 이루어진다.

시각의 위치의 적절한 선택으로 시계를 구성함으로써 마치 자연스럽게, 고원(高遠), 심원(深遠) 또는 평원(平遠)의 느낌을 준다거나 기괴한 형상의 자연물을 배치하거나 하는 일은 일상적 체험이라기보다는 큰 자연을 환기하는 행위다. 16세기의 문인 화가 이성길(李成吉, 1561~?)의 「무이구곡도(武夷九曲圖)」는 주로 거대하고 기괴한 형상의 암석들을 통해 비일상적인 자연의 힘의 세계를 암시하려 한다 할 수 있겠는데, 다시 한 번 이러

한 기암들을 무한한 파노라마 속에 배치하여 넓고 깊은 느낌을 강화한다. 여기에서 흥미로운 것은 이 파노라마적 공간의 수학화다. 묘사의 대상이 된 무이구곡은 서른여섯의 봉우리와 서른일곱의 바위가 있다고 말해지거니와, 이성길의 그림도 바위와 산봉우리의 반복된 나열로써 다수의 인상을 만들어 풍경의 넓음을 말하고 있는 것으로 보인다. 공간의 거대함은 감각적으로 제시될 뿐만 아니라 관념적으로 도형화 또는 도표화되는 것이다.

이러한 점에서 — 감각과 관념을 합쳐서 또는 문화가 정형화한 그러한 것들을 합쳐서 풍경의 생활 체험을 나타낸 가장 극단적인 예로서 좋은 것은 아마 정선(鄭敾)의 「금강전도(金剛全圖)」일 것이다. 진경산수(眞景山水)의 대표적인 예로 들어지는 「금강전도」는, 진경산수라는 말이 실재하는 한국의 풍경이라는 말 이외에 감각적 체험으로서 주어지는 풍경을 말하는 것이라고 한다면, 매우 특수한 의미에서만 — 즉 감각적인 요소 이외에

정선, 「금강전도」(1734, 종이에 담채, 호암미술관 소장)

진경산수의 대표적인 작품으로 사실적인 풍경 체험을 담아낸 작품이다. 서양의 원근법과는 전혀 다른 공간 구성법을 통해 금강산의 일만이천봉을 한 화폭에 담고자 했다. 하나의 소실점을 가진 것이 아니라 다원적인 시점을 활용하여, 체험을 바탕으로 한 풍경 묘사가 이루어지는 것이다.

관념적 구도가 감각의 차원의 체험에 깊이 작용하게 마련이라는 의미에서만, 실제로 경험되는 풍경을 그린 그림이다. 「금강전도」는 제목이 말해 주듯 금강산 전부를 보여 주겠다는 것이다. 그림 우측의 칠언시(七言詩)는 비록 그것을 다 그리기 어렵다고 하는 관점에서 말하고 있지만, 금강산의 일만이천봉을 언급하고 있는데, 실제 그림에 들어 있는 봉우리가 그러한 숫자에 근사한 것인지 세 보지는 않았지만, 무수히 촉립한 봉우리는 금강산 전도라는 말의 의미가 이러한 숫자의 의미에서의 전부라는 뜻도 포함하는 것이 아닌가 생각하게 한다.

이러한 의미에서의 풍경은 물론 직접적인 시각 체험으로서는 주어질 수 없는 것이다. 일만이천봉은 고사하고 정선의 그림에 포함되어 있는 만큼의 풍경도 그것을, 그림을 보듯, 실제로 한눈에 거머쥘 수 있는 시점은 생각하기 어렵다. 물론 이것을 한눈으로 본다는 것이 무엇을 말하는 것이냐를 밝히고 나서야 바른 뜻을 가질 수 있는 말이기는 하다. 간단히 「금강전도」는 한눈으로 본다고 하더라도, 그것을 그린 실경은 한눈으로 볼 수 없다는 말이지만, 한눈으로 볼 수 없다는 것은 일단은 그것을 서양식의 원근법의 관점에서 읽기 어렵다는 말이다. 동양화에 있어서의 공간의 구성법이 서양화의 원근법과 다른 원칙을 가지고 있음은 자주 지적되어 온 점이다. 이 차이는 물론 정선의 그림에도 해당된다. 잘 알려져 있듯이 동·서양의 공간 구도의 근본적 차이는 사물을 보는 눈의 위치를 어디에 있는 것으로 설정하느냐 하는 점에 있다. 단순화하여 말하면, 서양화의 원근법은 고정된 한눈의 관점에서 사물을 보는 양 가시적 공간을 구성한다. 이에 대해 동양화는 다원적 시점(視點)을 가지고 있다고도 말해지고, 움직이는 시점을 가지고 있다고도 말해진다. 또는 더 적절한 표현은 복판에 내재한 시점이라고 하는 것일는지 모른다.(프랑스의 지리학자 오귀스탱 베르크는 중국의 "산수화의 유원함의 기교는 '규칙적 구성(costruzione legittima)' 공간을 하나의 시점에서 통일하는 것이 아니라 시점을 풍경의 복판으로 옮겨 간다."[23]라고 동서양의 화법의 차이를 말한 일이 있지만, 이때 그가 암시하는 시점이 그러한 것이다.) 움직이는 관점이란 그림 밖에서의 이야기가 아니라 그림 안에서 움직이는 관점이라고 할 수 있다. 그리하여 그림을 한눈으로 보라는 것은 서양화의 전제이고, 동양화에서 그것은 반드시 옳은 전제는 아니다.

아마 관점의 재설정은 그림의 해독을 용이하게 할 수 있을 것이다. 그러나 예술 관습에서 오는 전제의 차이는 관점의 문제에만 한정되는 것이 아님은 물론이다. 자명한 일이지만, 예술과 문화적 관습의 관련은 되풀이하여 상기할 필요가 있는 일이다. 곰브리치가 그의 『예술과 환영(*Art and Illusion*)』에서 설파한 바와 같이 예술은 어디까지나 실재보다는 문화적으로 발전되어 온 관습에 더 많이 의존하여 현실 재현의 환영을 주는 것이다. 이 관습은 동양화의 경우 더 많은 해독을 요구하는 것이 아닌가 한다. 그것은 그 전제의 하나가 감각으로 검증되는 현실의 재현이 아니었기 때문이다. 그러나 이렇게 말한다고 해서 모든 현실 인식 또는 검증의 수단 가운데 인위적 가공 없이 주어지는 감각적 현실에 특권적 위치를 부여하려는 것은 아니다. 이 감각은 모든 사람에게 저절로 열려 있는 것이 아니라 의식의 독특한 환원 작용을 통해 역설적이지만 독특한 금욕적 정지 상태를 통해 드러나는 현실의 일면이다. 이러한 환원 작용은 또 그 나름의 문화적 전제 감각으로 주어지는 경험의 자료를 진리의 근본적 근거로, 또는 적어도 감각적 자료로부터 시작하는 지적 구성을 진리의 근본적 근거로 생각하는 철학적 전제에 관계되어 있다고 할 수 있다. 그렇다 하더라도 감각에 기초한 사실(寫實)은 그것이 어떤 것이 되었든 보다 상위의 개념적 구성의 경우

---

23 Augustin Berque, "La Transition paysagère comme hypothése de projéction pour l'avenir de la nature", Alain Roger et Francoic Guery, *Maitres et protecteurs de la nature*(Seyssell: Champ Vallon, 1991), p. 220.

보다는 우리의 눈에 쉽게 해독된다고 해야 한다. 서양 미술이 가지고 있는 보편적인 힘은 이 점에서 온다. 이에 대하여 동양화는 일단은 더 많은 문화적 그물의 코에 얽혀 있는 것이 아닌가 하는 것이다. 그러나 이러한 예술적 문화적 전체를 참고하더라도, 「금강전도」가 보여 주고자 하는 금강산의 시각적인 경험 — 특히 비행기가 없는 시절의 시각적인 경험으로 파악되기 어려운 것이라는 점은 변함이 없는 사실이다. 이것은 사실적이기보다는 심리적 또는 지적 경로를 통과해서만 해독될 수 있는 그림의 특징이다.

그러니까 「금강전도」는 한편으로 풍경의 생활 체험에 충실하면서도, 다른 한편으로는 이 생활 체험 자체가 관념적인 요소를 가지고 있는 것을 전제하는 것으로 보인다. 이 관념적 요소란 산의 지형에 대한 지리학적 이해와 그것의 밑에 놓여 있는 공간 이해 — 기하학적 의미에서건 또는 더 내용적인 의미에서건, 어떤 형태론가 이상화된 공간 이해를 포함한다. 이러한 요소가 우리의 감각적 경험이나 마찬가지로 우리의 풍경에 대한 경험을 구성한다는 의미에서만 「금강전도」와 같은 그림은 서양의 규칙적 구성의 풍경화보다도 실체험에 가까운 것이 될 것이다.

우리는 이 그림의 위에서 말한 비현실적으로 보이는 공간적 야심 이외에 그 스타일의 도형성에 주목할 수 있다. 대체로 동양화의 기법이 그러한 것이지만, 구륵(鉤勒)의 선으로써 질감보다도 윤곽의 제시를 의도하는 것으로 보이는 화의(畵意)는 금강산의 형상을 거의 관념적인 명증성으로 도해하려 하고 있는 것으로 보인다. 위에서 말한 일만이천봉의 문제로 되돌아가건대, 일만이천봉까지는 아니라 하더라도 산 전체를 그림에 수용하겠다는 것도 감각적 충격을 재생하겠다는 것보다는 지적인 욕구에 답하겠다는 화가의 의지를 표현한다.(금강산에 실제로 일만이천봉이 있는지는 알 수 없으나, 일만이천이라는 우수리 없는 정수 표시 자체가 지적인 구도가 현실과 일치한다는 의미를 암시하고 있는 것이라고 할 수 있다. 이에 대하여 라이프니츠(Leibniz)가 관찰한 바와 같이, 감각적 인상은 수로 표현한다면 무리수적인 성격을 갖는다고 말할 수 있다. 이것은 예술 작품에 있어서는, 곰브리치가 '등등 원리(etc. principle)'라고 부른, 사실 세계의 무한한 정보를 암시하는 기법에 대응한다. 작가가 사실을 실감 나게 모사하려면, 그는 제한된 재현의 수단으로써 현실의 무한함을 암시할 수 있어야 한다. 이것은 구도의 문제이기도 하지만, 곰브리치가 시사하는 바와 같이 사물의 질감(texture)을 재현하는 수법의 발전에 달려 있는 일이다.)[24]

지형에 대한 지적인 접근의 결과로 가장 손쉽게 생각되는 것은 지도라고 하겠는데, 「금강전도」가 이름이 암시하듯이, 어느 정도는 지도와 같은 느낌을 주는 것은 부정하기 어렵다. 그러나 그것이 반드시 사실적인 의미에서 금강산의 지도 역할을 하는 것은 아니다. 지도에 가깝다면, 그것은 풍수지리의 지도 — 다시 말해 인간의 마음속에 있는 근원적 심상과의 교환 속에서 이루어지는 지도와 비슷하다고 할 것이다. 그것은 미화되고 신화화된 지도다. 금강산의 신화화는 칠언시에 이미 암시되어 있다.

萬二千峰皆骨山 何人用意寫眞顔
衆香浮動扶桑外 積氣雄蟠世界間
幾朶芙容揚素彩 半林松栢隱玄關
從令脚踏須今遍 爭似枕邊看不慳

세 번째 시구에 말하여진바, 금강산에서 오르는 수많은 향기가 부상(扶桑)의 밖에 이르고, 그곳에 쌓인 기운이 세상에 가득하다는 것은 금강산 전체를 하나의 미적 대상 또는 신령스러운 대상으로 파악했다는 것을 말한

24 Cf. E. H. Gombrich, *Art and Illusion: A Study in the Psychology of Pictorial Representation*, 2nd ed.(Princeton University Press, 1961), pp. 220~222.

금상감동박산향로(金像嵌銅博山香爐)

중국 하북성 만성 1호 한묘 토분에서 출토된 전한 시대의 금동 향로. 높이 약 26센티미터. 최근 출토된 금동용봉봉래산향로와 매우 유사한 작품이다.

금동용봉봉래산향로(金銅龍鳳蓬萊山香爐)

1993년 충남 부여군 부여읍 능산리 건물지에서 출토된 이 향로는 6세기 후반 백제 금속 공예술의 극치를 보여 주는 것으로 관심을 모았다. 높이 약 64센티미터. 이 향로에 표현된 봉래산의 양식화된 형상과 「금강전도」와 산봉우리 사이에 유사성을 발견할 수 있다.

다. 뚜렷하게 그러한 것은 아니면서 대체적으로 산의 구도가 구심적으로 가운데로 모이며 원형을 이루는 것도 산 전체의 일체성을 강조한다.

그러나 정선의 금강산은, 분명하게 확정할 수는 없는 채로 구도 전체가 전통적인 봉래산을 연상케 하여 더 신화적이 된다. 그렇다는 것은 한대(漢代)의 박산향로(博山香爐) 또는 수년 전 백제의 고분에서 발굴된 향로에 조각된 산봉우리들과 「금강전도」의 봉우리들에는 우연이라고만은 할 수 없는 유사성이 있기 때문이다.

물론 더 전문적인 연구가 없이는 이 유사 관계가 확실한 것일 수는 없지만, 여기에서 중요한 것은 「금강전도」의 산 모양이 신화적으로 양식화되어 있다는 것이다. 그리하여 산의 영향력은 한편으로 동해 바다의 부상에, 다른 한편으로는 세계 전체에, 세계의 바깥에서 그 안에까지 미치는 것이기도 하고, 더 가까이는 몇 송이의 부용을 흰 빛으로 피어나 드러나게 하고, 또 현묘한 데로 나아가는 문을 송림 사이에 반쯤 감추어 가지고 있는 곳이 되게 한다. 산의 전모는 「관동별곡」의 산처럼, 이러한 시적 또는 신비적 직관으로서도 접근될 수 있는 것이다.

결론적으로 「금강전도」는 위에서 살펴본 여러 가지의 차원에서 풍경의 경험을 종합적으로 표현한다. 그것은 말할 것도 없이 감각적으로 체험되는 산, 지리학적으로 파악되는 산의 지형, 그리고 이러한 감각과 지리학의 밑바닥에 들어 있는 세계의 형이상학적 구도, 즉 지형의 원형에 대한 신화를 포함하는 인위적 구성물이다.

이렇게 말하는 것은 「금강전도」와 같은 그림의 인위성을 강조하는 것처럼 보인다. 그러나 이 인위성을 두드러지게 하는 관념적 요소에도 불구하고 그림의 의도는 실제 경험을 그 전체성 속에서 전달하려는 것일 것이다. 이것은 앞에서 말한 바와 같이 실제의 경험이 여러 가지 요인들의 복합체라는 점에서도 정당화될 수 있는 주장이지만, 다른 한편으로 이 주장은 동양화에서의 그림의 창작과 수용의 관습에 의해서도 논의될 수 있다.

동양화에서 중요한 것은 주지하다시피, 물리적 현상의 재현이 아니라 현상의 경험이다. 앞에서 언급한 오귀스탱 베르크는, 서양화에 있어서의 객관화 작용 그리고 그것을 지배하고 있는 데카르트적 이원론에 대립하여, 산수화가 경험의 현실성에 입각해 있으면서 동시에 내면적 과정을 통해 실현되는 것임을 다음과 같이 설명한다.

> 여기에는 (즉 산수화에는) 이원적 분리가 없다. 즉 주관이 객관을 보는, 데카르트적 직관(intuitus), 보는 눈이 없다. 풍경의 경우에도 보는 눈은 없다. 화가는 풍경을 자신의 마음속에 지닌다. 오랜 예비적 경험(즉 극기의 기율, ascesis)과 명상을 통해 풍경의 숨결[氣]과 율동[韻]과 상호 조응(照應)으로 마음이 가득하게 될 때 화가는 다양한 대상물들로부터 유기적 조화가 있는 하나의 통일된 질서를 만들면서, 그것을 표현한다. 이때 붓의 동작은 자연의 율동에 대응하고, 그려지는 그림은 우주에 울려 퍼지는 화음들을 좇는 것이 된다.[25]

베르크의 설명으로는 산수화는 시각적 인상을 객관적으로 재생하는 것이 아니라 풍경이 작가의 심리 작용에 개입함에 따라, 말하자면 안으로부터 풍경을 창조해 내는 것이다.

이것은 산수화를 그리는 데에 있어서나 그것을 즐기는 데에 있어서 기억이 매우 중요한 역할을 하는 데서 더 구체적으로 살필 수 있다. 어느 전통에서나 그림의 목적에는, 특히 사진의 발명 이전에 있어서, 사라지는 순간을 포착하여 고착시키고 기억을 보조하려는 것이 있었을 것으로 생각되

---

25 Augustin Berque, op. cit., p. 220.

안견, 「몽유도원도」(1447, 두루마리 비단에 담채, 일본 텐리 대학교 중앙도서관)

그림의 줄거리가 두루마리 그림의 통례와는 달리 왼편 하단부에서 오른편 상단부로 전개되고 있으며 왼편의 현실 세계와 오른편의 도원 세계가 대조를 이루고, 몇 개의 경관이 따로 독립되어 있으면서도 전체적으로는 큰 조화를 이루고 있다. 이 「몽유도원도」를 두고 쓰인 시들을 살펴보면 그림에 대한 객관적 이해보다는 추체험을 통한 도원 세계의 심리적 현실화가 산수화 감상의 특징임을 알 수 있다.

지만, 산수화의 경우 이것은 매우 중요한 동기였던 것으로 보인다. 미국의 중국 회화사가 제임스 케이힐은 이 점에 대해 여러 화가들의 증언을 인용하고 있다. 5세기의 종병(宗炳)은 "방의 벽에 자신의 보다 젊은 시절의 여행에서 기억되는 산수를 그렸는데, 그것은 산하를 방랑하면서 마음에 일었던 고양된 정신의 감흥을 다시 체험하고자 했기 때문이었다." 또 11세기의 곽희(郭熙)도 비슷한 생각을 가지고 있었다. "높은 뜻에 따라 사는 사람은, 비

록 그러한 소원이 간절하더라도 사회와 가족에 대한 의무를 제쳐 두고 산에 가서 은둔을 할 수는 없는 일인데……." 그러한 이유에서 그는 숲과 시내를 그려 방에다 그려 두고 싶은 것이다.[26] 기억을 돕는 기념물로서의 그림의 중요성은 앞에 인용한 정선의 칠언시에서도 볼 수 있는 것으로서, 여기에서 화가는 그의 금강산 그림은 그 풍경을 그려 머리맡에 놓고 실컷 보겠다는 의도를 가진 것이라고 말하고 있다. 자연의 체험을 재현하고자 하는 화가의 의도는 보는 사람의 경우에도 되풀이된다. 곽희가 말하는 산수화의 효과는, 그것이 화가 본인에게 해당되는 것이 아니라도, 보는 사람에게 바

26 James Cahill, *The Compelling Image: Nature and Style in Seventeenth Century Chinese Painting*(Harvard University Press, 1979), p. 63.

로 산수의 현장의 체험을 전달하는 것이다.

> 봄 산은 안개와 구름이 끊이지 않고 사람들은 기쁨에 찬다. 여름 산에서는 좋은 나무들이 넓은 그늘을 만들고, 사람들은 흡족함을 느낀다. 가을 산에서는 밝고 밝은 나뭇잎들이 땅에 지고, 사람은 우수를 느낀다. 겨울 산은 검은 안개가 자욱하여 산천을 가리고, 사람들은 쓸쓸함을 느낀다. 그림을 보면 보는 사람은 그림에 상응한 기분을 느낀다. 보는 사람은 바로 그 산들 속에 있는 듯한 것이다. 이것이 풍경을 보여 주는 것 이상으로 그림이 뜻하는 바다. 푸르름 속으로 사라지는 흰 길은 길을 가는 일을 생각하게 한다. 평평한 물 위로 지는 해의 빛남은 그것을 바라보고 있는 일을 꿈꾸게 한다. 은사와 산에 사는 사람은 그들과 함께 머무는 것을 생각하게 한다. 맑은 물가의 벼랑이나 바위 위를 흐르는 물은 그곳을 소요하고 싶은 소망을 일으킨다. 그림을 보면, 사람들은 곧바로 그곳에 가려는 듯하는 마음을 일으키는 것이다.[27]

현장 경험의 재현은 현장을 보는 사람의 마음속에 몽상으로 재현하는 것을 말한다. 보는 사람은 몽상된 것을 다시 예술적 방법으로 자기 나름으로 재생하여야 한다. 이것은 선배 화가들의 그림을 자신의 화폭에 다시 비슷하게 그려 보는 일이기도 하고, 시와 같은 다른 예술 매체를 통해 그림의 주제를 따르는 몽상의 연장을 시도하는 일이기도 하다.

안휘준(安輝濬), 이병한(李炳漢) 교수의 『안견(安堅)과 몽유도원도(夢遊桃園圖)』는 이 그림을 두고 쓰인 시 23편을 싣고 있다. 이 시들은 말할 것도 없

27 Susan Bush and Hsio-yen Shih, Early *Chinese Texts on Painting*(Harvard University Press, 1985), pp. 153~154.

이 그림의 객관적인 분석을 시도하는 비평이 아니고 화면에 투사해 있는 경험을 시라는 다른 매체 속에서 추체험하거나 아니면 계속해 나가려는 시도들이다. 가령 서거정(徐居正)의 시를 예로 들어 보면, 그것은 시인이 마치 그림 속으로 들어가는 듯한 기분으로 그림의 세부를 몽상하는 시이다.

> 물시계 물방울 떨어지는 소리 느린데, 사람은 단청 칠한 높은 건물 속에 잠들고 북두성만 하늘에 싸늘하게 걸려 있네.
>
> 멋들어진 생각은 단구의 흥에 뒤질 바 없고, 기이한 세상 풍경이 옥베개 머리맡으로 처음으로 옮겨졌네.
>
> 깊은 골짜기 대나무 둘러싸인 집마냥 조용하고, 흐르는 시냇가 복숭아꽃 그림자 비쳐 향그럽기만 하네.
>
> 꿈에서 깨어나니 모든 것 다 전과 같거늘, 뉘라서 신선 세상 아득히 멀다 말하는가?[28]

위의 구절에서 시인의 관점은 그림의 안으로부터 사방을 돌아보는 관점이다. 그리고 다른 한편으로 도원의 체험은 너무나 박진하기 때문에 바로 현실에서도 있을 수 있는 것처럼 느껴진다. 그리하여 "뉘라서 신선 세상 아득히 멀다 말하는가?" 하는 감탄이 절로 나오는 것이다. 그러나 시의 끝에 가면, 이 근접의 가능성은 물론 다시 부정되고, 시인은 매우 현실적인 여건을 확인하여 말한다. "인간 세상 화덕 같은 불덩이는 날로 열기 더하며 타오르는데, 신선들 사는 마을 아득히 이 세상의 저 끝만 같아라."[29] 그리고 신선의 꿈에 가까운 삶이란 좋은 산수에 은둔하여 사는 것인데, 이를

---

28 안휘준(安輝濬)·이병한(李炳漢), 『안견(安堅)과 몽유도원도(夢遊桃園圖)』(예경, 1993), 268~269쪽.

29 같은 책, 273쪽.

실현하기 위해 필요한 산을 살 돈이 없으니 그도 가능한 것은 아니라고 개탄한다. 이러한 내용들은 전부 도화원과 현실이 다르면서 일체적이라는 흥미로운 느낌에 관계되어 있지만, 여기에서 중요한 것은 객관적 이해보다도 어디까지나 추체험(追體驗)을 통한 심리적 현실화가 산수화 감상의 특징이었고, 이어 풍경과 자연에 대한 태도의 특징이라는 것이다.

산수화의 창작과 감상에서 두드러지는 심리적 태도는 주관적·자의적이라고 할는지 모른다. 그러한 면이 없는 것은 아니나, 그것은 인간이 세상에 존재하는 원초적인 방식을 재현하려는 의도의 한 부작용이라고 할 수 있다. 윌리엄 제임스는 인간의 근원적인 공간 체험을 "두루뭉수리의 바탕(an element of voluminousness)", "막연한 펑퍼짐한 느낌(a feeling of crude extensity)"이라는 말로 설명한 일이 있다.[30] 이 두루뭉수리의 바탕은 아마 객관적으로 설명할 수 있는 물리적 형상이라기보다는 감각적 인상과 기억과 욕망으로 이루어진 어떤 덩어리라고 할 수 있다. 이 바탕으로부터 — 객관적 존재로서보다는 심리적 체험으로서 더 현실적인 이 바탕으로부터, 화가와 시인들의 유토피아와 행복의 꿈들이 시작되는 것일 것이다. 그리고 이 꿈의 기쁨은 따로 존재하는 것이라기보다는 이러한 바탕에서 드러나는 자연과 세계와의 전체적이고 일체적인 체험 그 자체다. 그것은 원초적 공간 체험에서 일어나는 어떤 엑스터시들이다. 그러나 앞에서 비친 바와 같이 이것은 단순한 지리적·양적·평면적 공간의 체험으로도 번역될 수 있는 것이기도 하다. 풍경화는 이러한 공간의 체험을 표현한다. 그것은 『개자원화전(芥子園畵傳)』의 근접할 수 없는 산봉우리에도, 풍수지리의 토지의 형국에

---

30 William James, *The Principles of Psychology*, II(New York: Dover, 1950), p. 134. Edward S. Casey는 이 개념을 그의 논문에서 확대 설명하고 있다. Cf. "'The Element of Voluminous': Depth and Place Re-Examined", M. C. Dillon ed., *Merleau-Ponty Vivant*(Albany: State University of New York press, 1991), p. 1.

도 들어 있는 것이다. 또 그 밑에는 근원적인 공간의 구도로서 또 인간 욕망의 대응물로서의 유토피아가 있다. 정선의 「금강전도」와 같은 그림은 이러한 여러 요소들이 구분할 수 없게 합쳐져 이루어진 종합적 구성물이다.

시각의 체제와 인식의 체제

「금강전도」와 복합적 구조물을 구성하는 요소들과 그 원칙을 명증하게 밝히는 것은 매우 어려운 일이다. 회화의 제작이 단순히 시각적 체험 또는 미적 체험을 손쉬운 매체적 자료를 통해서 그려 내는 것으로 성립하는 것이 아님은 말할 것도 없다. 미술이론가나 미술사가들이 말하듯이 어떤 경우에나 그림을 그린다는 것은, 솜씨가 아무리 숙달되었다고 하더라도 예비된 것이 없이 소박하게 본 것이나 느낀 것을 화폭에다 옮겨 놓는 것은 아니다. 그것은 역사적으로 선택된 매체와 매체의 제약을 받으며, 그것보다도 매체의 사용에 대한 전통 — 기법과 소재의 선택의 제약을 받으면서 행해지는 일이다. 또 이것은 더 넓은 의미의 문화적 조건에 지배된다. 그렇다는 것은 일단은 그것이 문화가 가지고 있는 가치에 따라서 소재를 선택하고, 소재를 특정한 기법으로 그림으로 구성한다는 말이다. 그러나 그림은 더 근본적인 의미에서 문화의 소산이다. 프랑스의 철학자 앙리 르페브르는 공간이란 정치적, 사회적 실천의 생산물이라고 말한다. 이러한 관점에서는 그림에 구성되는 공간도 그러한 실천에 관계되는 것이라고 하겠는데, 그러한 경우는 공간 그리고 회화 공간의 문화적 구성의 단적인 사례가 될 것이다. 그러나 문화나 사회의 영향이 반드시 의식적으로 작용하는 것은 아니다. 그렇다는 것은 익숙한 문화적·사회적 관습을 대상적으로 의식하는 것이 쉽지 않다는 이유에서만이 아니다. 문화는 이 글의 서두에 비친 바와 같이, 인식과 지각의 근본 기구—에피스테메의 근본 기구에 원천적으로 간여한다. 그것은 객관화되는 대상물 또는 방법이기 전에 이미 사람의 주체의 원리이기 때문에 대상적 인식을 초월한다.

이러한 에피스테메가 문화적 제약을 초월하는 보편적 인식에 그리고 세계의 실재에 어떻게 관계되는가 하는 문제는 간단히 답할 문제는 아니지만, 이 두 인식적 가능성의 거리는 매우 좁은 것이 아닌가 한다. 르페브르는 공간의 문제를 철학적·인식론적 문제로만 생각하는 것은 물신화의 결과이며 사태의 바른 인식이 아니라고 말한다. 그리하여 그 사회적 성격에 주의를 돌려야 한다고 말한다.[31] 그러나 더 중요한 것은 인식론적·철학적 고찰에서 드러나는 공간 지각이나 인식 기구에 이미 문화적 요인들이 작용한다는 점일 것이다. 그리고 공간의 인식에 불가분의 관계를 가지고 있는 그림에서 이러한 모든 계기는 객관화된 인식 이전에 작용하는 것으로 생각된다.

아우구스티누스는 시간의 신비에 대한 유명한 명상에서 그것이 우리에게 극히 가까운 것이면서도 생각하면 할수록 알기가 어려운 것이라고 말한 일이 있지만, 그것은 공간에도 해당되는 말이다. 그림에서 묘사되는 대상물은 공간적으로 존재한다. 그러나 그림에 있어서 더 중요한 것은 사물 자체의 3차원적 존재보다도 그것으로부터 퍼져 가는 다른 공간적 관계다. 게슈탈트 심리학의 관점에서 말해도 어떠한 대상물도 그 자체로 존재하지 아니한다. 그것은 배경에 대하여 또는 더 확대하여 일정한 지평 안에서 주제적 형상으로만 존재한다. 어떠한 경우도, 배경 또는 지평과의 관계에서 존재하지 않는 대상물 또는 그림의 주제를 생각하기는 어려운 일이나 풍

---

31 Henri Lefèbvre, *The Production Space*(Oxford: Blackwell, 1991), p. 5. 공간의 사회적 성격은 이 책의 주제가 되어 있다.

경의 체험 또 풍경화에서 특히 문제되는 것은 이 포괄적 배경 또는 지평이다. 이 확대된 공간은 단순히 기하학적 넓이로 생각할 수도 있고 또 그렇게 그려질 수도 있으나 뛰어난 풍경화, 특히 동양의 산수화의 체험이란 그러한 넓이를 초월한 어떤 근원적인 공간에 대한 암시를 포함하는 것이 아닌가 한다.

깊은 의미에서의 공간이 사물을 담고 있는 그릇이 아님은 많은 철학적 반성이 주장하는 것이다. 그것이 모든 외적인 현상 아래 필연적으로 놓여 있는 선험적 표상이라는 칸트의 말은 이 근원성—사물의 탄생에 선행하는 근원성을 지적한 것이다. 공간의 경험을 현상학적으로—그러니까 어떤 형이상학적 선입견이나 논리적 분석이 아니라 경험적으로 설명하고자 하면서, 메를로퐁티가 "공간은 (사실적이든 논리적이든) 그 안에 사물들이 정리되는 환경이 아니라, 그로 인하여 사물의 설정 그것이 가능하게 되는 수단"이라고 한 것도 조금 더 경험적인 차원에서 이것을 확인한 것이다.[32] 물론 이것은 단순히 비어 있는 기하학적인 넓이가 아니라 어떤 방식으로인가 공간 안에 있는 사물들과 불가분의 관계에 있는 것이다. 이것은 그림의 경험에서는 특히 강조되어 나타난다. 그림이 공간을 모사한다고 해도 비어 있는 공간을 모사하는 데 성공하는 경우는 생각할 수 없다. 사물과 그 지평의 동시적 존재를 말하면서 한 현상학자, 알폰소 링기스가 사물의 지평 또는 배경을 "사물의 무한하고 소진되지 않는 근원(an infinite or inexhaustible fund of objects)"이라고 부른 것은 공간의 근원성과 그 사물과의 관계를 적절하게 표현한 것이다. 물론 이러한 표현은 지나치게 신비적인 표현으로 생각할 수도 있으나, 이것은 우리의 경험적 관찰에서 나온 것이다. 사물의 지각에 작용하는 배경은 "잠재적인, 현실화되지 않은, 불

---

32 Maurice Merleau-Ponty, *Phenomenologie de la perception*(Paris: Galimard, 1945), p. 281.

분명하고 흐릿한, 분절화되지 아니한 것들로 이루어진 가장자리로, 다시 말해, 있을 수 있는, 직관의 대상이 될 수 있는 사물들의 불충분하게 명증한 복합체로" 인지되며, 그러한 의미에서 그것은 잠재적으로 많은 사물들의 탄생의 원천으로 생각된다는[33] 설명은 우리의 일상적 경험을 말하는 것이다. 이것이 다시 분명하게 밝혀내기 어려운 근원적 공간에 이어진다. 다만 이 공간은 문화적으로 변형된 것으로만 우리에게 체험되는 것으로 보인다.

예술의 공간은 일단 객관적인 사물의 모사와 구도의 문제로 환원된다. 그러나 더 심각한 예술적 성찰에서, 이것은 예술가 또 일반적으로 인간의 주체적 경험에 있어서 공간이 무엇을 의미하는가 하는 문제로 나아간다. 궁극적으로 그것은 근본적으로는 사람이 세계에 산다는 것이 무엇인가 또는 하이데거가 말한 바와 같은 세계와 삶의 근원으로서의 존재의 열림에 대한 성찰로 나아갈 수도 있다.[34] 그러나 더 직접적으로 공간은, 모든 예술가가 이 점에 대하여 반성적 성찰을 한다고 할 수는 없으나, 그림의 근본적·기술적 문제로 나타난다. 모사의 대상을 화면에 어떻게 배치하느냐 하는 문제는 이 배치 또는 구성의 원리가 무엇이냐 하는 문제에 깊이 연결되어 있다. 예술 작품은 모사되는 사물의 제시이면서 그것을 통하여 사물 일반의 의미 또는 그것의 체험적 의미에 대한 발언이다. 이 이중적 발언은 상징이나 교훈 또는 서사적 내용을 통하여 이루어질 수도 있다. 그러나 그것은 보다 즉물적으로 이루어질 수도 있는데, 이것은 더 근본적으로 사물의

---

33 Alphonso Lingis, "The Elemental Background", *New Essays in Phenomenology* ed. by James M. Edie(Chicago: Quadrangle Books, 1969), p. 25.

34 위에 언급한 링기스는 하이데거의 열림(Das Offene)의 개념에 사물 지각의 배경 문제를 연결시키고 있다. 링기스는 하이데거를 빌려, 인간의 현존재와 사물은 인간의 관심에 매개되어 근원적인 열림 속으로 나타나는 것이라고 말하고, 이 근원적인 열림의 순간에 인간의 현존재는 "직관의 배경을 선점유"한다고 한다.

존재 방식에 대한 탐구를 요구한다. 사물이 공간에 존재하는 방식은 이미 그것의 존재 방식 또 존재 일반의 존재 방식을 말한다. 가령 그림에서 관점의 문제나 구도의 문제는 기술적 문제이면서 그것을 넘어가는 철학적 문제에 이어지는 문제다. 여기의 기술적 문제는 한편으로 공간의 체험자를 어떻게 화면에 관계시키느냐 하는 문제에, 다른 한편으로는(이 점은 주제가 될 수도 있고 안 될 수도 있지만) 이 공간을 단순히 평면적인 것이 아니라 근원적인 것으로: "무한하고 소진되지 않는 근원"으로, 존재의 근원적 열림으로, — 또는 다시 메를로퐁티의 말을 빌려 공간화된 공간으로부터 (나아가) 공간화하는 공간"[35]으로 느끼게 할 수 있느냐 하는 문제에 관계된다.

그러나 원칙적 차원에서의 공간의 문제는 예술가 개인의 노력으로도 생각되는 것이라는 차원을 넘어서지는 아니하면서도 동시에 시대와 문화가 생각하고 풀어 나가는 문제다. 대부분의 경우에 이것은 예술가 개인에 앞서 문화가 해결한다. 그리고 그것은, 문화에 존재하는 일반적인 인식의 에피스테메와의 긴밀한 관계에서, 시각의 체제에 의하여 결정된다. 그리고 이 체제가 여러 가지로 우리의 시각 체험을 규제하고 예술적 기법을 정한다.

원근법은 기법상의 전통이면서, 예술 작품의 근원적 공간에 대한 관계를 문화가 어떻게 해결하는가를 가장 잘 보여 주는 연결 고리로 생각된다. 말할 것도 없이 그림에 있어서 공간 재현의 첫째 문제는 어떻게 이차원의 화면에 3차원의 공간을 만들어 내느냐 또는 그러한 착각을 만들어 내느냐 하는 것이다. 공간의 정확한 인식이 화가의 목표라고 한다면, 그것은 투시

---

35 Ibid., p. 282. 메를로퐁티는 공간 체험의 주체로서 육체적 존재로서의 인간을 강조한다. 그에게 근원적 공간은 이것과 불가분의 관계에 있다. 여기에 인용한 구절은 사실은 이 점을 표현하는 다음의 문장 속에 들어 있다. "반성해 보면 나는 공간을 그 근원에서 포착한다. 나는 이 말 아래 들어 있는 관계들을 곧 생각하고 이 관계들은 오직 그것을 서술하고 지탱하고 하는 주체를 통해서만 살아 있음을 안다. 그리고 나는 공간화된 공간으로부터 공간화하는 공간으로 나아간다."

도나 전개도로 해결될 수 있을 것이다. 또는 그러한 목표에는 건축의 설계도나 도시 계획 도면 또는 지도 등이 제일 직접적인 답변이 된다. 그러나 그림에서 우리가 관심을 가지고 있는 것은 체험으로서 또는 시각적 체험으로서의 공간이다. 그러한 의미에서 그것은 사람이 공간 속에 존재하는 방식을 참조하는 것이어야 한다. 이것은 회화의 공간에 특정한 각도를 제공한다. 회화의 공간은 측정할 수 있는 거리로서의 공간이 아니라 보는 자의 관점이 포함된 일체적 체험으로서의 공간, 좀 더 객관적으로 고쳐 말하면, 방향을 가지고 있으며 그 방향이 포함된 공간이다. 방향 중에도 보는 자가 있다는 점에서는 높이와 깊이 — 보는 자의 앞으로 또는 아래로 펼쳐지는 깊이가 회화적 공간에서 가장 중요한 공간의 차원이다. 보는 자의 앞으로 있는 깊이는 거리 또는 먼 거리[遠方]이다. 더 정확히 말하면, 앞으로 있는 거리는, 깊이와 측정 가능한 거리, 즉 옆으로 펼쳐지는 가로의 거리를 합친, 심도를 포함한 지도의 공간 차원이라고 할 수 있다. 이것은 현실 공간이면서 체험의 공간이다.

여기에서 깊이의 차원은 특별한 주의를 요한다. 그것은 회화적 재현이 어려운 차원이면서, 체험을 암시할 수 있다. 메를로퐁티는 깊이의 공간이야말로 세계 속에 존재하는 사람의 실존에 이어진 공간이라고 말한다. "공간의 다른 차원보다도 깊이는 우리로 하여금 상투적인 세계의 개념을 버리고 세계가 그로부터 나오게 되는 근원적 체험을 재발견하지 아니할 수 없게 한다. 그것은 말하자면 가장 '실존적인' 차원으로서 …… 대상물에 표기되는 것이 아니라 원근법에 속하며 사물에 속하는 것이 아니다. 따라서 그것은 의식으로부터 추출하거나 의식에 의하여 원근법 속에 집어넣어질 수 있는 것이 아니다. 그것은 사물과 나 사이에 있는 끊을 수 없는 연결을 말하는 것으로서, 나는 그로 인하여 사물들의 앞에 있다. 이와는 다르게, 가로의 폭은 얼핏 보기에는 인간의 주체를 포함하지 않는 사물 간의 관계로 생각될 수 있는 것이다."[36] 다시 말하여 깊이의 공간은 인간의 실존이 세계와 묶이는 연결점이다. 그림의 원근법은 그림의 기법이면서 또 이러한 실존의 문제에 관계된다. 원근법이 모든 문화에서 공간 구성의 원리로 중요한 것은 이러한 이유에서다. 그러나 원근법의 문제에 대하여 다른 문화는 다른 종류의 해결을 가지고 있다.

적어도 얼른 생각하기에 동양화가 서양화에 비하여 철학적이라고 한다면, 그것은 동양화에서 무엇보다도 깊이가 중요했다는 사실에서도 드러난다. 『개자원화전』이 지적하고 있는 바와 같이, 그림의 문제는 "화폭의 평면 위에서 깊이와 공간을 이룩해 내는 일이다."[37] 이러한 깊이를 만들어 내지 못하여 그림이 편편해진다면 그것은 그림의 가장 큰 흠집이 된다. "산수화의 편편함은 인물로서는 속되고 천박한 인물 또는 조잡하고 무감각한 종이나 하인배나 같은 것이다. 그림 속에 들어 있는 은사(隱士)가 이를 본다면, 그들은 가족도 집도 버리고, 코를 싸매고 도망할 것에 틀림이 없다."라고 『개자원화전』은 말하고 있다.[38]

공간감은 여러 가지 방법으로 만들어진다. 그려지는 대상물의 종류와 크기의 변화, 먹이나 채색의 농담, 운필법의 변화 등이 여기에 관계된다. 그러나 그중에서도 가장 중요한 것은 그림에 암시되는 관점이다. 깊이를 만들기 위한 방법은 관점에 따라 세 가지, 즉 고원(高遠)·심원(深遠)·평원(平遠)의 법이 있다. 육원법을 말하는 경우에 추가되는 활원(闊遠)·미원(迷遠)·유원(幽遠)과 더불어 이러한 용어들이 강조하는 것은 깊이의 느낌이다. 이 먼 것의 느낌은 쉽게는 풍경을 바라보는 사람과 풍경 사이의 느낌을 말하는 것이다. 거리는 저절로 무한으로 연장되고 또 초월적인 것을 시

---

36 Ibid., p. 296.

37 Mai-Mai Sze. op. cit., p. 132.

38 Ibid., p. 209.

사하는 것이 된다. 깊이는 현실의 것이면서 또 초월적인 것이 된다. 거리나 깊이가 체험자의 일정한 위치에 관계되어 성립하는 공간의 차원이라는 것은 이미 앞에서 비친 바 있지만, 그것이 단순히 체험자에게 속하는 속성이라고 할 수는 없다. 특히 그것이 무한성이나 초월적 차원으로 생각될 때 그러하다. 깊이가 체험자에 관계되어 있다고 하더라도 이 체험자는 이미 하나의 고립된 주체가 아니라 수련과 명상을 통하여 외부로부터 오는 많은 것을 흡수하고 있는 자다. 관점이라는 변에서도, 이미 앞에서 말한 바와 같이, 체험자는 고정된 관찰자의 고정된 관점으로 추상화되지 아니한다. 여기에서 쉽게 깊이는 한 사람이나 하나의 눈으로 수렴된 관점에서 나오는 것이 아니라 세계 자체의 속성으로 간주된다. 그리고 그것은 안개라든지 하는 공기의 상태가 만들어 내는 유현한 느낌, 화면에 전체적으로 흐르는 신묘한 기운, 또는 단순히 화면의 전체적 통일성으로 표현된다고 생각된다. 그러면서 주목할 것은 이러한 열린 공간의 느낌이 완전히 추상화되지는 않는다는 점이다. 그것은 무한히 펼쳐지는 기하학의 공간은 아니다. 앞에서 언급한 바 있는, 산수화에서 필수적인, 근접하기 어려운 장소는 이 깊이의 물적 증거로서 화면 속에 존재한다.

서양화의 원근법은 공간의 문제를 다른 방법으로 해결한다. 서양화에서도 공간을 만들어 내는 데는 대상물과 색채·구성, 특히 동양화에 없는 것으로서 광선의 강약 등이 중요하지만, 사물과 사건의 원초적 배경으로서의 공간의 문제는 르네상스기에 도입되는 원근법(perspective)으로서 일시에 해결된다고 할 수 있다. 원근법적 회화의 경우, 공간은 수학적 정밀성을 가지고 구성된 원근법 속에서 화면에 존재하는 대상물과 거의 상관없이 초연하게 존재한다. 원근법은 사물의 멀고 가까운 것과 이 거리의 차이에서 오는 시각 경험의 변화를 정확하게 재현하려는 것이지만, 그러는 사이에 공간 일반을 탄생하게 한다. 또는 일반적 공간이 상정될 수 있게 됨으

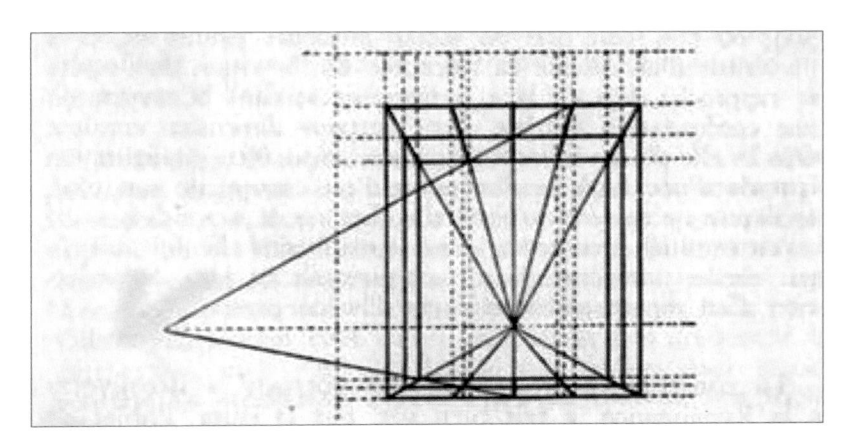

파노프스키의 저서 『상징적 형식으로서의 원근법』에 나오는 도해

르네상스의 원근법의 출발점은 고정된 한 시점이다. 고정된 눈은 그 앞에 펼쳐지는 광경에 대하여 피라미드형의 각추의 정점을 이루는 것으로 상정되고 이 각추의 저변으로 향하여 나아가는 눈길에 닿는 사물들은 그 거리와 크기에 따라 이 피라미드에서 일정한 위치의 크기를 갖는 것으로 생각된다. 파노프스키의 저서에서는 원근법을 서양의 지성사와의 연결 속에서 고찰한다. 원근법의 고정된 시점은 개인의 중요성이 인식되는 서양사의 전개와 병행한다. 그러나 주체의 위치에 못지않게 중요한 것은 과학적 사고의 대두이다.

로써, 거리와 사물의 묘사가 가능해진다고 할 수도 있다. 앞에서도 언급했듯이, 르네상스의 원근법의 출발점은 고정된 한 시점이다. 고정된 눈은 그 앞에 펼쳐지는 광경에 대하여 피라미드형의 각추의 정점을 이루는 것으로 상정되고, 이 각추의 저변으로 향하여 나아가는 눈길에 닿는 사물들은 그 거리와 크기에 따라 이 피라미드에서 일정한 위치의 크기를 갖는 것으로 생각된다. 이것이 화면이 이루는 단면에 투사되어 정연한 기하학적 질서 속에서 정리된다. 그 결과의 하나는 이러한 정리를 통해서 공간이 창조된다는 점이다.

파노프스키가 말하는 바와 같이, "우리는 고립된 사물들, 집이나 가구가 단순한 '원근단축법(foreshortening)'으로서 묘사될 때가 아니라 그림 전체가 …… 유리창으로 바뀌고 이 유리창을 통하여 공간을 내다본다는 생각을 하게 될 때, 참으로 '원근법적'인 공간을 보는 것이 된다. 그리하여 하나하나의 인물이나 사물이 그 위에 그려지고 채색되고 새겨진 물질적 표면은 부정되고, 그 대신 그것은 단순한 화면으로 재해석된다. 이 화면에 그것을 통하여 보게 되는 공간의 연속체가 투사되고 이 공간의 연속체는 여러 가지의 사물들을 포함하는 것으로 생각되는 것이다."[39]

위의 글이 나오는 파노프스키의 저서는 원근법을 서양의 지성사와의 연결 속에서 고찰한다. 원근법의 고정된 시점은 개인의 중요성이 인식되는 서양사의 전개와 병행한다. 그리하여 파노프스키의 말대로, 원근법은 "외부 세계를 자아의 영역의 확대라는 관점에서 확보하고 체계화한 것"[40]으로 말하는 것도 가능해진다. 그러나 주체의 위치에 못지않게 중요한 것은 과학적 사고의 대두이다. 원근법은 시각의 체험에 기하학을 도입함으로써 가능해진 것이다. 이것이 공간의 존재를 분명하게 한다. 이러한 관련은 철학적으로나 역사적으로나 여러 가지로 검토될 만한 주제다. 우리가 여기에서 주의해 보고자 하는 것은 이러한 관련이 우리의 근원적 공간의 경험에 어떻게 미묘한 차이를 만들어 내느냐 하는 점이다.

회화 공간의 기하학화는, 다시 메를로퐁티의 현상학적 분석을 빌려 볼 때 양의적인 것이라고 할 수 있다. 사물의 밑에 놓여 있는 공간 — 메를로퐁티가 말하는 공간화된 것이 아니라 공간화하는 공간은 거의 "서로 환치할 수 있는 차원으로 이루어진 기하학적 공간", "균질적이며, 동방위적인(isotrope) 공간성", "움직이는 물체를 변화시키지 않는 순수한 운동, 따라

---

39 Erwin Panofsky, *Perspective as Symbolic Form*(New York: Zone Books, 1991), p. 27. 독일어 원문은 1924~1925년에 발표되었다.

40 Ibid., p. 68.

뒤러, 「드로잉」(1527)

원근법은 시각의 체험에 기하학을 도입함으로써 가능해진 것이다. 뒤러의 「드로잉」에는 격자창을 통해 그림에서의 공간 분할을 시도하고 있는 모습을 보여 준다. 원근법의 문제에 대하여 각각의 문화는 각각 다른 종류의 해결을 갖고 있다. 동양화에서는 무엇보다도 깊이를 중요하게 여긴다. 이때 깊이는 현실의 것이면서 또 초월적인 것이 된다. 거리나 깊이가 체험자의 일정한 위치에 관계되어 성립하는 공간의 차원이라는 것은 이미 앞에서 비친 바 있지만, 그것이 단순히 체험자에게 속하는 속성이라고 할 수는 없다. 깊이가 체험자에 관계되어 있다고 하더라도 이 체험자는 이미 하나의 고립된 주체가 아니라 수련과 영상을 통하여 외부로부터 오는 많은 것을 흡수하고 있는 자이다. 관점이라는 면에서도 체험자는 고정된 관찰자의 고정된 관점으로 추상화되지 아니한다.

서 구체적 상황 속에 대상물이 자리하는 것과는 다른 순수한 위치"[41]와 일치한다. 그러나 메를로퐁티의 공간에 대한 관찰은 기하학이 출발하는 공간의 근원성을 인정하면서 그것이 기하학에서는 사상되는 훨씬 더 복잡한 구체적 일체성에 있음을 밝히는 데 그 주안점을 두고 있다.

기하학적 공간의 득실의 이중적 의미는 원근법에 들어 있는 기하학이 무한성의 문제를 어떻게 해결하는가 하는 데에서 잘 드러난다. 파노프스키는 균질적이며 수학적으로 측량할 수 있으면서, 방위에 관계없이 무한

---

41 Merleau-Ponty, op. cit., p. 282.

한 연속으로서의 공간의 발견을 원근법 발전의 중요한 계기의 하나라고 말한다. 이 무한한 연속체로서의 공간은, 그것의 너머에는 아무것도 존재하지 않는 전체가 된다. 그 결과 그것은 초월적인 것까지를 그 내면에 지닌 것이 된다. 이것은 또 달리 말하면 거꾸로 "우주의 비전이 비신학적이 된다는 것을 말하기도 한다." 이러한 초월성의 공간화 또는 세계화 이전에, 가령 스콜라 철학자에게는, 무한이란 "신의 전능이란 형태로, 즉 하늘 너머에 있는 곳(huperouraniostopos)으로만 생각할 수 있었다." 그것이 이제는 자연의 일부가 된 것이다.[42] 그 결과 원근법은 종교 예술을 마술의 영역 …… 그리고 독단론과 상징의 세계로부터 떼어 내어 초자연의 세계를 보는 사람 자신의, 자연스러운 시각의 공간에 분출하게 하고 그 초자연성을 참으로 '내면화'하는 것을 가능하게 한다.[43] 이것은 산수화에서의 높은 산들의 존재와 대조된다. 서양화에서는 이러한 초자연의 물질적 환기는 필요가 없어진 것이다.

그러나 기하학적 원근법의 초월성에 대한 가능성을 파노프스키는 너무 낙관적으로 평가한다. 기하학적 원근법은 어떤 조건하에서만, 기하학적이면서도 기하학을 넘어가는 것을 표상할 수 있는 것으로 보인다. 가령 키리코와 같은 화가의 경우, 강조된 기하학적 퍼스펙티브는 형이상학적 정서를 자아내는 데 사용된다. 그것은 퍼스펙티브들이 강조되면서도 그 사이에 다양한 모순을 드러내기 때문이다. 더 모호한 경우는 17세기 서양의 바로크 예술, 특히 건축의 경우다. 한 건축 이론가가 지적하는 것처럼, "……퍼스펙티브는 17세기의 예술가들로 하여금 그들의 물리적 환경을 상징적 실재로 변형하고, 그럼으로써 그것은 감각적 경험으로 지각되면서도 이상적

---

42 Ibid., pp. 65～66.

43 Ibid., p. 72.

진리와 고매한 것을 환기할 수 있는 상징 작용을 구현할 수 있게 했다. 이러한 것의 건축적 표현이 베르사유나 쇤브룬 궁전이다. 퍼스펙티브는 기하학적 무한성을 사람의 세계에 보이게 하면서도, 그것은 '암시적인 무한성(pregnant infinity)'으로서 세속 권력이나 교회의 권력을 뒷받침하는 것과 같은 여러 가지 상징적 의미를 가진 것이었다. 그러나 이것은 기하학적 사고가 완전히 추상화된 18세기 이후와는 달리 그것이 아직도 초월적 세계는 물론 감각적이고 구체적인 세계를 떠나지 않고 있었기 때문이다.[44] 초월성은 퍼스펙티브와 함께 그 이상의 어떤 것을 통하여서만 암시되는 것이다.

이러한 서양화와 서양 예술에 대한 고찰은 우리로 하여금 동양화의 공간의 다른 특징들을 조금 더 쉽게 말할 수 있게 한다. 위에서 말한 바와 같이, 서양화의 경우도 퍼스펙티브가 완전히 기하학적 추상화에 일치하는 것은 아니지만, 대체적으로 추상성을 드러내는 것은 틀림이 없다.(그러면서도 그것이 사실주의를 가능하게 한다.) 산수화의 공간은 서양화의 공간보다 구체적이다. 그것은 일정한 넓이의 지역으로서, 보고 느끼고 직관되는 어떤 것이다. 그것은 사물을 담는 추상적인 그릇으로서, 그 안에 들어 있는 사물들에 관계없이 초연하게 존재하는 질서가 아니다. 공간은 주의를 받고 묘사되고 하는 사물에 의존하면서, 생겨나는 여분의 기능이라고 할 수 있다. 파노프스키는 퍼스펙티브가 생기기 이전의, 가령 희랍 시대의 공간을 '집적의 공간'이라고 부른 바 있다. 희랍 사람들에게 "공간은 사물과 비사물과의 대치를 포용하고 해소할 수 있는 것이 아니라 말하자면 사물과 사물 사이에 잔존하는 어떤 것으로 지각되었다."[45] 산수화의 화면도 이러한 구체

---

44 적어도 이것이 서양 건축에서의 단순화된 합리성의 원리를 비판하는 알베르토 페레즈고메즈의 주장이다. Cf. Alberto Perez-Gomez, *Architecture and the Crisis of Modern Science*(Cambridge, Mass.: MIT Press, 1983), pp. 174~175.

45 Panofsky, op. cit., p. 41.

적 사물 사이에 존재하는 공간을 제시한다고 볼 수 있다. 그러면서도 공간은 서양의 르네상스 이전의 집적의 공간에 비하여 강조되는 그림의 요소였다. 그렇다는 것은 사물의 두드러진 존재보다는 그것을 전체적으로 에워싸고 있는 공간이 중요하기 때문이다. 색채나 형태의 면에서 물건 하나하나를 두드러지게 하는 것보다는 그것을 흐릿한 윤곽으로 보존하면서 전체적인 통일성을 만들어 내는 공간이 중요한 것이다.[46] 예술가의 의도는 한편으로는 자연의 대상들을 그리되, 그 가운데에도 숭고한 산과 물 ―사람을 넘어가는 숭고한 형상들을 통하여 무한하고 초월적인 것을 시사하며, 다른 한편으로는 기가 감도는 분위기 속에 여러 자연의 사물들을 종속시킴으로써, 이 초월성이 내재하는 일체성으로 작용하고 있음을 보여 주려는 것이었다.

이러한 정신적이고 미적인 것에 추가하여, 역설적으로 산수화는 자연의 숭고미를 강조함으로써 한편으로 어떤 종교적인 황홀경을 만들어 내려는 의도를 가지고 있었음에 틀림이 없지만, 다른 한편으로는 앞에서도 강조한 바와 같이 현실과의 강한 연결을 가지고 있었던 것이 아닌가 한다. 이것은 서양화가, 서양 예술의 전체적인 경향이 그러하듯이, 자기 충족적인 미적 세계를 구성해 나아간 것과 대비되는 것이라 할 수 있다. 물론 이것은 동양의 산수화가 어떤 실용적인 목적을 가졌다는 것이 아니라, 비록 현실에 있어서 아무런 실용성이 없다고 하더라도 그 예술적 표현의 의지 속에 이미 실용적인 발상법이 들어 있다는 점에서 산수화는 보다 깊은 현실 관련성을 가진 것으로 생각된다는 말이다. 자연의 숭고한 형체들

---

46 존 화이트는 중국 회화에 대해 다음과 같은 관찰을 하고 있다. "(중국 회화의) 표면은 어지럽지가 않다. 색채는 많지 않고, 담담하다. 단색의 담묵이 중요한 수단이다. 정신적이고 상식적인 특질들이 사실적 자연주의보다도 높이 생각된다. 암시가 표상에 앞선다. 두드러지는 형체들이 이루는 기하학적 공간으로 화면이 흐트러지기 직전에 기법은 멈추어선다." John White, *The Birth and Rebirth of Pictorial Space*(London: Faber and Faber, 1957), pp. 67～68.

의 의미는 풍수지리에서는 압도적으로 현실적인 데에 있다. 풍수지리는 보호와 생업 등의 관점에서 지형을 판단하는 기준을 제공한다. 그런데 이 현실성은 수려한 산을 강조하는 데에서도 볼 수 있다. 가령 험준하고 무서운 산세보다는 순하고 온화한 산세를 보다 높이 평가하는 것도 그것이 현실의 삶에 이어진 생각임을 말해 준다. 이것은 산수화에서도 해당되는 것이다.

그런데 풍수지리의 지형 감각이나 산수화에 들어 있는 초월과 현실의 조화가 어떻게 가능한가를 쉽게 분석해 낼 수는 없다. 산수화의 초월성은 인간계를 넘어가는 것을 암시한다는 의미에서 초월적이고, 또 경험에 선행하면서, 경험을 가능하게 하는 것이라는 칸트적 의미에서 초월적 또는 선험적(transzendental)이라고 할 수 있다. 그러나 위에서도 비친 바와 같이 일상적으로도 공간은 단순한 거리 또는 비어 있음으로, 그러면서 동시에 무한한 바탕으로서 체험된다. 어려움은 이것을 논리적으로 이해하는 데 있을 뿐이다. 이것은 풍경이나 산수에서 오히려 직관적으로 하나로서 포착되었다. 이것은 산수화의 의도에서만이 아니라 산수화 제작의 여러 환경에도 드러나는 것이 아닌가 한다. 가령 산수화에서 사물의 결보다도 윤곽이 강조되는 것, 그림을 그리는 도구로서 사용되는 붓이 글씨를 쓰는 데도 사용된다는 것, 그림과 서예가 늘 밀접한 관계에 있었다는 것 등은, 서양의 그림과는 달리 동양의 그림이 상징적 또는 일상적 현실의 재현이 아니라 의미 지시에 관계되었다는 것을 말하는 것이 아닐까.(반대로 글씨가 그림과 같은 재현과 표현 또는 자기 충족적인 성상[聖像, icon]의 기능을 가졌었다고 말할 수도 있다. 이보다는 그림이나 글이나 의미 지시와 성상의 중간 지역에 있었다는 것이 옳을는지 모른다.)

16~17세기의 소주(蘇州)의 화가들을 논하면서, 제임스 케이힐은 산수화가 그 지방에서 목판으로 출간되어 판매되었던 '그림지도'에 유사하다

는 것을 지적한 바 있다.[47] 사실 산수가 반드시 현실의 지형을 그대로 나타낸 것은 아니라고 하더라도, 거기에는 지도를 만드는 것에 비슷한 동기도 들어 있지 않았나 생각해 볼 수 있다. 사물의 예술적 표현에 실제적인 면이 있었다고 한다면, 그것은 되풀이하여 말하건대, 또 역으로 땅과의 실제적 관계 자체가 심미적 감각에 밀착되어 있었기 때문이라고 할 수 있다. 풍수지리의 실제적 의미는 위에서 말한 바와 같이 심미적 감각으로부터 나오는 것이었다. 또는 『동국여지승람』과 같은 지리서에 1300편 이상의 제영(題詠)이 실려 있는 것도 이러한 맥락에서 생각할 수 있다. 이 제영에 주목하여 그 문학적 의의를 논한 이연재(李演載) 교수가 이를 설명하기 위하여 인용한 서거정의 말을 빌리면, 지리산에서의 제영의 존재는, 한 지역의 산천이나 인공적 구조물들이나 역사적 연혁이 결국은 땅과 인간의 관계에 대한 풍수지리적 이해 ― 즉 "인걸은 지령이라 하였으니, 대개 땅이 영하면 걸이 반드시 나며, 사람이 걸하면 땅이 더욱 영해지는 것이다." 하는 풍수지리적 이해 속에 통합되며, 이 통합된 성격은 시문으로서 가장 적절하게 표현된다는 발상으로 설명된다.[48] 이중환의 『택리지』가 가거지(可居地)에 대한 논의이면서, 미적으로 만족감을 주고 정신적인 고양감을 주는 수려한 경승지에 대한 논의를 빼지 않고 있음은 앞에서 지적한 바다. 다시 그 반대로 정선의 「금강전도」를 진경산수(眞景山水)의 대표적인 예로 말할 때, 어떤 의미에서 그것이 사실적인 작품인지는 분명하지 않지만,(한반도에 있어 산천을 소재로 했다는 이외에, 어떤 의미에서 그것이 진경 또는 실경이 되는지, 그것의 리얼리즘적 요소가 어떠한 것인지는 별로 논의되는 바가 없는 것으로 보인다.) 이미 비친 바와 같이, 어쩌면 그 사실적 성격의 일부에 지도로서의 의미도

47 Cahill, op. cit., p. 7.

48 이연재, 앞의 책, 237쪽.

들어 있는 것이 아닌가 하고 생각해 볼 수 있다.

이렇게 말하면서 우리는 전도(全圖)라는 의미가 그림에 못지않게 지도를 말할 수도 있다는 것을 다시 상기하게 된다. 그림의 스타일이 다른 산수화에 견주어서도 강하게 산의 윤곽과 주름을 강조하는, 매우 도형적인 성격을 가진 것도 이러한 관련에서 우연이 아닐는지 모른다. 물론 그것이 지도라고 하더라도 그것은 심미적 감성으로 여과된 지도이며, 또 위에서 말한 바와 같이 이상적 지형 — 신선의 산으로서의 봉래산과 같은 곳을 암시하는 지도다. 그것은 현실과 이상을 아울러 지시하고 있는 지도인데, 거기에서 핵심이 되어 있는 것은 땅에 대한 미적 체험이다. 이것은 비단 예술 작품에만 한정된 것은 아니다. 땅에 대한 미적 경험 — 서양어의 미적이라는 말의 어원 'aisthetikos'의 뜻대로 감각적인 것과 형식이 합치는 경험으로서의 미적 경험은 위에서 본 바와 같이 풍수지리의 한 뿌리가 되고, 또 풍수지리를 매개해서든 아니든 도시와 촌락과 주택의 디자인의 숨은 원리가 되었다. 이것이 산수화에서도 그 시각의 체제를 결정하는 것이다.

서양화의 원근법과 비교하여 보게 되는 산수화의 공간 구성은 저절로 그것에 대한 평가를 생각하게 한다. 산수화의 또는 산수화적인 공간 구도는 근원적인 공간의 실상에 얼마나 충실한 것인가? 공간이 공간화된 공간으로부터 공간화하는 공간에서 나오고, 궁극적으로 존재의 근원적 열림에 관계된다 하더라도, 문화적으로 결정된 시각 체제로서의 공간을 그러한 근원적인 것에 비교하여 그 적절성을 평가하기는 어려운 일이다. 사람에게 근접이 가능한 것은 문화적으로 결정된 시각의 체제가 드러내 주는 공간뿐이기 때문이다. 더 쉬운 질문은 산수화의 공간이든 서양의 퍼스펙티브의 공간이든 그것이 인간의 생존과의 관계에서 얼마만큼의 가능성을 열어 주고 또 닫아 버리는가를 묻는 것이다. 이렇게 물을 때, 산수화의 공간은 인간적으로 더 풍부한 공간의 체험과 조직을 가능하게 해 주는 것처럼

도 보인다. 적어도 그것은 한편으로 인간의 구체적 체험에 더 충실하고 다른 한편으로 일체적이고 무한한 세계의 공간성에 대하여 더 많은 것을 전달해 주는 것처럼 생각되기 때문이다. 앞에서도 언급했던 오귀스탱 베르크는 데카르트 이후의 합리화된 공간, "균질적이며, 동방위적이고, 무한한 공간, 수학적 필연성을 지키는 '규칙적 구성의' 보편적 공간"[49]은 비인간화의 가능성을 가진 것이라고 하면서, 보다 구체적이며, 인간의 심리적·생태적 필요에 맞는 산수화의 공간 의식을 통해서 새로운 미래 — 토지에 대해서 보다 만족스러운 생태적·미적 관계를 열어 줄 새로운 미래에로의 '풍경적 이행(transition paysagère)'이 가능할 것이라고 말한다. 그러나 가령 도시계획 등에서 거대하고 획일적인 계획보다는 더 유연한 접근법을 취하여야 한다는 것 외에는 이러한 이행이 어떻게 현실화될 수 있을는지는 알 수 없다. 더 큰 난점은 이러한 산수의식론이 산수화의 공간 의식이 갖는 제약 그리고 다른 한편으로는 그 문화 복합체의 일부로서의 성격을 충분히 살피지 아니한 낙관론이라는 데 있다고 할 수 있다.

파노프스키가 주장하는 것처럼,(이 주장에 대한 논란도 없지 않지만) 원근법의 대두는 서양 과학의 대두와 밀접한 연관을 가지고 있다. 서양의 원근법의 공간은 과학의 공간이다. 여러 가지로 논의되는 과학의 피해를 말하지 아니하더라도, 과학의 공간은 인간의 구체적인 체험을 단순화한다. 어떻게 보면 이 단순화는, 그림을 두고 말하자면, 그 관점의 단순화에 관계되어 있다. 퍼스펙티브의 공간에서 모든 것은 보는 주관의 관점 — 그것도 한눈으로 보는 관점에서 조직화된다. 이것은, 베르크의 글에서도 지적되듯이, 풍경을 체험자로부터 분리시키는 일을 한다. 그리하여 주관과 객관이 혼융되어 체험되는 풍경은 체험이기를 그치고 주관의

49 Berque, op. cit., p. 219.

저쪽에 있는 객관적 사실로 바뀌게 된다. 결과는 체험적 사실의 왜곡이며 또 빈약화다. 그러나 이것보다 더 중요한 것은 체험자로서의 인간의 단순화일 것이다. 원근법에서 체험자는 단순한 눈이 된다. 그것도 인간적인 눈이 아니라 하나의 기하학적 점으로 줄어들어 버린 눈이다. 원근법에 있어서의 주체 또는 보는 눈의 문제를 면밀하게 분석하고 있는 위베르 다미쉬가 이 단순화를 설명하는 것을 빌리건대(사실은 라캉을 인용한 것이지만) "……(그림의) 기하학적 평면의 주체로서 나는 소거된다."[50] 이것은 육체를 가지고 있으며 욕망을 소유한 주체로서의 자아가 소거된다는 것이지만, 더 확대하면 기하학적 단위 이상의 것으로서, 사회와 문화 그리고 자연의 신비에 대해 유연하게 노출되어 있는 자연스러운 자아가 억압된다는 것이다.

그러나 동시에 우리는 이러한 소거로 인하여 가능해지는 세계를 생각할 필요가 있다. 이것은 단지 현대 사회를 이룩한 과학의 업적이 압도적이라는 말은 아니다. 원근법에서의 자아의 소거 또는 더 정확하게는 수학화는 이것을 받아들이는 자아에게 무한한 새 가능성과 자유를 가져온다. 데카르트의 사유하는 자아의 세계는 무한한 공간 속에서 정연한 수학적 법칙에 따라 움직이는 뉴턴 역학의 세계다. 뉴턴의 세계에서 방향이나 한계가 없이 움직이는 물체는 물체이면서, 이것이 수학적으로 표현되는 운동법칙을 따르는 한, 수학적으로 사유하는 자아이다. 이 사유는 방향이나 한계에 제한됨이 없이 움직이는 원리이며 또 그 실체다. 수학화된 과학의 발전이 인간에 의한 자연의 정복으로 나아가는 것은 이러한 원천적 연결의 당연한 결과이지만, 여기에서 주목하고자 하는 것은 그것의 외면 세계에 대한 관계보다도 그것의 근본에 있는 인간 해방의 가능성이다. 그림의 경

---

50 Hubert Damisch, *The Origin of Perspective*(Cambridge, Mass.: MIT Press, 1994), p. 129.

우로 말하건대, 이러한 자유에 대응하는 것이 근대 서양화에서 보는바 기법과 소재의 다양한 발전이다. 이에 비하면 동양화는 매우 단조로운 그리고 억압적일 수도 있는 틀 속에서 움직이는 것처럼 보인다. 서양화에서 공간은 보는 사람의 관점으로부터 어디에서나 구성될 수 있는 것인 데 대하여, 동양화에서 그것은 특정한 사물과의 관계 — 산과 물과 바위와 구름 또는 선택된 화초와 수목을 통해서만 암시될 수 있다. 그림의 특징들은 그대로 다른 인간 활동들의 특징이 되기도 하는 것이다. 공간성이 — 인지되는 공간, 공간 인지의 방식 그리고 인간 존재의 근본적 양식으로서의 공간, 이것들을 포함하는 일체의 것을 공간성이라고 부른다면 — 사물, 또 그것을 체험하는 특정한 공식에 묶여 있다는 것은 우리의 삶이 그만큼 지구의 현실과 문화적으로 성취된 정신의 기술에 밀접하게 있다는 것이지만, 다른 면에서 그 자유로운 전개에 제약을 받고 있다는 말이기도 하다. 이 글의 맨 처음에 인용한 글에서 푸코가 중국 문명을 "공간의 질서화에 몰두하고 있으면서도 우리가 이름하고 말하고 사고할 수 있는 다른 어떤 공간 안으로도 무성한 존재를 배분하지 않는 문화"라고 말한 것은 산수화적 공간의 확대로서의 중국 문명을 지칭하는 것이라 할 수 있다. 하나의 체험의 양식은 다른 체험의 양식이 닫혀 버림으로써 성립한다. 한 문화의 공간성의 전개는 다른 공간성의 전개를 배제한다. 한 유토피아(그것은 일정한 방식으로 움직여 다닐 수 있는 공간의 창조이며, 그러한 의미에서 앞에서 이미 말한 바와 같이 공간성 개념의 정형화 속에 선취되어 있는 공간의 창조다.)는 다른 가능성의 관점에서는 문자 그대로 무하유향(無何有鄕)이 된다.

이렇게 말하는 것은 다시 한 번 그림의 모체가 되는 시각의 체제는 문명을 이루는 사고의 체제의 한 부분이라는 것을 말하는 것이다. 이 문명의 한 부분을 따로 떼어 새로운 상황 속에서 활용하는 것이 가능한가. 그렇다고 하더라도 그것은 새로운 상황의 문맥 속에서 다른 뜻을 가지게 될 것이다.

지금 말할 수 있는 것은 인간의 공간에 대한 관계는 근원적인 것이면서 각 문화에 있어서 다른 발상법의 자극하는 바대로 다르게 표현된다는 것일 뿐이다.

서양의 땅에 대한 태도는 동양의 그것에 비하여 감각적으로 또는 미적으로 체험되는 땅에 대한 느낌에 덜 관련되고, 동양화에 비하여 과학화된 공간의 개념에 더 의존하는 것은 사실이다. 이것은 두 문명의 공간 개념의 차이 그리고 인식 체제의 차이에서 나오는 것인데, 그림만이 아니라 다른 많은 인간사에서 공간의 개념이 중요하다고 할 때, 다시 한 번 어느 쪽의 개념이 더 근원적 세계의 실재에 가까운가 또 더 나은 세계를 가능하게 했는가, 가령 도시의 문제에 있어서, 동서양 어느 쪽이 더 좋은 도시를 가능하게 했다고 할 것인가. 산수화의 공간 인식을 호의적으로 보는 베르크는 동서양의 도시를 논하면서, 동양의 도시가 전체적으로 계획된 도시의 느낌을 가지고 있지 못함을 지적한다. 동양의 도시는 자연 전체, 그가 마크로코스모스라고 부르는 거대 공간과 작은 정원들을 포함하는 소규모의 개인적인 공간 미크로코스모스만을 지표로 함으로써 중간 규모의 공간, 메조코스모스를 발전시키지 못했다. 도시란 바로 이러한 인위적인 중간 공간을 말하는데, 동양 도시의 혼란은 이러한 문화적인 원인에서도 찾을 수 있다고 그는 말하는 것이다.[51]

그러나 다른 한편으로 거시적으로 볼 때, 오늘날 세계에 확산되고 있는 생태계의 위기는 과학 기술 문명의 부산물이고 땅에 대한 구체적인 느낌 — 멀고 가까운 산들에 의하여 보호된 들에 자리를 잡고 일상적 삶의 자연의 위안과 예외적인 기회의 숭고한 자연미의 황홀경의 구체적인 체험

---

51 オギコスタソ ベルク, 「西歐の景觀」, 『日本の風景』(東京: 講談社 現代新書, 1990), pp. 147～151.

을 포함하는, 구체적인 땅의 느낌을 잃어버린 것에도 연유하는 것이라고 할 수 있다. 오늘의 지구 위의 여러 다른 문화는 땅에 대하여 다른 방식으로 관계를 맺고 다른 방식으로 상상된 이상적인 땅을 발전시켜 왔다. 그것들은 다른 종류의 행복과 성취와 불행과 억압의 가능성을 가지고 있다. 지금에 중요한 것은 이러한 다양한 것들을 하나의 편협한 주장 속에 잃어버리는 것을 경계하면서 다양한 방식들에서 배우는 것이다. 사람의 공간적 존재의 가능성은 이 다양한 것들에 총체적으로 표현되면서, 궁극적으로는 그것을 넘어가는 것이다. 유토피아는 이 넘어가는 것에로 향하는, 그러면서 잘못하면 무공간, 무지구에로 이르기도 하는 길이다.

동양적 전통과 평정한 마음

동양화의 정신과 생활에 대한 수상

월전미술관(月田美術館)으로부터 '과학 문명에서의 정신문명의 위상'이라는 주제의 강연을 부탁받고 너무 거창한 주제라 생각되어서 제가 얘기할 만한 게 있을 성싶지 않아 처음엔 사양을 했습니다. 과학 문명 하면 과학에 대해 좀 잘 알고 있어야 할 텐데 그렇지도 못하고 또 오늘 주제에서 말하는 정신문명은 동양 문명을 그렇게 해석한 것 같은데 그것 또한 제가 알지 못하는 것입니다. 그럼에도 불구하고 외람되게 이런 제목을 받아들이게 된 것은 제가 무슨 전문적인 견식이 있어서가 아니라 서양 문학을 공부하는 사람으로서 그런 문제에 대해 평소에 생각해 온 아마추어적인 인상을 말씀드릴 수 있지 않겠는가 하는 생각에서였습니다.

동양 문화를 정신문화라고 하고 정신문화가 와해되었다고 할 때, 이 와해의 느낌은 우리 생활에서 조화가 없어진 데에서 오는 것이라 하겠습니다. 조화를 기할 수 있는 정신의 힘이 약해졌다는 것이지요. 그런데 이 조화의 기준은 자연입니다. 조화가 깨진 것은 사람의 삶과 자연의 균형이 깨어졌다는 것입니다.

대개 한국 사람, 동양 사람들은 예로부터 자연과 친숙한 상태에서 지냈습니다. 따라서 동양 사상 하면 우선 자연을 연상하게 됩니다. 그리고 우리는 옛날에는 자연과 정신이 조화를 이루며 살았는데 서양 문명의 침범으로 해서 그런 것이 다 깨졌다는 느낌들을 가지고 있습니다. 서양 문명으로 인하여 우리의 전통적인 모든 조화가 깨졌다는 얘기가 맞는 건지 틀린 건지 분명히 밝히기는 어렵겠지만, 적어도 수백 년, 수천 년 동안 살아오던 생활 방식이 완전히 새로운 서양풍으로 돌변하는 것에서 부조화를 느끼고 있는 건 사실입니다. 요즘에 와서는 여러 가지 환경 공해가 중요한 문제로 대두되어 자연과 조화를 이루어 살던 옛날과 비교하게 되었습니다. 또 옛날식의 공동체적인 생활 방식도 깨지고, 이기적이고 군중적인 사천만이 뒤범벅이 되어 한 덩어리로 살다 보니, 옛날의 조그만 공동체 속에서의 편안한 조화가 깨진 게 아닌가 하는 생각도 갖게 됩니다. TV, 신문을 통해서 우리에게 물밀듯이 밀려오는 정보와 광고, 정치 선전 또한 우리 마음을 안정되지 못하게 하는 요인이 됩니다. 이런 모든 것이 합쳐져 옛날에는 자연과 좀 더 친숙하고 정신적인 것에 충실하며 조용한 마음으로 살 수 있었다는 생각들을 하게 됩니다.

이런 느낌에서 나오는 가장 간단한 진단은, 동양은 자연과 조화를 이루며 살았고 또 정신에 충실했는데 서양은 자연에 충실하지도 못했고 정신에 충실하지도 못했다는 것입니다. 이것은 지나치게 단순화한 진단입니다. 몇 년 전에 영문학계에서 영국과 미국의 학자들을 초빙하여 강연을 맡겼는데 거기서 서양 시에 있어서 자연과 시인의 관계에 관한 얘기들이 나왔었습니다. 그 얘기가 끝나고 질문을 하는데 대학원생쯤 되어 보이는 어느 한 사람이 묻기를 서양 사람들은 계속하여 자연을 정복하려 했고 동양 사람들은 계속 자연과의 조화를 꾀하려고 애를 써 왔는데 어떻게 서양 사람들이 주제넘게 자연과의 조화 문제를 얘기할 수 있느냐는 내용의 발언

야코프 판 라위스달, 「풍차(The windmill at Wijk bij Duurstede)」(1670, 캔버스에 유채)

수평적으로 펴져 있는 서양의 풍경화는 르네상스 후 17세기 네덜란드의 라위스달이 그린 그림에서 찾을 수 있다. 네덜란드는 산이 없고 평평한 나라이므로 그림 또한 평평하다. 또한 동양화만큼이나 여백이 강조되어 있기도 하다. 본래 서양화에서는 원근법이 대단히 중요하게 다루어져 르네상스 이후에는 원근법에 의해 풍경이 배치되었다. 한 군데에서 바라보는 서양화가 첩첩산중으로 쌓인 중첩된 산을 올려다보는 것보다 사실은 더 평화스럽고 조화로운 느낌을 줄 수 있다.

을 하는 것을 들었습니다. 동양은 정신, 서양은 물질, 동양은 자연과의 조화, 서양은 자연의 정복이라고 하는 것은 상투적인 공식입니다. 사실 동양과 서양이라는 이원적인 생각 자체도 문제가 있습니다. 이 세상에는 대단히 많은 문명과 사회가 있는데 마치 동양과 서양이 언제든지 음양으로 대립된 관계 속에 있는 것처럼 파악하는 것 자체에도 문제가 있습니다. 그림을 두고 보더라도 동양화는 자연을 주로 하고 자연과의 조화를 표현하고 있는 반면에 서양화는 자연과의 조화를 기하기보다 자연을 있는 그대로 그린다든지 대부분 인물이나 정물 같은 것을 많이 그린다고 일반적으로 생각하고 있습니다. 그러나 이와 같이 동양과 서양이 딱 쪼개질 수 있느냐는 문제가 있는 것입니다.

제가 오늘 말씀드리고자 하는 내용에 그림 얘기도 조금 곁들이겠는데 그저 무식한 인상을 얘기한다 생각하시고 들어 주십시오. 그런데 무식한 사람의 얘기가 더러는 맞을 때도 있으니 꼭 맞는가 하는 것은 여러분이 점검하여 주십시오. 저는 동양화가 자연의 조화를 표현하고 있다는 데 대하여 늘 그런 것은 아니라는 느낌을 가지고 있습니다. 여기 월전(月田) 선생님 그림들은 상당히 평화스럽고 조화로운 느낌을 주는데 월전 선생의 그림을 시대적으로 길게 보면, 조화가 아니라 부조화를 말하는 것도 있고, 실제로 전통적인 그림에서도 꼭 그렇지만은 않은 것 같습니다.

매우 초보적인 인상을 말씀드리면, 동양의 전통적인 그림을 보면 옆으로 긴 것보다는 위아래로 긴 것이 많고 서양화는 위아래로 긴 것보다는 옆으로 긴 것이 더 많이 눈에 뜨입니다. 동양화가 위아래로 길어진 것에 대해 누가 뭐라 얘기한 걸 보진 못했지만 여러 가지 이유가 있을 것입니다. 그 원인에는 건축물 구조와의 관계가 있을 수도 있고 또 중국 한문 자체가 위아래로 쓰는 글이기 때문에 서예와의 관계가 있을 수도 있습니다. 저는 위아래로 긴 그림을 보면 옆으로 긴 그림보다 안정감이 부족한 느낌을 받습니다. 서양 사람들의 그림은 높은 데서 아래를 내려다보는 풍경들이 많은데 이와 같이 수평적으로 펴져 있는 서양의 풍경화는 르네상스 후 17세기에 가령 라위스달(Jacob van Ruisdael) 같은 네덜란드 사람들이 많이 그렸습니다. 네덜란드는 산이 없고 평평한 나라이기 때문에 그림 또한 평평하게 퍼져 있습니다. 그러한 그림은 매우 한가하고 조용한 느낌을 줍니다. 그리고 동양화가 여백을 강조한다고 하지만 실제로 공간을 남기는 것도 이러한 네덜란드의 그림에서 더 많이 봅니다. 물론 하늘을 칠하고 구름을 칠하기 때문에 채색이 되지만 물(物)이 차지하는 비중으로 보면, 그쪽이 더 적습니다. 보통 동양의 산수화는 옆으로 퍼져 있는 그림도 있지만 산이 아래에서부터 위까지 첩첩산중으로 쌓인 그림이 많습니다. 모나리자를 보면 물론 모나리자는 인물이 주가 되지만 뒤쪽에는 평야를 밑으로 내려다보는 풍경이 배경을 이룹니다. 실제로 서양화에서 화면을 꽉 채우는 산수의 그림은 대부분 18~19세기 낭만주의 시대의 그림입니다. 이 문제에 대해서는 뒤에서 다시 한 번 말씀드리겠습니다만, 본래 서양화에선 원근법이 대단히 중요하게 다루어져서 르네상스 이후에는 원근법에 의해서 풍경도 배치하고 인물도 배치하고 정물도 배치했기 때문에 한곳에서 확 바라보는 그림이 그려졌고 동양화에서는 원근법을 중요시하지 않았기 때문에 여러 시선에서 중첩된 산들을 그렸는데 그것은 물론 기법과 관계가 있겠지만, 우리가 단지 조화의 느낌만을 가지고 동양화를 논한다면 제 생각으로는 한군데에서 내려다보는 서양의 그림이 첩첩산중으로 쌓인 중첩된 산들을 올려다보는 것보다 사실은 더 평화스럽고 조화로운 느낌을 줄 수 있다고 생각합니다.

프랑스의 철학자 가스통 바슐라르(Gaston Bachelard)는 『공간의 시학』이라는 책에서 우리가 높은 데서 내려다보는 광경을 왜 좋아하느냐 하는 문제들을 다루고 있는데 그건 왕자적인 관조의 위치를 제공해 주기 때문이라고 했습니다. 산꼭대기에서 내려다보는 시각은 사실 광선과 시선의 근본적인 원형을 드러내 주는 단순성을 가지고 있습니다. 높은 자리에서 내려다볼 때 시원하고 기분 좋은 느낌을 받는 것은 당연합니다. 이것은 등산할 때 눈앞이 숲과 나무로 가리워져 답답한 곳을 지나 기어이 꼭대기에 이르러 탁 트인 곳을 내려다보려는 욕구에서도 확인할 수 있습니다. 이런 의미에서, 꼭대기에서 내려다본 평화스러운 풍경은 정복욕의 소산이라고도 말할 수 있습니다. 그러나 여기에서 이런 지적은 이걸 지적하려는 것보다 사태가 복잡하다는 것을 말하려는 것입니다. 제가 보기에는 동양화의 중첩된 산은 사실상 평화스러운 느낌보다는 압도하려는 의도가 강한 걸로 보입니다. 산이 첩첩으로 있으면, 한없이 쳐다보게 마련이고, 또 쳐다보는 사람은 꼭대기에 있는 하늘에 압도당하는 느낌을 갖습니다.

앞에서 비친 바와 같이 서양화에서 화면 구성의 커다란 변화는 낭만주의 그림에서 두드러지게 나타납니다. 서양의 낭만주의 그림들이 빽빽하게 산과 물건을 배치한 것은 우리를 압도하려는 의도와 관계가 있다고 봅니다. 일반적으로 서양의 낭만주의가 자연을 좋아하는 시대라고들 하지만 르네상스 때의 모나리자 그림의 배경에서 보이는 평화스러운 자연 묘사와는 달리 자연이라고 하는 것을 굉장히 강력하고 힘있는 것으로 표출하고 있습니다. 서양 사람들이 낭만주의 시대에 자연을 통해 표현하려 한 것은 바로 숭고미입니다. 18세기 말부터 19세기 초까지 서양 미학자들이 얘기한 바와 같이 숭고미는 아름다움이면서 근접하기 어렵고 얘기할 수도 없는 신비스러운 힘을 나타내는 아름다움, 외포감을 주는 아름다움입니다. 이를테면 알프스 산 같은 경치에서도 숭고미를 찾을 수 있습니다. 알프스 산이 명산이고 아름다운 산으로 생각되기 시작한 것은 18세기 이후라고 말합니다. 그전에는 험하고 사람 살기 어려운 괴로운 데였을 뿐입니다. 낭만주의 시대의 서양 사람들이 풍경화를 그릴 때 중요하게 여긴 점은 압도적인 느낌과 자연의 신비한 힘을 전달하는 숭고한 아름다움이었습니다. 이러한 미의식의 발전이 알프스를 명산이 되게 한 것입니다.

일반적으로 우리는 동양화가 평화스럽고 조화된 느낌을 준다고 하는데 그것 말고도 위에서 말씀드린 바와 같은 숭고미의 요소도 거기에 있는 것이 아닌가 생각해 봅니다. 동양화에서 기운(氣韻)이 중요하다, 힘이 있어야 한다 하는 얘기를 우리는 많이 듣습니다. 그런데 그 힘은 그림에 어떻게 표현되는 것일까요? 지금까지 비친 바와 관련지어 보면, 화면을 아래위로 길게 해서 그림을 위아래로 보게 하고 가야 할 길이 첩첩한 산을 보여 주는 것, 이런 것도 기운과 힘을 연결하기 위함이라는 생각을 해 봅니다. 주제넘은 얘기가 되겠습니다만 가령 우리나라에서 명당자리를 볼 때도 비슷한 데가 있지 않나 합니다. 명당자리라는 건 여러 가지로 설명할 수 있지만, 주로 언덕으로 둘러싸인 가운데의 편안한 자리를 말합니다. 그러나 그것이 전부는 아닙니다. 그것은 힘이 모여 있는 자리입니다. 또 청룡이니 백호니 하는 얘기들을 하는데, 청룡·백호 같은 것이 달리다가 모여져서 떨어진 자리가 바로 명당자리라고 말합니다. '산세(山勢)'란 말 자체가 산을 힘으로 파악한다는 것을 뜻합니다. 이와 같은 문제를 말씀드리는 이유는 통상 동양의 전통 산수화가 자연과의 조화를 전달하려 했다든가 간단히 평화의 느낌을 주려 했다고 하는 것이 지나치게 단순한 말이라는 점을 지적하기 위해서입니다. 나중에 다시 한 번 말씀드리겠습니다만 동양화에서 골법(骨法)이라고 해서 뼈를 많이 그리는 것도 사실은 힘을 전달하려는 것하고 관계가 있는 것 같습니다. 뼈를 드러내지 않는 몰골법(沒骨法)으로 그린 그림은 모르는 사람이 봐도 상당히 편하고 순하고 온화한 느낌을 받습니다. 뼈를 앙상하게 그려 내는 것이 그렇게 편한 느낌을 주는 것 같진 않습니다.

동양화와 서양화의 가장 큰 차이점은 동양화는 선(線)을 강조하는 데 반해 서양 사람들은 선보다는 표면에 있는 텍스처, 즉 그 결을 중요하게 여긴다는 것입니다. 서양화에서 계속 추구되어 온 단순한 이상 중의 하나는 축 늘어진 비단 커튼의 느낌을 어떻게 화면 위에 재생할 것인가였습니다. 서양화가들은 이와 같이 사실의 재생, 그것에 유사한 느낌을 주는 일에 노력하였습니다. 서양 미술사가 중에 20세기의 미술사 발전의 원조가 되는 사람 중의 한 사람인 버나드 베런슨(Bernard Berenson)은 중국화를 보고 흥미는 있지만 근본적으로 미술이라고 하기 어렵다고 말하였는데, 그것은 미술의 기본이라는 게 촉각적 가치, 택틀 밸류(tactile value)인데 중국의 그림은 택틀 밸류가 너무 약하다고 생각했기 때문입니다. 좀 황당한 편견입니다만 동양화와 서양화의 아주 중요한 차이점을 지적하고 있는 말입니다. 베런슨이 생각하지 않은 것은 동양의 화가들이 사물의 외면적인 인상과 느낌의 재생, 즉 사생에 별로 관심을 갖고 있지 않았다는 사실입니다. 동양의 선은 사실의 재생이 아니라 어떤 힘의 느낌의 전달에 관계되어 있습니다. 이것에 대해서는 나중에 다시 언급할 기회가 있을 것입니다.

결론적으로 여기의 이야기는 서양 사람들이라고 그림을 통해서 어떤 일정한 자연관만을 전달하고 조화를 전달 안 하려는 게 아니고, 우리 동양 사람이라 해서 꼭 편안하고 조화된 느낌만을 그림에 표현하려 한 것이 아니라는 것을 말씀드리려는 것입니다. 나아가 동양과 서양을 대비시켜 이야기할 때도 동양은 정신, 서양은 물질로 생각하는 것을 조금 더 복잡하게 만들 필요가 있습니다. 그림의 예를 들어 말씀드렸듯이 동양은 정신이고 서양은 과학이다 하고 말하는 것보다 동양은 동양대로의 조화와 갈등이 있고 서양은 서양대로의 조화와 갈등이 있다고 하면 어떨까요? 다같이 어떤 조화된 삶을 살고자 하는 공통된 욕구를 가지고 있으면서 동시에 그것을 방해하는 갈등 요소를 다 가지고 있다고 생각해 보자는 것입니다.

서양을 위한 변명을 시도해 보면, 서양 사람들이 반드시 부조화만을 추구해 온 것이 아니라는 것은 서양 시, 서양 미술, 서양 건축, 서양 거리에서 다 살필 수 있는 것입니다. 가끔 농담으로 서울에서 풍수지리를 제일 잘 보는 사람이 서양 사람이라고 하는 얘기를 해 봅니다. 예를 들어 연세대-이화여대-서강대와 같이 서양 사람들이 만들어 놓은 학교를 보면 참 자리를 잘 잡았습니다. 또 그렇게 자연과 건물을 조화시켜 정원을 만든다는 생각

자체가 서양의 발상입니다.

우리에게도 물론 조화를 추구한 예가 있습니다. 서울은 남산에다 북악에다 산들을 빙 두르고 한강과 적당한 자리를 둔 가운데 터를 잡았습니다. 20세기 초에 서양 여성으로서 우리나라에 왔던 이사벨라 버드 비숍(Isabella Bird Bishop)이라는 여성이 『한국과 그 이웃 나라들』을 썼는데 거기에도 보면 서울이 세계적으로 아름답다고 쓰고 있습니다. 아주 선명하게 묘사를 했어요. 서쪽에 해 질 때 낙산에 비치는 갈맷빛이 참 아름답다고 했습니다. 1911년에 나온 브리태니커 백과사전이 있는데, 이 브리태니커 백과사전 1911년판을 서양 사람들은 그 학문적 권위로 인하여 대단히 존중합니다. 거기에서도 서울이라는 항목을 찾아보면 백과사전에 쓴 묘사인데도 서울은 화강암의 아름다운 산으로 둘러싸인 도시다라고 쓰여 있습니다. 지금까지 말씀드린 건 우리는 우리대로의 조화가 있고 저 사람들은 저 사람들대로의 조화가 있다는 얘기입니다.

또 서양과 동양의 차이보다는 비슷한 점을 들어 보겠습니다. 아시겠지만 세상에 널리 알려진 역사적으로 중요한 저작 중에 조지프 니덤이 쓴 『중국의 과학과 문명』이라는 책이 있습니다. 니덤은 중국 과학 기술이 17세기까지는 세계에서 제일이었다고 말하고 있습니다. 예를 들어 물리학—천문학·공학·도시 계획·의술 등 여러 방면에서 서양을 앞질렀습니다. 다만 17세기에 서양에서 새로운 과학 기술이 등장하면서 중국의 과학 기술이 서양에 비교가 안 될 정도로 뒤떨어지게 되었다고 설명합니다. 여러 공학 기술이라든지, 생활을 더욱 편리하게 하는 실용적 기술이라든지 하는 물질 기술에서도 중국은 서양을 앞질렀습니다. 18세기에 영국 대사가 중국에 무역을 협상하러 갔을 때 천자의 답변이 우리는 당신네들한테서 필요한 것이 하나도 없으니 만일 당신들이 필요한 물건이 있으면 가져가라고 하는 것이었습니다. 중국은 정신문명뿐 아니라 과학 문명에서도 충족한 상태에 있다는 것을 과시한 것입니다. 말이 나온 김에 말씀을 드리면, 니덤의 책은 중국의 과학 기술뿐 아니라 한국의 천문 기기나 과학에 대해서도 언급하고 있습니다. 거기에는 한국이 동양 문화권·중국 문화권에서 중국 다음으로 가장 과학적이고 현실적인 사람들이라고 우리 문화의 우수성에 대해 발언한 대목이 있습니다.

니덤은 중국의 과학 기술을 높이 칭찬하고 있을 뿐만 아니라 그 배경이 되는 사상의 맥락에 대해서도 여러 가지로 언급하고 있습니다. 그에 의하면 도교나 유교가 단순한 정신주의 윤리나 신비주의나 미신이 아니고, 물리학적이며 과학적인 통찰을 가지고 있다고 합니다. 그는 원시 유교라든지 도교에 대해서도 얘기하고 있고, 송나라 때 주희의 철학에 대해서도 언급하고 있습니다. 그것도 과학 사상의 성격을 가지고 있는 것이라고 합니다. 우리나라에서도 과학사를 하는 서울대학교의 김영식 교수가 그러한 것을 논한 바 있습니다. 우리는 일반적으로 주자의 성리학(性理學)에서의 성리(性理)를 물리(物理)와 관계없는 것으로 생각하고 윤리적인 것으로만 생각하는데 김영식 교수는 주자의 철학 속에는 물리학적인 개념이 있다고 합니다. 그러니까 우리가 대학에서 '사물을 끝까지 탐구한다(格物致知)' 할 때 그것을 윤리 도덕적인 의미 외에 물건의 이치를 끝까지 공부해야 한다, 과학적 탐구가 필요하다는 말로도 해석되어 마땅합니다. 그런 관점에서 본다면 '기운' 할 때 '기'도 호연지기(浩然之氣) 할 때의 '기'도 물리학적인 관점으로 해석될 수 있습니다.

최근에 서양 사람들 중에 동양의 사상 속에 들어 있는 그런 과학적인 요소에 대하여 관심을 가지고 있는 사람들이 많습니다. 대중적으로 현대 물리학을 해설한 책에 게리 주커브(Gary Zukav)의 『물리 대가의 춤(*The Dance of Wuli Masters*)』이라는 책이 있습니다. 그 책 제목의 '울리'는 '피직스'인데 '피직스'보다는 '울리'가 더 낫다고 생각해서 중국 이름을 갖다 붙인 것입니다. 말하자면 성리학의 이치하고 일치시켜 보려는 뜻에서 영어를 안 쓰고 한문을 쓴 거죠. 성리학에서의 '리'에는 대리석 할 때 '리(理)'의 무늬 또는 모양이라는 의미가 들어 있습니다. 저자는 '울리'를 영어로 'Patterns of Organic Energy'로 번역하고 있습니다. 오가닉 에너지는 '기'지요. 그러니까 울리 또는 물리는 기의 모양, 기의 형태를 말합니다. 우리 신체에도 있고 유기체 속에도 들어 있는 그것이 '기'입니다. 중국 사람들은 이러한 '기'하고 물질적인 어떤 원리를 일치시켜 봤는데, 바로 이것이 현대 물리학의 통찰에 맞는 거다, 이 점이 주커브로 하여금 물리학을 설명하면서 중국의 개념을 갖다 쓰게 한 것입니다. 이것보다 조금 더 높은 차원에서 쓴 책이 프리츠프 카프라의 『물리학의 도(道)(*Tao of Physics*)』라는 책인데 그 부제는 현대 물리학과 동양 사상이라고 되어 있습니다. 카프라는 오늘의 현대 과학에서 볼 때 서양의 생각보다 오히려 동양의 옛 사상이 오늘날 과학이 드러내 주는 어떤 사상하고 일치하는 점이 있다는 것을 지적하고 있습니다. 또 자연 현상을 서양의 뉴턴 물리학의 기계론적 사고로는 설명할 수 없다는 것이 오늘날 물리학에서의 생각인데 동양의 유기체적인 사고, 동양의 끊임없는 변화 생성의 이치, 역의 이치, 태극의 이치 등이 물리학적인 사고에 아주 가깝다는 것입니다.

지금까지 말씀드린 것은 되풀이하여 동양과 서양, 정신과 물질을 간단히 양분법으로 얘기하기가 어렵다는 것이었습니다. 그러나 동양 사람들이 서양 사람들보다 조금 더 자연과 친숙하고 정신과의 조화를 이루며 살지 않았느냐는 느낌이 전혀 근거가 없는 것은 아닐 것입니다. 이어서 말씀드릴 내용은 우리가 서양 사람들보다 더 정신적인 걸 가지고 있다고 얘기할 때 그게 무엇이겠느냐 하는 것에 대한 얘기가 되겠습니다.

이야기를 오늘의 부조화의 삶에 대한 우리의 느낌에서부터 시작해 보기로 하지요. 거기서부터 무엇이 그것을 조화스러운 것으로 되돌릴 수 있느냐 하는 것을 생각해 보기로 하자는 뜻입니다. 그러나 우리가 지금의 삶의 방식에 조화가 깨졌다고 느끼는 것은 한두 가지가 잘못되어서 그런 것이 아닙니다. 그것은 우리가 사는 방식 자체에 금이 갔기 때문이라고 생각합니다. 문화재라든지 또는 동양 정신이라든지 하는 것들을 얘기하지만 그런 어떤 것 하나만으로 우리 정신을 얘기할 수도 없고 또 정신생활과 생활의 조화를 회복할 수 없다는 것은 자명합니다. 문제는 어떤 특정한 부분의 문제가 아니라 삶 전체의 조화의 문제입니다. 우리가 옛것을 찾으려고 해도 그것을 찾을 수 없게 된 것은 어떤 특정한 것이 아니라 생활 전체, 생활의 질서가 없어졌기 때문입니다. 그리고 그것을 되찾고 싶은 생각이 있는 것도 아닙니다. 어느 사회에서나 그렇지만 정신이나 전통이나 여러 가지 생활의 느낌을 표현하고 있는 총체는 사회 제도인데, 오늘날 우리가 과거 전통을 되찾는 얘기를 한다 해도 현재의 제도를 버리고 옛날의 그것으로 돌아가자는 얘기는 듣지 못합니다. 이것은 매우 재미있는 사실입니다. 제도 중에는 정치 제도가 가장 중요합니다. 정치 제도로서 옛 제도로 돌아가야 한다는 얘기는 들을 수 없습니다. 뿐만 아니라 그 정신에 대한 반성을 듣거나, 그것에 기초를 두고 오늘의 제도를 생각하는 일도 거의 볼 수 없습니다.

예를 들어 임금이 있어야 한다든지, 의정부(議政府)가 있어야 한다든지 또는 관찰사가 있어야 한다는 말을 우리는 듣지 못합니다. 그 정신을 살리자는 말도 듣지 못합니다. 임금이 어릴 때부터 왕도(王道)를 계속 교육을 받아서 집정을 하고 집정을 하는 사이에도 계속적으로 경연(經筵)이라는 제도를 통해서 유학자들의 강의를 듣고 하는 일에 대하여 우리는 생각해 보지 않습니다. 또 의정부의 의정(議政)은 상의해서 정치하라는 뜻이겠는데, 그것도 별로 생각해 보지 않습니다. 지금 도지사(道知事)라는 말을 쓰는데, 도지사의 원뜻은 도(道)의 일을 아는 사람을 말하는 것이 아니겠습니까. 요즘에 그것은 도에서 제일 높은 사람을 말하죠. 대통령이 무슨 뜻인지 우리는 잘 모릅니다. 그냥 높은 사람이다, 이렇게 알고 있을 뿐입니다. 이런 이름에서도 볼 수 있듯이 우리는 생활을 전체적으로 통제해 나가는 제도에 대해서는 거의 옛날 것을 다시 생각하지 않고, 또 오늘의 현상의 의미에 대해서도 생각하지 않습니다. 사실 우리는 계속적인 생각의 과정 속에서 우리의 삶을 생각하는 것을 포기한 것으로 보입니다. 문화재를 보존하고 전통 예술을 되살리면서도 생활 전체의 문제를 생각하지 않습니다.

물론 옛날의 정치 제도, 경제 제도, 사회 제도를 살리자는 말은 아닙니다. 그것은 이미 돌이킬 수 없는 것이 되었습니다. 제가 말씀드리고자 하는 것은 되풀이하여 전통 정신이 상실됐다든지 문화적인 유산이 없어졌다든지 하는 문제가 아니고 전체가 문제라는 것입니다. 또 우리가 조화를 되찾는 데 관계되어 있는 것도 단순히 동양 정신의 회복이 아니라 동양 사회, 한국 사회의 부활입니다. 살아 있는 몸뚱이는 유기체로서 온전한 상태에 있지마는 목숨이 끊어지는 순간부터 썩기 시작해서 분해가 되고 단편화합니다. 살아 있을 때는 세균도 안 들어오고 썩지도 않고 있다가 죽는 순간부터 박테리아가 들어와 몸이 분해되고 쪼개지게 되는데 이런 현상은 문화의 경우도 마찬가지입니다. 서양 과학 문명이 들어왔다 할 때 서양이 본질적으로 과학 문명이고 물질 문명이기 때문에 우리의 정신문명에 손상을 가한 면도 있지만, 그것이 어떤 종류의 문명이든지 간에, 또는 우리 자신의 문제로 해서, 그것은 우리에게 하나의 침해 현상으로 느껴질 수밖에 없습니다. 물론 거기에 제국주의가 있고 우리가 침범을 받아서 붕괴를 일으킨 것도 사실입니다. 또 과학 문명 자체가 거대한 규모를 특징으로 하는 것으로 온 세계를 한 덩어리로 묶어 가는 현상이란 점도 있습니다. 어떤 이유로든, 한 덩어리로 묶어 가는 과정에서, 여러 지역에 있는 여러 사회들의 유기적인 조화는 깨지게 마련입니다. 뿐만 아니라 서양 기술 문명의 거대화 경향은 서양 자체도 혼돈에 빠지게 하여 거기에서도 공동체가 깨지고 개인적인 정신세계의 조화가 깨지고 있습니다.

이것은 다시 한 번 우리가 당면하고 있는 것이 총체적인 문제이기 때문에 하나만 가지고 얘기하기는 어렵다는 이야기가 됩니다. 따라서 우리가 정신을 회복하고 새로운 조화를 수립하려면 새로운 차원의 어떤 새로운 질서를 만들어야 할 것입니다. 그것은 서양 사람들이 가져온 물질 문명·과학 문명도, 그 자체로서는 아닐는지 모르지만, 새로 수용하는 새로운 문화가 될 것입니다. 그러나 이루어야 할 새로운 질서에서 우리의 동양적인 전통이 보다 더 나은 사회, 보다 더 조화 있는 사회를 이루어 나가는 데 기여할 수 있는 것이 있기는 있다고 생각합니다. 동양 문화에서는 사람의 내면생활 즉 정신생활을 대단히 중요시했습니다. 밖에 나가서는 바쁘게 활동하였지만 집에 돌아와서는 명상하고 관조하는 것을 동양에서는 일찍부터 중요하게 여긴 것으로 보입니다. 이런 것이 앞으로 우리가 살아가는 데서도 중요한 요소로서 유지될 수 있었으면 좋겠다는 생각을 해 봅니다. 서양에도 정신생활이라는 게 없었던 것은 아니지만 서양의 정신생활에 핵심을 이루는 건 극히 단순화해서 얘기하면 신앙이나 이성으로 생각됩니다. 일찍이 서양에서는, 신앙에 의해서 개인 생활에 질서를 부여하고 사회생활을 조직화하는 것이 중요했습니다. 그다음에는 이성에 의해서 사회를 바르게 하고 자기 마음을 바르게 하고자 하는 노력이 있었습니다.

그에 대해 우리 동양 사람들이 가지고 있었던 것은 신앙이나 이성보다는 더 넓은 의미의 어떤 내면적인 삶을 가지고 있었던 게 아니냐는 생각이 듭니다. 동양은 '심(心)'이라는 걸 중요시하고 또는 '성(性)'을 중시했습니다. 이 마음이라는 것은 이성처럼 어떤 원칙에 따라서, 또는 신앙처럼 어떤 하나의 도그마에 따라서 자기 내면을 정리하고 생활을 정리하는 엄격한 질서의 원리가 아닙니다. 질서는 배제하고 억제하고 단순화하여 이루

장우성(張遇聖), 「기아쟁식도(飢鴉爭食圖)」(1987, 호암미술관 소장)

동양화에서는 사생보다는 붓 놀리는 것을 기법의 중심으로 삼는다. 자연을 통해서 어떤 힘, 마음의 힘 또는 마음의 힘 속에 나타나는 자연의 힘, 이런 것들을, 기운을 표현하는 방법으로 필력·골법 같은 것들을 중시한다.

어집니다. 그러나 동양의 마음은 가진 바대로의 것을 받아들이면서 경험적으로 풍부하여지는 유기적 실체가 아니었나 생각됩니다. 서양의 이성이나 신앙은 예각적이고 동적이고 분석적이고 어떻게 보면 공격적인 데 대해서, 동양 사람들이 생각한 것은 있는 그대로, 본성 그대로, 자연 그대로의 마음을 지키면서 생활을 좀 더 풍부하게 하는 것이었습니다. 이런 마음이라는 게 뭐였느냐 하는 것을 정의하기는 대단히 어렵습니다. 제가 하려는 것은 철학적 분석이라기보다 느낌을 전달하려는 것입니다. 되풀이하여 말하지만, 서양의 이성이라는 것은 마음을 단순화하는 데에서 생겨납니다. 마음의 여러 면을 단순화해서 하나의 원칙을 만들고, 어떤 질서를 갖추려고 하는 노력이 이성을 만듭니다. 신앙의 경우도 그렇습니다. 가령 우리의 감각이나 충동을 단순화해서 그것의 어떤 면을 억제하고 우리를 정신적인 신앙생활에 얽어매려는 것이 신앙입니다. 이와는 달리 동양 사람들이 생각한 마음이라는 것은 자연스러운 것, 타고난 것, 어떻게 보면 좋지 않은 걸로 볼 수 있는 우리의 충동·욕심·본능까지 한 덩어리로 생각하고 그걸 조화롭게 유지하려는 노력 속에서 파악된 인간의 한 모습입니다.

질서의 원리로서의 마음에 중요한 것은 마음을 조용하게 두는 것입니다. 무엇을 헤치고 분석하고 하는 것보다 가만히 있는 조용한 상태, 정적(靜的)인 상태를 마음의 원형적인 상태로 중시한 것은 우리가 다 아는 일입니다. 그러나 조용한 것이 왜 중요합니까? 그것은 움직이고 미끄러지고 흐트러지기 쉽기 때문입니다. 본성의 어떠한 것도 배제하고 억제하지 않는다면, 그것은 잠재적으로 큰 혼란 또는 동란을 가진 것임에 틀림없습니다. 사단칠정(四端七情)을 다 포함하는 마음은 그럴 수밖에 없지요. 그것은 다양하고 또 끊임없이 움직이고 있습니다. 중요한 것은 균형을 유지하고 일정한 흐름을 유지하는 일입니다. 마음은 이(理)이기도 하지만, 기(氣)의 움직임이기도 합니다. 우리의 타고난 모든 걸 포함한 마음은 온전하게 유지하려니까 정적인 것이 필요합니다. 물론 그것은 끊임없이 움직이기 때문에 그 움직임, 그 힘을 더욱 잘 방출하기 위한 절제와 균형을 뜻하는 것이기도 합니다.

동양화에서도 우리는 그림을 통하여 조용한 마음을 갖는 것을 원하고 관조적인 태도를 원합니다. 그것에 이르기 위해서는 사생보다는 전통적인 기법을 통한 계속적인 훈련을 방법으로 생각합니다. 사생보다는 붓 놀리는 걸 익히는 것이 기법의 중심입니다. 그러면서 필력(筆力)을 기르는 것입니다. 붓을 쓰는 법을 배웁니다. 그러면서 힘을 얻는 것입니다. 여기에도 역설이 있습니다. 한쪽으로는 조용한 집중적인 상태에 이르고 또 다른 한편으로는 조용한 가운데 움직이고 있는 마음을 표현하자는 것이지요. 그러면서 사물의 정(靜)과 동(動)에 이르고자 합니다. 그래서 아까 말씀드린 것처럼 평화롭고 아늑하고 따뜻한 느낌만이 아니라 힘을 표현하려는 것, 기운을 표현하려는 것 그리고 또 마음을 표현한다고 해도 느긋한 마음이 아니라 훈련을 통해서 어떤 집중적인 상태에 있으면서 움직이는 것을 표현하고 구조적인 것을 파악하려 하는 것이 예술 의지가 됩니다. 산을 그려도 그 뼈다귀를 중시하고 산의 전체적인 구조를 중시하지 그 부분적인 디테일을 중시하는 건 아니었습니다.

힘이라는 면을 조금 더 말씀드리면 동양화에 그려져 있는 바위나 산 또는 나무를 보면 순탄한 산이나 바위가 아니고 괴기한 것, 뭉쳐서 이상한 형태를 이룬 것이 많이 눈에 뜨입니다. 일반적으로 동양 사람을 집단적이고 개성이 없다고 하는데 바위의 개성을 표현하고 산의 개성을 표현하고 동시에 하나의 어떤 구조적인 형상을 표현하려는 것이 동양화에 나타납니다. 그러니까 자연을 통해서 어떤 힘, 마음의 힘 또 마음의 힘 속에 나타나는 자연의 힘, 이런 것들을, 다시 말하여, 기운을 표현하는 방법으로 필력·골법 같은 것들을 중시하는 것이 아닌가 합니다.

사실 서양화에서도 꼭 이러한 것이 없는 건 아니죠. 현대 서양화가 파울 클레가 지은 『교육적 스케치북』이라는 얄팍한 책이 있는데 거기 보면 선을 긋고 무얼 그릴 때의 얘기가 나옵니다. 선을 그을 때 그것을 기하학적인 선으로 생각하지 말고 하나의 움직임의 표현으로 봐야 한다고 그는 말합니다. 길을 그리면 그 길을 공간에 있는 선으로 보지 말고 사람이 걸어가서 몸으로 느끼고 사람의 동작 속에 흡수된 길로 그려야 한다는 뜻입니다. 이것은 동양화에서 붓을 세게 했다가 약하게 하면서 힘을 표현하려고 하는 것과 비슷하다고 생각합니다. 이러나저러나 클레 같은 사람은 동양화적인

장우성, 「회고(懷古)」(1981, 독일 쾰른 시립미술관 소장)

동양화에서는 비뚤어지고 엉클어진 나무라든지 마치 오랜 바위 같은 형상의 노인이라든지 하는 것들을 우리 마음의 에너지와 연결되어 있는 것으로 본다. 그림을 사생보다는 깊은 내적인 의미를 가진 것으로 생각하기 때문이다. 장우성의 그림에서 노인의 형상과 둥글고 푸른 항아리의 모습은 각자의 의미항들에 대한 해석을 요구하고 있는 것이다.

요소가 강한 그림을 그린 서양화가입니다. 물론 일반적으로 붓의 힘의 표현인 브러시워크로 힘을 표현하려 한 것은 동·서양에 공통된 일입니다.

개자원(芥子園)의 화법(畵法)에 관한 글들을 보면 내면으로부터 사물과 일치해서 사물을 표현해야 한다는 말이 많습니다. 이것이 무슨 뜻인지 분명하게 알 수는 없지만, 그것이 자연 속에 있는 어떤 힘을 표현하는 일과 관계있는 것이 아닌가 나는 생각합니다. 물리학도 힘의 학문이지만, 힘은 운동으로만 표현될 수 있습니다. 그림에 운동이 있을 수 없지요. 정물의 힘은 우리의 몸속에 느끼는 긴장감으로만 감지될 수 있습니다. 팔에 느껴지는 힘, 팔이 나타내는 힘이 필력이지요. 그러나 어떤 형태는 우리에게 힘을 느끼게 합니다. 그런 것 중에 뭉치는 것, 뻗는 것 또는 개성적인 것, 구조적인 것이 있습니다. 저는 이런 것들이 우리가 동양화에서 직접적으로 받는 인상이 아닌가 합니다. 동양화의 바위 같은 것을 보면 대체로 비뚤어지고 또 사람도 서양화에서처럼 매끄러운 사람보다는 웅크린 노인의 모습을 많이 봅니다. 형태가 괴기함으로써 드러나는 힘과 개성, 이런 것을 의도한 것이 아닌가 합니다. 영국에 제러드 홉킨스(Gerard Hopkins)란 시인이 있는데 그 사람의 일기장에는 꼭 동양화처럼 그려 놓은 그림들이 있습니다. 힘이 뻗친 나뭇가지나 괴상한 돌의 모습들을 주로 그려 놓고 있는데, 그는 그러한 것이 존재의 개체적인 에너지를 표현하고 있다고 생각했습니다. 자기가 지은 시(詩)에서도 그는 기괴한 것에 주목하여 사물의 독특한 에너지를 표현하려고 했습니다. 우리 동양에서 비뚤어지고 엉클어진 나무라든지 마치 오랜 바위처럼 엉클어지고 비뚤어진 노인이라든지 하는 것들은 우리 마음이 에너지와 연결되어 있다고 생각합니다. 왜냐하면 동양화에선 사생(寫生)을 하여 사실(寫實)을 하려는 게 아니고 사의(寫意)를 하려 했고 그것은 마음의 의지 속에 나타나는 어떤 힘을 묘사하려 했기 때문입니다.

너무 추상적인 얘기를 한 것 같은데 조금 구체적인 논거를 살펴보겠습니다. 그림이 사생보다는 깊은 내적인 의미를 가진 것으로 생각되었다는 점에 대해서 말입니다. 서양 사람이 동양화에 대해서 논한 글로 버클리 대학교에 있는 제임스 케이힐(James Cahill)이라는 사람이 쓴 『강력한 영상(*The Compelling Image*)』이라는 책이 있는데 그 책에 실린 내용 몇 대목을 인용하겠습니다. 중국 위진·남북조 시대의 종병(宗炳, 375~443)이라는 사람이 이 같은 얘기를 했습니다. 그가 그림을 그리는 것은 산야를 다시 헤매고 강호에 가서 쉬었으면 좋겠는데 그럴 만한 기력이 없기 때문에 벽에다 젊었을 때 돌아다니던 산하(山河)를 다시 재현해서 그리고 그 당시의 느낌을 다시 가져 보려 하는 것이라는 것입니다. 또 명 대(明代)의 문인 화가(文人畵家) 교징명(交徵明)은 한림학사(輪林學士)로서 바쁜 생활을 하는 가운데 그림을 그렸는데 왜 그림을 그리느냐 하면, 밖에서 일하다 보면 세속적인 일에 젖기 때문에 집에 돌아와서 옛날 젊었을 때 보았던 자연을 다시 접해서 정신을 새롭게 했으면 좋겠다 하는 생각에서 그림을 그린다고 했습니다. 또 11세기에 곽희(郭熙)라는 사람이 산수화에 대해 이런 얘기를 했습니다. 사노라면 산과 수풀과 냇물, 산수(山水)에 대한 갈망이 마음속에서 문득문득 일어나는데 그것을 꿈속에 그리면서 다시 보지 못할 것을 안타깝게 여겨 꿈속에서만 그리지 말고 실제 내 손에서 그것을 만들 수도 있다 하는 뜻에서 방에서 그런 그림을 그린다는 것입니다. 이러한 발언들을 통해서 보면, 중국의 화가들이 그림을 그리면서 원했던 것이 산수에 다시 접하겠다는 것이었습니다. 세속에서 물러나 자기의 정신을 안정시키려는 데 산하가 중요했습니다. 이 산수의 회복에 그림이 필요했습니다.

저는 이걸 떠나서 중국의 그림을 이해한다는 것은 잘못 아닌가 하는 생각을 해 봅니다. 단순히 자연을 재현한다든지 이해한다든지 하는 것만이 아니고 이 세속사에서 벗어나 정신의 안정을 되찾는 하나의 수단으로서 그림을 대해 왔다는 사정을 고려해야 한다는 말입니다. 정신을 안정시키는 수단으로서의 의미가 없다면 그림의 의미는 상당히 줄어들지 않나 하는 것입니다. 아까 동양화에서 정신을 표현하려 한다, 사의(寫意)를 한다 했지만, 그것은 자기가 실제로 정신을 회복하고 안정을 찾기 위한 과정 전체를 말하는 것일 것입니다.

중국 사람들의 그림에 대한 태도는 세속적인 것에서 물러나 가 보고 싶지만 가지 못하는 자연의 모습을 다시 재생하려는 것이라고 지금 말했습니다. 그런데 산수의 재생은 무엇을 뜻합니까? 다시 말하여 그것은 사생이 아니라 기억 속에서의 회상입니다. 이 회상 작용이 치유적 성격을 갖습니다. 또 이 회상은 단순히 일찍이 보았던 것의 회상이 아니라 원형적 풍경으로 정착한 풍경의 회상입니다. 그러기 때문에 이 회상은 역설적으로 일찍이 보았던 좋은 그림과도 구분되지 않을 수 있습니다. 종병과 교징명은 자연의 모습을 기억 속에서 재생하려 했습니다. 그러면서 자연에서 자기가 보았던 옛 대가들의 풍경화를 확인하려 하였습니다. 그들의 그림이 전통적이고 다른 대가들의 인용으로 이루어진 것은 당연합니다. 동양화는 우리의 생활에 있는 매우 핵심적인 것으로써 늘 자연을 회상하려고 합니다. 콘텍스트가 굉장히 중요한 것입니다. 회상은 실제의 자연과 함께 스스로의 꿈의 풍경을 환기합니다. 이 꿈은 전통의 집단적 꿈에 일치합니다. 나이가 들어 자연을 보고 싶어도 갈 수 없으니까 그냥 자기 소원을 풀기 위해서 산수를 그리는 것의 의미는 이러한 것입니다.

좀 다른 얘기를 해 보면 미국에 인류학자이며 소설가인 카를로스 카스타네다(Carlos Castaneda)란 사람이 있습니다. 그 사람은 서양 문물을 접하지 않고 원시적인 생활을 하는 멕시코 원주민들을 대상으로 처음에는 인류학적인 관점에서 그들을 연구하다가 나중에는 그 원시적인 사람들이 문명한 사람들보다 훨씬 더 위대한 지혜가 있다는 느낌을 받아 진짜 그 사람들의 제자가 되어 그들의 생활을 소설로 쓰기 시작해 나중엔 소설가가 되

장우성, 「산」(1994, 이천 시립 월전미술관 소장)

중국 화가들이 산하를 그리며 마음을 안정시켰듯이, 회상을 통한 자연의 재생으로 마음의 안정을 찾는 것에서 동양화의 수법을 짐작할 수 있다. 동양화의 큰 특징이 원근법이 없다는 점인데, 기억 속에 회상하는 산수를 창조함에는 원근법이라는 게 별다른 의미가 없기 때문이다. 「산」에서는 이와 같은 동양화의 수법과 동양화가 가진 근저의 의미를 이해할 수 있다.

었습니다. 거기 보면 이 사람이 원시적인 멕시코 사람들한테서 수련을 받는 장면들이 있는데, 수련의 한 단계로 경치 좋은 산을 찾아다니는 단계가 있습니다. 원시적인 멕시코의 스승이 그에게 하는 말이 산야를 계속 찾아

다니다 보면 빛으로 가득한 풍경을 보게 될 것인데, 그 풍경은 당신에게 굉장히 중요한 뜻을 가질 것이라고 말합니다. 카스타네다는 실제로 멕시코의 험한 산속을 가다가 불줄기 같은 빛들이 쭉 뻗쳐진 산을 보게 됩니다. 그 빛을 본 후 실제로 고난과 곤경이 닥칠 때마다 그것을 회상하면 그것은 그에게 큰 위안이 되고 침착한 마음을 돌이켜 주는 기능을 하게 됩니다. 앞에서 중국 화가가 산하를 그리며 마음을 안정시켰다고 했는데 자연의 구조적인 이해뿐 아니라 회상을 통한 자연의 재생을 통해서 마음의 안정을 찾는 것에서 비슷한 이야기로 생각됩니다. 이 전 과정이 자연의 이치에 접하는 것이 아닌가 합니다.

황당한 추측일지도 모르지만 이러한 것은 동양화의 수법과 대단히 밀접한 관계가 있는 것으로 보입니다. 가령 동양화의 큰 특징의 하나는 원근법이 없는 것입니다. 전통적 서양화는 3차원의 공간을 2차원에다 정리해서 정연한 공간을 설정하는 것을 무척 중요하게 여겨 왔습니다. 서양 사람들은 르네상스 이후로 원근법이 없는 그림을 생각할 수 없었습니다. 동양화에는 원근법이 왜 없습니까? 여기에는 여러 가지 답안을 생각해 볼 수 있겠지만 실제 우리가 아까 이야기했던 기억 속에 회상하는 산수를 창조함에는 원근법이라는 게 별다른 의미가 없다고 생각됩니다. 회상되는 산수는 기억 속에서 다닐 수 있는 산수일 필요가 있습니다. 아까 곽희가 산수화를 그리며 원했던 것은 마음으로라도 대자연 속을 거니는 느낌을 주는 풍경이라는 이야기를 했습니다. 그러기 위해서는 케이힐에 의하면 북송시대 그림에는 상당히 사실적인 그림들도 많고 또 원근법을 적용한 그림들도 있었다고 합니다. 11세기에 어떤 미술론을 한 사람이 이성(李成)이라는 화가가 원근법을 사용했다고 해서 혹평한 글을 썼습니다. 이성의 그림은 마치 지붕 밑에서 처마를 쳐다보는 것과 같은 말도 안 되는 불합리한 그림이라는 것입니다. 이성의 방법으로 눈을 고정시켜 놓고 산을 그린다면 산의 한 면밖에 보지 못합니다. 그러나 당시 사람들이 실제로 보고자 한 것은 산맥들이 한없이 연속되어 있는 중첩된 산세 전부였습니다. 아까 곽희가 말한 것같이 거닐 수 있으며 산의 현실을 실감할 수 있는 산이어야 한다는 이야기입니다.

아까도 말씀드렸지만 동양화와 서양화의 또 다른 차이의 하나는 촉각적인 가치가 있느냐 없느냐 하는 것인데, 동양화에서도 안개라든지 하는 것들의 결을 느끼게 하고 뼈를 빼 버린 꽃이나 나무 같은 그림에서 부드러움을 느끼게 하려는 의도가 없지는 않지만, 그게 규범적이었던 것은 아닌 것 같습니다. 그런데 앞서 말씀드린 세 중국 화가의 경우처럼 기억 속에서 그림을 그리려면 뼈대가 중요할 것이 아닌가 생각이 됩니다. 기억으로써 사생하려면 산세를 분명하게 하고 나무는 어떤 모습이었고 산은 어떻게 놓여 있었는가를 생각하는 것일 것입니다. 다시 말하면 윤곽이라는 게 중요해집니다. 물론 사람을 기억하는 데서나 사람을 식별하는 데서도 중요한 게 윤곽이죠. 그러면서 동양화의 윤곽은 원근법의 추상적 구도에까지는 나가지 않은 것입니다. 그것은 체험된 세계의 윤곽이지 지적인 분석으로 구성된 지도가 요구되는 것은 아니기 때문일 것입니다. 또 여기에는 힘의 표현의 문제도 관계되어 있는지 모릅니다. 윤곽은 힘의 방향 표시가 되는 것이니까요. 윌리엄 블레이크(William Blake)는 시도 썼지만 그림을 그렸습니다. 블레이크는 그림에서 윤곽(outline)을 중요시했고 당대에 레이놀즈(Sir Joshua Reynolds)니 게인즈버러(Thomas Gainsborough)의 그림이 결을 곱게 만드는 데에 대해서 비판적이었습니다. 블레이크의 그림은 거친 듯한 윤곽선이 상당히 많습니다. 그는 만물의 근원으로서 에너지를 중요시했습니다. 그리고 에너지가 분명히 드러나는 것을 바로 선(線)이라고 말했는데 실제 그의 그림을 보면 느낄 수 있습니다.

그림을 사람의 마음을 평정시키는 수련의 한 과정으로 생각할 때 이러한 모든 요소들이 저절로 의미 있는 것이 되는 게 아닌가 합니다. 속세를 떠난 헤맴의 장으로서 산을 그릴 때, 산 전체가 움직이는 중첩된 산을 그리는 것이 중요합니다. 서양화는 고정된 외눈의 시점에서 보는 것이고 동양화는 움직이는 시점에서 보는 것이라는 것은 잘 알려진 사실입니다. 또 동양화는 그 결보다는 윤곽을 중요시해서 선을 강조합니다. 이것도 정신적인 것에 관련되어 있습니다. 또 기억이 중요합니다. 기억의 문제는 아까도 말씀드렸지만, 다시 말씀드리겠습니다. 사혁(謝赫)이라는 사람이 중요시한 육법(六法)이라는 게 있죠. 그중에 마지막 부분이 "옛 그림을 모사(模寫)해야 한다", 전이모사(傳移模寫), 다시 말해 전통적인 그림을 다시 재생하는 능력이 있어야 한다는 것입니다. 그리고 동양화가는 옛 그림을 보고 산의 형세라든지 나무의 모습이라든지를 그것으로부터 다시 인용해야 합니다. 명나라 때 화가 동기창(董其昌)은 산을 직접 보고 그림을 그리지 않은 것은 물론이려니와 실제 산을 보더라도 그림을 통해서 산을 보려 했습니다. 옛 그림의 인용이나 전통의 중요성들도 다 여기에 관련된 것으로 생각됩니다. 기억을 개인에서 전통으로 확대하는 것입니다.

또는 그림을 보는 방법을 생각해 보지요. 옛날 중국이나 한국에서는 그림을 늘 걸어 놓고 감상하는 게 아니라 두루마리로 말아 놓았다가 가끔 끄집어내어 보고는 도로 제자리에 집어넣곤 했습니다. 그건 마치 시집에서 시를 감상하고 나서 책을 덮는 것과 같은 이치이죠. 그림은 고리짝에다 넣어 두지만 그림의 산을 머릿속에 지니고 다니는 것입니다. 가끔 꺼내어 보는 것은 기억을 새로이 하고 마음을 깨끗하게 하려는 것입니다. 그러니까 그림은 장식품이 아니었다는 생각을 하게 됩니다.

제가 전공자가 아니기 때문에 자신 있게 말씀드릴 수는 없지만, 옛사람들이 그림을 그리는 의도, 그림을 보는 방식, 전시 방식들로 보아 그림은 그림이 아니고 정신 수련의 방식이었고 무엇보다도 생활의 방식이었다

윌리엄 블레이크, 「단테에게 말을 거는 베아트리체(Beatrice addressing Dante)」(1824~1826, 아크릴, 런던 테이트 갤러리)

만물의 근원으로서 에너지를 중요시했던 블레이크의 그림은 거친 듯한 윤곽선이 상당히 많다. 그는 에너지가 분명히 드러나는 것을 바로 '선'이라고 본다.

는 생각이 듭니다. 되풀이하여 제가 말씀드리고 싶은 것은 동양에서 그림을 중시한 것은 단순히 보기 좋다, 장식적이다 하는 것보다는 사람들이 가지고 있던 어떤 생활 방식 속에 들어 있는 한 부분이었기 때문이라는 사실입니다. 실물을 재현하는 데서 쾌감을 얻기보다는 마음을 수양하는 데 보탬이 되는 구체적인 계기로 삼는 데에서 그림은 문인들이 중요시한 분야가 되었습니다. 이것은 시도 마찬가지입니다. 그림하고 시(詩)가 따로 있는 활동이 아니라 다 생활 속에서 중요한 역할을 했던 것입니다. 예로부터 우리나라에서 그림은 전문적인 화가보다는 소양 있는 문인들의 그림이어야 한다고 생각한 것도 이러한 점과 관련이 있습니다. 저는 실제 그림을 보고 바로 이 그림이 나의 정신에 위안을 주는구나 하는 느낌을 받는 경험을 별로 갖지 못했지만 그 그림이 놓여 있는 생활의 맥락이 우리로 하여금 정신적인 위안을 줄 수 있다는 것은 믿을 만한 가설인 듯합니다. 그 생활의 맥락을 다 빼 버리고 그냥 막연하게 그 산수가 가지고 있는 이(理)와 기(氣)를 알려고 해 봐야 어려울 것이라는 생각이 듭니다.

아까 말씀으로 돌아가서 동양적인 또는 한국적인 전통을 살린다는 문제를 생각해 보겠습니다. 단순히 문화재를 살린다는 것은 전통을 잇는 일이 안 되는 것임은 분명하지 않은가 합니다. 우리 생활 맥락 자체가 마음의 화평한 상태를 가능하게 하여야 하겠지요. 그러한 마음에서 사물을 해석해 나가고 사람을 대하고 제도를 만들어 나가고 한다면, 이런 가운데서 우리의 그림이라는 것도 독특한 의미를 가질 것이라는 생각이 드는 것입니다. 다시 말씀드려서 전체적으로 마음의 평정, 마음의 밭을 개발하는 그런 수양의 과정이 있어야 그림도 살고 고전도 살 수 있다는 이야기입니다.

최근에 소설가 조성기 씨가 맹자를 소설화하여 책을 냈는데, 제목이 『잃어버린 마음을 찾아서』입니다. 거기에 보면 구도라는 게 뭐냐, 학문이라는 게 뭐냐 하는 질문에 잃어버린 마음을 찾는 것, 구방심(求放心)이 바로 구도이며 학문이라는 맹자의 말을 빌려 온 것입니다. 그런데 공자나 맹자 마음은 이성이나 신앙보다 훨씬 구체적인 인간 심리를 말합니다. 영국의 영문학자 리처즈(I. A. Richards)란 사람이 맹자의 심성론(心性論)에 대해서 쓴 책이 있습니다. 북경 대학교에서 강의를 했고 동양에 대해서 관심을 많이 가진 사람인데, 이 사람은 공맹(孔孟) 이상의 핵심이 도(道)에 있는 것이 아니라 마음에 있다고 했습니다. 그러한 마음을 영어로 'perfect mind'라 번역했는데, 리처즈는 『중용(中庸)』에 나와 있는 성(誠)이 완전한 마음을 나타내는 것으로 보았습니다. 그것은 "아무런 혼란이 없고 상충되는 바가 없는 완전한 마음"이라고 그는 설명했어요. 이 마음은 너무 고정된 습관에 매이거나 편벽된 감정에 말려들거나 또는 관심의 초점을 잃거나 할 때 병이 날 수 있습니다. 이런 경우를 제외한, 우리 마음이 갖는 어떤 평정감(平定感)이 곧 '성(誠)'의 상태입니다. 다시 말하면 마음이 고정 관념에 빠지지 않고 감정적으로 격하지 않고 본능과 숙명의 끌림이 다 평형을 이루고 있는 상태, 그러면서 단순해지지 않을 때 마음은 온전합니다. 이것은 공자가 말한 중용을 그대로 서양식으로 해석한 거죠.

또 리처즈는 우리의 마음을 평정하고 정성스러운 상태로 이르게 하는 길은 큰 것을 보는 데 있다고 했습니다. 리처즈는 사람이 얼마나 광활한 우주 속에 외롭게 조그만 존재로 있는가 또는 사람이 태어나고 죽는 것이 얼마나 허무하고 이해할 수 없는 것인가, 그 얼마나 신비스러운 것인가, 또 무한한 억만 겁의 시간 속에서 사람의 생명이라는 게 얼마나 짧은 것인가, 사람의 무지가 얼마나 거대한가, 아는 것보다는 모르는 것이 얼마나 더 많은가, 우주 공간 속에 사람이라고 하는 것이 얼마나 작은 존재인가, 그 무한한 시간 속에서 사람이라는 게 얼마나 하잘것없는 존재인가, 그런 시간 속에 사람이 태어나고 죽는다는 게 얼마나 신비스러운 것인가, 우리가 이런 것에 대해서 아는 것이 얼마나 없는가 하는 것들을 생각하면 절로 평정에 이르게 된다는 것입니다. 리처즈가 한 이야기인데, 물론 『중용』에도 비슷한 이야기는 나옵니다. 『중용』에 보면 "천지의 도(道)는 넓고 두텁고 높고 밝고 유구하고, 하늘은 밝고 밝음의 쌓임이니, 길어서 무한하고……"

하는 식으로 하늘하고 연결을 하고 그다음에 "땅은 또 주먹만 한 흙의 쌓임이니 그 작은 것들이 많이 모여 가지고 막중하게 큰 산 화옥(華獄)을 짊어지고 있어도 무겁지가 않고……" 하는 식의 내용을 리처즈가 조금 인용해서 이야기한 게 아닌가 생각합니다. 거대한 것 가운데는 하늘도 있고 땅도 있고 또 그 안에는 온갖 짐승들이 있는데 이런 대자연 속에서 나고 죽고 하는 생물체를 보는 가운데 여유를 가지고 생(生)을 살피는 관점이 성립합니다. 거기에서 오는 안정감이 바로 산수(山水)를 보는 데서 오는 안정감이 아닌가 합니다. 이것은 우리 마음을 안정시키는 데 깊이 관련되어 있는 것입니다. 이러한 점은 새로운 질서를 만드는 데에도 중요할 것입니다. 이것은 모든 사람이 가지고 있는 것이고 본성이고 행복한 것이고 구체적이고 우리 생활 속에서 쉽게 실현될 수 있는 것이기 때문에 우리에게 가깝게, 쉽게 현세적으로 실현될 수 있는 것이라는 생각이 듭니다. 그래서 저는 동양 사상의 핵심은 현실 속에서 주변과 자기 마음을 조용하게 하고 화평하게 하는 데에 있지 않나 하는 것입니다.

일본 동경 대학교에 하가 도루(芳賀徹)라는 분이 동양의 유토피아에 관한 연구를 한 바 있습니다. 그는 동양 사람들은 무엇을 가장 좋은 곳이라 생각했는가를 말하면서 동양에서 이상향을 생각했을 때 대개 꽃도 피고 나무도 있고 산수가 있고 닭도 있고 닭 소리가 들리고 하는, 일상적으로 볼 수 있는 자연스럽고 전원적인 것을 생각했는데, 서양에서의 유토피아는 플라톤 이후 이성적으로 구획을 짓고 도시도 정방향으로 바르게 만들고 이성적인 질서에 복종하면서 사람들이 사는 세상, 금욕적인 세상 같은 것을 그렸다고 지적하는 것을 들었습니다. 동양 사람들은 자기가 사는 세계에서 균형과 조화를 이루는 것을 이상으로 보았고 서양 사람들은 자신들의 삶을 이성적·과학적 원칙과 공학적인 기술을 통해서 재정비한 상태를 이상적인 것으로 보았다는 것입니다. 그럴싸한 이야기가 아닌가 하는 생각이 듭니다. 동양 사람들은 자기 마음과 생활을 조용하게 하고 세속적이고 일상적인 세계 속에서 자연과 더불어 살면서 자기 마음과 주변을 평정하게 하고 또 다른 사람과 화평하게 하는 것들을 서양 쪽보다 좀 더 생각한 면들이 있지 않았나 하는 것들입니다.

물론 이것을 오늘날 그대로 재현한다는 것은 우스운 일이며, 불가능한 일이겠습니다. 또 그림의 경우도 옛날 동양적인 화변을 오늘날 재현한다는 건 불가능할 것입니다. 그림을 보고 이 그림은 진실되다 하는 느낌을 가져야 될 텐데 옛날 것을 그대로 답습한다고 그것이 될 것은 아닐 것입니다. 세상이 너무 바뀌었습니다. 우리들은 이미 서양적인 도시에서 살고 있고 또 우리가 요구하는 것도 다 그렇기 때문에 서양적인 질서가 침범해 들어오는 것을 어떻게 막을 도리가 없습니다. 또 지금 사정에서 동양적인 것만을 유지한다고 해서 그게 반드시 우리한테 실감을 주고 마음에 큰 호소력을 가진 것은 아닙니다. 또 어떻게 동양적 전통의 평정한 마음과 인간적 평화를 만들어 내느냐, 그러한 이미지를 화면 속에 재창조하느냐 하는 것이 앞으로 해결해야 할 과제가 될 것입니다.

(1992년)

도화원桃花源과 욕망의 변용[1]

1

도원향(桃源鄕)을 특히 주제로 한 시, 소설, 수필 등이 한국에 많이 있는 것으로 여겨지지 아니합니다마는 그 주제 자체는 여러 곳에 여러 형태로 스며들어 있는 것으로 보입니다. 대체적으로 말하여 동북아시아의 문학은 다른 문학에 비하여(사실 제가 생각하는 것은 서양의 현대 문학입니다마는)

---

1 여기의 글은 1993년 7월 일본 교토(京都) 소재 국제일본문화연구소의 한 세미나에서 발표했던 것이다. 이 사정을 밝히는 것은 갑작스럽게 주어진 제목에 대하여 자료도 변변치 않은 상황에서 작성하였던 글이라는 핑계로 글의 내용의 소략함을 변명해 보자는 것이고, 다른 한편으로는 최정호 교수의 화갑(華甲)을 축하하는 기쁜 자리에서 묵은 이야기를 꺼내어 다시 쓰는 점에 대하여 양해를 구하자는 뜻에서이다. 마땅히 새 이야기로 축하해 드렸어야 할 자리에 묵은 이야기로 대신하는 것은 면목이 없는 일이나, 교토에서의 청중은 대체로 우리 청중과는 다르고, 또 활자화하는 것은 처음이므로 용서될 수도 있는 일이 아닌가 생각해 보는 것이다. 화두(話頭)는 전 동경 대학교 비교문학과의 하가 도루 교수에 의하여 촉발된 것이다. 동양의 도원향이란 서양의 유토피아에 상응하고, 또 유토피아는 사람이 미래에 건설하고자 하는 이상 사회를 지칭하는 것이기 때문에, 마침 한국미래학회의 회장직을 맡고 계시는 최정호 교수의 화갑에 맞아 들어가는 면도 있는 것이 아닌가 하는 생각이 든다. 구고를 번역하는 것으로 축하를 대신한다.

'긍정적' 문학으로 볼 수 있는 것이 아닌가 합니다. 문학이 '욕망 충족(wish fulfillment)'에 관계된다는 것은 더러 지적되어 온 일입니다마는, 긍정적인 동북아시아의 문학의 순간은, 가령 서양의 현실주의 문학에서 보는 바와 같은 현실과의 씨름을 드러내어 보여 주기보다는 현실을 넘어서서 또는 현실 안에서라도 욕망이 달성되고 기(氣)가 펴지는 순간에 해당된다고 할 수 있습니다. 동양의 시인은 반드시 쾌활한 사람은 아니라고 하더라도, 울적해 있는 순간에도 다락방에 숨어 사는 인간이라기보다는 바람이 잘 통하는 언덕이라든가 물가에서 술을 마시고 있는 사람으로 상상이 됩니다. 그리하여 울적한 순간까지도 고양(高陽)의 순간, 긍정의 순간이 됩니다. 여기서 고양이라고 하는 것은 단순히 주관적 돌진의 순간이 아니고, 좋은 경계, 아름다운 세계, 인간의 소망에 맞아 들어가는 세계에 대한 어떠한 비전을 포함하기가 쉽습니다. 어쩌면 한국의 문학 전통은 다른 문학 전통에 비하여 체제 비판적 자세의 중요성을 강조한 것으로 생각됩니다마는(흔히 선비라고 불리는 문학의 담당자는 자신의 비판적 기능을 긍지로 하는 문사를 말합니다.) 그럼에도 불구하고 방금 말한 의미에서 한국 문학도 어디까지나 긍정적 문학이라 할 수 있습니다. 그러한 뜻에서 그것은 좋은 경지에 대한 비전, 도원향에 대한 비전 — 거기에 의존하고 있는 테마를 쉽게 드러낸다고 할 수도 있습니다.

물론 그러한 것이 그대로 주제가 되는 경우도 없지 않습니다. 완성된 작품으로가 아니라 더 광범위한 상상적 전통을 포함한다면, 유토피아적 기대, 밀레니얼리즘(지복(至福)의 현실 도래를 믿는 믿음) 등은 한국에서 오히려 강했던 것으로 말할 수조차 있습니다. 조선조 초기에 쓰인 것으로 상정되는 『정감록(鄭鑑錄)』은 그러한 유토피아적 기대를 담고 있는 것 가운데 가장 유명한 예언서이고, 지금의 계룡산을 중심으로 퍼져 있는 신앙과 신앙 집단은 아직도 사위지 않는 그 영향력을 보여 주고 있습니다. 사실 한국의 고문서(古文書) 가운데 가장 중요한 『삼국유사(三國遺事)』도 의식적·무의식적으로 유토피아적 이미지를 넘치게 가지고 있는 책이라고 할 수 있습니다.(이것은 오늘에도 문학 작품들의 영감이 되는 수가 많지만, 가장 중요한 현대 시인의 한 사람인 서정주는 이 책의 이야기들을 통하여 그의 인간과 인간 사회에 대한 이상적 비전을 투영하는 시를 많이 썼습니다.) 지금도 민간전승으로 널리 알려져 있는 청학동(靑鶴洞)이라는 피난처의 이야기는 고려 말의 이인로(李仁老)가 그의 저서 『파한집(破閑集)』에서 그것을 전한 이후, 조선 중기의 조광조(趙光祖)의 『두류산기행록(頭流山紀行錄)』, 또 그 이후 유운룡(柳雲龍)의 『겸허일기(謙虛日記)』에 되풀이되어 말하여지고 있는데, 청학동이란 지리산 어디엔가 존재하는 고장으로서 토지가 비옥하여 씨를 뿌리기만 하면 곡식이 절로 자라 수확되는, 난세(亂世)가 미치지 못하는 평화의 땅이라고 합니다. 한국의 중세 문학으로서 몽자류(夢字類) 소설이라고 분류되는 장·단편들이 있는데, 이러한 소설은 흔히 천상(天上)이나 선계(仙界)를 찾아 이상적 인간과 교환을 하는 삽화를 포함하는데 그러한 곳에도 이상향의 원형이 투영되어 있습니다.

그러나 앞에서 말씀드린 바와 같이, 더 중요한 것은 주제화되기 이전의 여러 작품들에 배어들어 있는 테마와 모티프들입니다. 제가 여기에 대하여 지금 충분한 검토를 할 여유를 갖지는 못하였습니다마는 그러한 일반적인 주제가 그래도 전형적으로 드러나고 있는 곳은 시조(時調)가 아닌가 합니다. 그런 전제하에서 몇 편의 시조를 통하여 한국의 도원적(桃源的) 또는 유토피아적 상상력의 어떤 특징에 대해 언급해 보겠습니다.

> 청량산(淸凉山) 육육봉(六六峰)을 아는 이 나와 백구(白鷗)
> 백구(白鷗)야 헌사하랴 못미들손 도화(桃花)로다
> 도화(桃花)야 떠나지 마라 어주자(漁舟子) 알가 하노라

이것은 퇴계(退溪) 이황(李滉)의 시조입니다.

두류산(頭流山) 양단수(兩端水)를 녜듯고 이제 보니
도화(桃花) 뜬 맑은 물에 산영(山影)조차 잠겼세라
아희야 무릉(武陵)이 어듸요 나난 옌가 하노라.

퇴계는 청량산이 있는 안동(安東)의 퇴계(退溪)에 은거할 곳을 찾은 바 있지만, 그곳보다 더 깊은 고을에 숨어 산 것이 위의 시조의 작자 남명(南冥) 조식(曺植)입니다. 시조에 나오는 두류산, 곧 지리산(智異山)이 그것입니다. 다시 두 편을 더 읽어 보겠습니다.

명리(名利)에 뜨지 업서 배오새 막대집고
방수심산(訪水尋山)하야 피세태(避世台)에 드러오니
어즈버 무릉도원(武陵桃源)도 여긔런가 하노라

—박인로(朴仁老)

취(醉)하야 누얻다가 여흘아래 나리려다
낙홍(落紅)이 흘러오니 도원(桃源)이 갓갑도다
인생홍진(人生紅塵)이 언메나 가렷나니[2]

—윤선도(尹善道)

위 네 편은 한국의 시조에 나오는 도원(桃源)에 대한 언급 또는 주제의

---

2 이 글의 청학동에 대한 언급, 인용된 시조는 윤학준(尹學準), 『朝鮮の詩ごころ: 時調の世界』(講談社學術文庫, 1922)에 나와 있는 것들이다.

작은 일부에 불과하지만, 이것을 근거로 하여 거기에서 그려 내고 있는 도원향의 내용을 요약해 보겠습니다. 도원은 이미 상투적인 토포스(topos)가 되어 있어서, 언급한 것만으로 충분, 그 내용을 채워 넣을 필요도 없었던 것으로 생각됩니다마는 디테일이 부족하면서도 위 네 편의 시조만으로도 도원이 어떤 곳으로 생각되었던 것인가를 조금은 살펴볼 수 있습니다. 퇴계의 시조에서 이것은 전체적으로 조화가 있는 풍경으로 제시되어 있습니다. 산과 물, 새와 꽃이 하늘과 땅, 땅의 여러 요소들의 조화를 보여 주는 서늘한 풍경, 청량(淸凉)한 풍경을 이루고 있습니다. 남명의 시조는 더 적극적으로 혼융(混融)과 반영(反映)의 이미지로서의 이 조화를 표현하고 있습니다. 산은 물에 비추어 보입니다. 물에 뜬 복숭아꽃은 이 산의 이미지에 복숭앗빛을 띠게 합니다. 풍경을 비치고 있는 물이라는 거울은, 거울의 이미지가 흔히 그러하듯이 마음의 상징이라고 할 수도 있습니다. 퇴계보다는 노(老)·장(莊)에 관심을 더 많이 가졌던 남명은 세상의 모든 것이 마음의 거울에 비추어 비로소 참모습을 드러낸다는 생각에 젖어 있었는지도 모르겠습니다. 어쨌든 비추는 작용이 주객혼융(主客混融)의 일체적 조화를 강하게 암시하고 있는 것은 사실입니다.

그러나 주의할 것은 이 조화의 세계가 불안정하다는 점입니다. 퇴계의 시조는 복숭아꽃이 물을 타고 흘러서 자신의 도원향이 밖에 알려지게 되는 것을 두려워하고 있습니다. 고산(孤山)의 시조는 좀 더 복잡한 긴장감을 나타내고 있습니다. 그렇다는 것은 술에 취하여 여흘 아래로 내려가는 배에 몸을 맡긴 시인은 흥분 상태에 있고, 그것은 내적 모순의 표현이라고 볼 수 있기 때문입니다. 시인은 도원에 들어가 있지 아니하며, 도원과 시인의 사이는 아직도 홍진(紅塵)이 가리고 있는 것이어서, 이것은 도취라도 되어야 건너뛸 수 있는 간격이 되어 있는 것입니다.

이들 시조보다 더 전형적인 것은 박인로의 시에 보이는 금욕(禁慾)의 상태입니다. 여기에서 시인은 무릉도원에 이르는 것은 조의(粗衣), 고행(苦行)의 보상이라고 말하고 있습니다. 그것은 처음부터 세상을 버리고 피세태(避世台)로 향하는 것을 전제로 합니다. 도원으로 가는 일은 세상을 피하는 것, 그리하여 세상의 괴로움과 더불어 그 즐거움을 버리는 것을 의미합니다. 그것은 남명의 시조의 지명(地名)으로 들어 있는바, 양단수(兩端水)에 이르러, 어느 쪽으로 갈 것인가, 양단 간에 결정하지 아니하면 아니 되는 일입니다. 물론 도원에 즐거움이 없는 것은 아닙니다. 우리가 주목하고자 하는 것은 그 즐거움이 조심스러운 절제를 통하여서만 얻어지는 것이라는 것입니다. 퇴계의 시가 말하고 있듯이, 도원의 즐거움은 복숭아의 강물이 넘쳐 나면 아니 되듯이 넘쳐 나서는 아니 되는 것입니다.

이러한 세부에 주목하면서 더 단적으로 말씀드린다면 이러한 시조들에 있어서 도원의 모티프는 금욕적 은거의 모티프와 불가분의 연결 속에 있음을 보게 되는 것입니다. 도원향의 모티프에 흥미로운 변증법을 주는 것은 이 연결입니다. 도원이란 욕망이 충족되는 곳입니다. 그곳에서는 욕망과 그 대상 사이에 균형과 조화가 있습니다. 그렇기는 하나 균형과 조화는 욕망과 대상 어느 쪽이든 확대 또는 축소되는 상태에서 이루어질 수 있습니다. 그런데 도원에 있어서 특히 그 한국적 표현에서 이 조화와 균형은 욕망을 축소하는 조건으로 이루어집니다. 세간을 버리는 일은 혼탁한 속사로부터 몸을 빼어낸다는 것임과 동시에 일체 사회적 관계에서 일어나는 욕망, 박인로의 시조가 말하고 있듯이, 명리(名利)는 물론이려니와 복숭아가 상징하고 있는 것으로 생각되는 리비도적 욕망으로부터도 벗어나는 것을 말합니다. 피세(避世)의 요구는 결국 도덕적 생활, 즉 금욕을 조건으로 하는 도덕적 생활에 대한 요구가 됩니다. 그리하여 도원의 욕망 충족의 약속은 사람을 금욕으로 끌어가기 위한 유인물에 불과합니다.

약속과 깨어진 약속의 사이에는 간격이 있고, 긴장이 있을 수밖에 없습니다. 그러나 예상하는 것보다는 긴장이 없었던 것이 한국 시가에 드러나는 특이함의 하나입니다. 그것은 한국 전통이 그에 대한 반대 명제를 허용하지 않는 도덕주의적이었던 데에도 이유가 있고, 또 실제에 있어서 도회의 유혹이 [illegible]제된 상황에 있어서 절욕(節慾) 또는 어느 정도의 금욕으로 적어도 사대부에[illegible]는 자연 속의 행복한 생활이 불가능했던 것은 아니기 때문이기도 합니다. [illegible]러한 테두리 안에서 욕망 충족의 약속은 즉시적으로 실현되고, 무한히 연기[illegible]는 '욕망 충족(deferred gratification)'에 좌절될 필요가 없었습니다.

어[illegible] 경우에나 욕망의 대상과 균형은 절대적으로 어느 하나의 확대 속에서 성[illegible]립할 수는 없는 일이나 그것이 대체적으로 확대 균형이냐, 축소 균형이냐[illegible]는 것의 정도의 차이는 상당히 중요한 것일 수 있습니다. 그런데 축소 균[illegible]의 쪽으로 강조가 간 것이 한국 전통의 특징이 아닌가 합니다. 이것은 일[illegible]의 경우에 비하여도 그러한 것으로 보입니다. 여기에서 저는 일본의 경[illegible]를 논할 준비가 전혀 되어 있지 않습니다마는 다만 이것이 반드시 한편[illegible]로만 해결될 수밖에 없는 문제를 구성하는 것은 아니란 뜻에서 일본의 [illegible]우를 잠깐 생각해 보는 것은 도움이 되는 일입니다. 가령, 이어령(李御寧) [illegible]수의 일본의 은자(隱者) 전통에 대한 언급은 이 점에 대하여 암[illegible]하는 [illegible]가 적지 않습니다. 그에게는 일본에서의 세속(世俗)의 갈등은 한[illegible]이나 [illegible]국의 경우처럼 대립 모순되는 것이 아니었다고 말합니다.(바로 동[illegible]의 도[illegible]의 토포스의 커다란 근원을 이루는) 도연명(陶淵明)이 관직을 내팽개치[illegible] 「귀[illegible]래사(歸去來辭)」를 읊고 전원으로 돌아간 것과 같은 행위는 일본 사[illegible]에게[illegible] 어리석게 보일 뿐이라는 것입니다. 도연명에게 조화의 생활은 세[illegible]을 버[illegible] 은거에서만 발견된 것으로 귀결되지만, 일본인에게는 그렇지 않[illegible]는 [illegible]입니다. 일본인은 가령 시중(市中)에 세운 다실(茶室)에서 보듯이 [illegible]세상[illegible]운데에서 세상의 재미를 보면서 산거(山居)의 즐거움도 가능한 것[illegible]로 [illegible]았다는 것입니다. 일본의 경우 "은자가 산골에서 시중(市中)의

권력을 맛본 것과 같이 세속의 사람은 시중의 생활을 영위하면서 동시에 산골의 정취를 맛보고, 화려한 부와 권세의 복판에서도 가난한 자의 조촐한 기풍을 맛보는, 부가 가난을 가장하는 것입니다."[3] 이러한 이어령 씨의 관찰은 다분히 일본인의 타협주의를 비꼬아 말한 것으로 생각됩니다마는, 여기에서 가치 판단 이전에 지적하고자 하는 것은 세속과 초월이 반드시 대립적인 것이 아니고 그것이 어떻게든 조화되어, 그것도 은자 사상에서보다는 조금 더 인간의 욕망에 관대한 쪽으로의 균형과 조화가 있을 수 있다는 점입니다. 일본이 그러한 문화와 사회 형태를 발전시킨 것이라고 한다면, 그것의 인간적 동력학 그리고 그것의 인간적 가능성에 대한 평가는 제가 여기에서 할 수 있는 것보다는 조금 더 면밀한 검토가 필요할 것입니다.

2

그러나 한국의 전통은, 그것의 가치 평가는 달리 시도하여야겠지만, 적어도 도원의 모티프 또는 그것이 나타내는 인간 이상이 가지고 있는 욕망의 변증법을 극명하게 하여 주는 이점을 가지고 있습니다. 사실 욕망의 도원적(桃源的) 실현이 지니고 있는 모순은 모든 유토피아의 사상과 건설에 내재하는 근본적 모순입니다. 우리는 시에서도 이러한 모순을 느끼게 됩니다마는 이것은, 이보다 큰 모순의 일부입니다. 여기서는 이보다 큰 인간 현실의 모순을 언급하기 전에, 그것이 사실상 시에서도 피할 수 없는 모순과 갈등의 한 원천임을 우선 고려해 보기로 하겠습니다. 이것을 살피는 데에는 도연명의 「도화원기(桃花源記)」가 가장 좋은 예가 될 수 있습니다.

---

3 이어령, 『축소 지향의 일본인(縮み志向の日本人)』(고려원, 1982), 160~161쪽.

주지하시는 바와 같이 「도화원기」는 극히 짧은 단편물로서 사실적 묘사의 관점에서는 아쉬운 느낌을 줄 정도로 조략(粗略)한 것입니다. 정치경제학의 관점에서, 거기에서 그리고 있을 이상향이 어떤 것인지 짐작조차 하기가 어려운 바가 있는 것입니다. 그러나 대체적으로 도원기(桃源記)의 이상향은 풍요한 농업 사회인데, 정치적으로 큰 특징의 하나는 아마 정치적 불안이 없다는 것입니다. 물론 정치적 불안의 부재는 정치 부재의 소산입니다. 도화원의 주민들은 진나라의 정치적 혼란에서 피해 와 사는 사람들입니다. 도화원은 정치 조직의 폭력성의 반대 명제로 성립한 자연 공동체입니다. 이 정치 부재에서 오는 사회의 안정성은 초자연적인 차원에 이르고 있습니다. 정치의 폭력성이 없으면서, 동시에 자연의 폭력성도 없습니다. 그리하여 그곳에서는 질병도 죽음도 극복되어 있습니다. 그런데 「도화원기」의 힘이 정치경제학의 정교함에서가 아니라 구체적 묘사의 상징성의 풍부함에서 오는 것임은 물론입니다. 길을 잃은 어부는 문득 복숭아꽃이 만발한 숲에 이르게 됩니다. 그곳에서 어부는 말하자면 귀신에 홀린 듯 기묘한 지형에 끌려 앞으로 나아갑니다.

林盡水源, 便得一山, 山有小口, 髴若有光, 便捨船從口入, 初極狹, 纔通人, 復行數步, 豁然開朗, 土地平曠……

이 묘사는 모든 시적 반응의 근본에 들어 있는 원형을 중첩적으로 가지고 있습니다. 밝음과 어둠, 하늘과 땅, 긴장과 이완, 일과 놀이, 괴로움과 기쁨 등 이러한 대조적 체험의 원형이 들어 있는 것입니다. 그러나 그중에도 중심적 암시는 성적(性的)인 것입니다. 물론 그것이 표면에 나와 있기보다는 보다 원형적인 체험에 하나의 흥분의 채색을 부여한다고 할 수는 있습니다. 도원이 약속해 주는 것은 어둠에서 밝음, 땅에서 하늘로, 긴장에서 이완, 괴로움에서 기쁨으로 나아감으로 이루어지는 행복의 경지입니다. 이것은 그 지형 묘사에서 알 수 있듯이 성적 체험으로 집약됩니다. 그리하여 우리는 간단히 그것이 충족되고 평정화한 충동의 세계라고 말할 수 있습니다. 그 충동의 근본 에너지가 성적인 색채를 가지고 있기 때문입니다.

그런데 평정화한 충동의 세계가 실현되는 것은 구체적으로 어떤 방법과 수단을 통해서일까요? 「도화원기」의 어부는 도화원을 떠나면서 표적을 남겨 놓습니다. 태수는 이 표적을 따라서 도화원을 찾아내려고 하지만, 그곳을 찾지 못하고 맙니다. 도화원이란 행정적 지시는 물론 체계적 연구나 탐험의 결과로 발견되는 것이 아니라는 암시가 여기에 들어 있다고 할 수 있습니다. 「도화원기」의 마지막의 전말은 잃어버린 보물에 대한 미련과 비슷한, 행복의 순간의 덧없음에 대하여 사람이 가지고 있는바 인간 생존의 기능적 정서에 닿아 있음으로서 매우 효과적인 시적 귀결을 이루고 있습니다. 교훈으로서는 다시 한 번 인간의 행복이란 의도나 계획의 결과이기보다는 우연적 은총의 선물이라는 것을 말하고 있다고 하겠습니다.(시의 말미에 다시 유자기(劉子驥)라는 고상한 선비가 있어, 도원의 말을 전해 듣고 이를 찾아 나설 계획이었으나 병이 나서 그 뜻을 이루지 못했고, 그 이후에는 길을 찾으려는 자도 없었다는 말이 첨가되는데, 이것은 도원의 탐색에 독특한 정신적 전통의 연면함이 어느 정도 도움이 될 수 있을 것이라는 암시로 볼 수도 있습니다.)

어쨌든 도원이 방법적으로 얻어질 수 없는 것이라고 해서 그곳에 이르고자 하는 인간의 소망이 없어지는 것이 아님은 물론입니다. 또 그것을 위한 현실적 조건에 대한 연구가 중단되는 것도 아닙니다. 도화원은 일반적으로, 추상적으로, 또는 우의적으로 해석됩니다. 이러한 해석은 그것에 대한 현실적 탐구의 노력의 일부입니다. 그 해석에 따라서 도원의 현세적 재현을 위한 길이 트일 수 있기 때문입니다. 해석을 통한 일반화는 도화원을 다시 되풀이할 수 없는 일회적 사건으로부터 현실 속에 재현될 수 있는 사례가 되게 합니다.

주지하시다시피 「도화원기」에는 「도화원시(桃花源詩)」가 부록처럼 붙어 있습니다. 이 시는 기(記)에 대한 작자 스스로의 해석이라고 할 수 있는데, 그것은 기(記)를 도덕적 관점에서 해석한 것입니다. "상명사농경(相命肆農耕, 서로 말하여 농경에 노력하다)" 같은 구절이 말하는 것은 도화원의 사람이 근면한 농민이라는 것을 말한 것입니다. 그들은 그날그날의 일, 또는 계절의 할 일들을 게을리하는 법이 없습니다. 풍습은 고풍하고 질박하고, 예로부터의 제례(祭禮)를 존중하고, 옛 풍습에 벗어나는 의상을 만들지 않습니다. 다시 말하여, 도화원의 풍습을 다스리고 있는 것은 보수적 절도(節度)입니다. 그렇다고 하여 그 기율이 지나치게 엄한 것은 아닙니다. 기율과 절도는 인위적 제도보다는 계절의 변화가 부과하는 일과 놀이의 자연스러운 리듬의 기율과 절도입니다. 거기에서는 아이들이 마음대로 뛰어놀고, 노인들이 즐겁게 서로 찾아 노는 곳이기도 합니다. 그렇기는 하나 도화원이 전통적 농촌 공동체의 이상화이며 그것이 보수적 도덕에로의 승화를 요하는 것임은 틀림이 없다고 하겠습니다. 결국 이것을 밀고 가면 도화원은 욕망의 실현의 장소라기보다는 도덕적 기율의 장소, 즉 궁극적으로는 도덕적 억제의 장소입니다.

『도연명 전집』의 한 주석자에 의하면, 도화원의 시는 "문(文)을 그대로 따라서 다시 쓴 것으로서, 아무런 새로운 맛이 없음으로써"[4] 연명의 작이 아니라는 설이 있다고 말하고 있는데, 작자가 누구인가 하는 문제를 떠나서 기(記)와 시(詩)의 사이에 깊은 균열이 있는 것은 사실입니다. 이 균열로 인하여 작자의 문제까지 제기되는 것이 아닌가 하는 생각이 듭니다. 이 균열은 우선 시적 효과에 있어서의 격차를 나타냅니다. 기(記)는 직접적·구

---

4 松枝茂夫·和田武司 譯註, 『陶淵明 全集 下』(岩波文庫, 1990), p. 157.

체적이며 시적인 암시성에 넘칩니다. 이에 비하여 시는 이것을 추상화하여 교훈과 우의로 바꾸고 있습니다. 그런데 이러한 시적 효과의 차이는 단순히 시적인 차이가 아니고 현실의 균열에서 오는 것입니다.(이러한 문제를 우리가 간단히 결정할 수 없게 하는 것은, 적어도 시적인 우수성이 곧 더 높은 단순한 의미에서의 현실적 의의를 보장하지 않는다는 것입니다. 시적으로 아무리 큰 호소력을 가진 것이라고 하더라도 그 현실적 적용 가능성 없이는 삶의 경영의 일부로 채택되기 어려운 점이 있는 것입니다. 시의 우수성은 현실의 우수성과 일치하지 않습니다. 물론 이것의 일치를 이룩해 낸 시가 참으로 세계사적인 걸작이 된다고 할 수는 있겠습니다마는.) 하여튼 도연명의 「도화원시」는 「도화원기」에 비하여 떨어지는 시적 또는 상상적 업적이라고 하겠습니다. 그러나 그것은 기(記)에 병치됨으로써 도원의 이상이 가지고 있는 내재적 긴장과 모순을 한결 두드러지게 한다는 이점을 가지고 있습니다.

시와 현실 또는 시와 진실의 거리의 문제는 다시 말하여, 시의 문제가 아니고 시의 문제이면서 인간 현실의 중대한 모순에 관계되는 문제입니다. 이 현실의 모순이 시적 효과의 문제로서, 위에 읽어 본 시조에도 나타나고, 보다 뛰어난 시인 도연명에 있어서까지 나타나는 것입니다. 그런데 이러한 문제가 보다 현실적인 것으로 대두되는 것은 유토피아의 이상에서 또 유토피아를 겨냥하는 사회 계획에서입니다. 그리하여 도원향의 모티프의 인간적 의미는 유토피아적 계획과의 관련 속에서 가장 잘 드러납니다. 유토피아는 좀 더 현실에 깊이 개입되는 것이기 때문입니다.

3

도원향과 유토피아는 그 역사적 유래가 다르니만큼 그 의미도 다를 수

밖에 없습니다. 그러나 대체적인 용법에서 이것은 대체로 같은 뜻으로 사용되는 듯합니다. 그런데 그 의미의 차이는 앞에서 말씀드린 바와 관련하여 어느 정도 구별하는 것이 편리한 것이 아닌가 합니다. 도원향은 욕망의 표현이며, 또 욕망 충족의 세계의 묘사인 데 대하여, 유토피아는 그 현실화의 가능성에 대한 일정한 구상이라고 정의해 볼 수 있다는 말입니다. 이렇게 차별해 본 의미에서 도연명의 「도화원기(記)」는, 동어 반복이 되겠습니다마는 도원향에 관계되고, 「도화원시(詩)」는 유토피아에 관계된다고 할 수 있습니다. 말할 것도 없이 더 유토피아적인 것은 토머스 모어(Thomas More)의 『유토피아』입니다. 유토피아가 유토피아적이라는 말은 무의미한 말놀이 같은데, 모어의 유토피아에 대신하여 플라톤의 『공화국』, 또는 캄파넬라의 『태양의 나라』를 생각해 보아도 좋습니다. 여기에 추가하여, 조금 역설적으로 들릴 수 있는 것으로 이른바 반(反)유토피아의 소설이라고 하는 올더스 헉슬리(Aldous Huxley)의 『아름다운 신세계(*The Brave New World*)』 또는 조지 오웰(George Orwell)의 『1984』를 생각하여도 좋습니다.

유토피아의 특징은 도원향에 비하여서도 두드러지게 자기모순을 포함하는 특징을 가지고 있습니다. 유토피아는 사람이 꿈꾸는 행복의 땅에 관계되지만, 그것이 꿈에 그치지 않고, 그 땅에 이르는 현실적 조건에 대한 구상을 포함하는 만큼, 그 꿈 자체를 파괴할 계획이 될지도 모르는 것입니다. 이러한 의미에서, 유토피아나 반(反)유토피아는 동일한 변증법 속에 있으며, 후자가 오히려 유토피아의 모순 변증법을 극명하게 나타내 주는 면이 있습니다.

유토피아적 구상은, 우선은 인간 욕망에서 출발하여 그것에 맞게 욕망의 대상을 개조하고자 합니다. 그러나 무엇을 만들거나 고치는 일은 그것이 참으로 현실적 개입이 되는 한, 현실의 이성적 법칙에 따르는 것이 되어야 합니다. 여기에서 욕망은 이성에 동기를 제공하였음에도 불구하고 이성을 대치 또는 억압하는 위치에 놓이게 됩니다. 이성적인 계획과 행동은 무엇보다도 욕망의 억제 또는 연기가 없이는 불가능한 것이기 때문입니다. 그리하여 현실 개조의 계획이 철저하면 할수록, 욕망 실현의 약속에서 출발하는 유토피아적 계획은 그 실현의 무기한적 연기를 요구합니다. 이러한 모순은 유토피아의 구상자가 의도하는 것도 아니고, 또 많은 경우는 의식하는 것도 아닐 수 있습니다마는, 유토피아 구상 자체의 논리적 전개에 저절로 따라 일어나는 일입니다.

이러한 전개의 모순은 사변적 저작에서보다 사회나 정치의 현실, 즉 유토피아적 이상과 계획에 촉발되는 혁명적 정치 현실에서 쉽게 볼 수 있는 일입니다. 혁명의 단초에 혁명의 열렬한 지지자였던 시인들이 그 전개 과정 중에서 혁명의 적이 되고 그 희생물이 되는 것은 많이 볼 수 있는 것이지만, 시인만이 아니라 혁명의 수행자들에 있어서도 같은 모순의 전개를 보는 것은 드문 일이 아닙니다. 게오르그 뷔히너(Georg Büchner)가 그리는 당통의 운명은 이성적 계획을 추구해야 하는 혁명에서의 욕망의 운명을 나타내는 것이라고 할 수 있습니다. 혁명의 금욕적 이성을 대표하는 로베스피에르가 극중에서 말하듯이 [관능적 삶의] "부도덕은 혁명에 대한 반역"인 것입니다.

유토피아의 극단적 모순을 피하고 있는 것이 도원향적(桃源鄕的) 해결이라고 할 수 있을지 모르겠습니다. 도원향 또는 더 정확히는 거기에 따르는 현실적 모순을 수용한 은거의 사상은 욕망의 변증법에 있어서 욕망에서 출발하는 것이면서도 욕망의 대상의 개조가 아니라 그것에의 순응을 지향합니다. 여기에서 대상은 단순히 한두 개의 개체적인 것을 말하는 것이 아니라 대상의 세계 전부를 가리킵니다. 중요한 것은 적절한 환경을 고르는 것입니다. 그러나 될 수 있으면 갈등이 없는 환경을 고른다고 하여도 고른다는 행위에서부터 출발하여 환경과의 교섭은 다른 한편으로 욕망의 조정을 필요로 합니다. 이 조정에 관계하는 것은 역시 이성입니다.

막스 베버는 중국의 유교를 논하면서, 그것을 낮은 에네르기의 합리주의라고 정의한 일이 있는 것으로 기억합니다마는 여기에서의 이성은 사물의 원리라기보다는 인성(人性)의 원리로 파악되고, 그것은 다시 도덕적 원리로 생각됩니다. 그러니까 아무래도 그것이 어떻게 정의되든, 인간성의 자연 상태가 참조될 수밖에 없습니다. 유교의 이성주의는 자연스러운 인간성의 원리로 생각되어 있습니다. 일정한 방향으로 해석된 인간성론 또는 도덕적 원칙이 억압적일 수 있는 것은 말할 것도 없지만, 그것은 이런 이유로 아마 이성의 전체주의보다는 덜 억압적인 것일는지는 모릅니다. 하여튼 여기에서의 욕망의 조정은 아마 낮은 정도에 머무를 수 있을 것입니다. 그리하여 일단은 주어진 조건하에서, 어떻게 보면 보다 쉽게 욕망의 충족, 행복이 가능할 수 있을 것입니다.

4

그러니까 도원향과 유토피아의 차이는 규모의 차이에 있다고 할 수 있습니다. 즉 부분적 조화와 전체적 조화 — 도피에 의하여서도 이루어질 수 있는 부분적 조화와 주어진 조건의 전면적 개조도 주저하지 않는 조화 — 의 계획과의 차이입니다. 18세기 이후 지속되어 온 현대의 세계사의 유토피아적 계획이 모조리 실패로 끝난 것처럼 보이는 오늘의 시점에서, 매력적인 것은 도원향의 이상입니다. 그것은 적어도 칼 포퍼가 서양에서의 유토피아적 정치사상을 검토하는 자리에서 인간 사회의 개선을 위한 유일한 과학적 대안으로 제안하는 '부분적 공학'의 이상에도 맞아 들어가는 것입니다. 그러나 오늘의 상황에서 그것이 참으로 인간이 부딪친 문제를 해결할 수 있는 것인가는 쉽게 판단할 수 있는 일은 아닙니다. 그런데 현실성의 문제를 떠나서 지금 이 자리는 사실 현실 문제의 토의장이라기 보다는 인간의 꿈을 말하는 자리라는 점도 감안해서, 저는 유토피아적 발상에 들어 있는 중요한 인간적 소망을 지적할 필요가 있다고 생각합니다. 그것은 가장 쉽게는 도시와 농촌의 문제로 옮겨 말하여질 수 있습니다.

다시 말하여 도원향적 이념이 적어도 현실적 실패의 책임을 덜 가진 것으로 말할 수 있다면 그것은, 그것이 보다 작은 것을 시도한 때문인데, 그것은 현실적으로는 농촌적 세계에서 생겨난 이상입니다. 위에서 말한 바와 같이 그 관점에서는 도시적인 발전은 인간의 행복을 위하여 그릇된 방향을 나타내는 것입니다. 그러나 도시의 실패의 문제를 떠나서 제가 이 시점에서 말씀드리려는 것은 도시적인 것도, 그리하여 어떻게 보면 유토피아적 전체 계획도 인간성의 자연스러운 전개에서 나온 소산이라는 것입니다. 도시의 유혹은 인간 역사의, 특히 현대사의 영원한 테마입니다. 이것은 단순히 나쁜 의미에서의 유혹, 본연의 인간성으로부터의 타락이나 퇴폐를 나타내는 유혹만은 아닙니다. 또는 그것은 정치경제학 또는 사회심리학의 관점에서만 논하여져 마땅한 그러한 현상만도 아닙니다. 마르크스는 '농촌의 백치성(白痴性)'에 대하여 말한 바가 있습니다만, 농촌적 도원향에서 상실되는 것, 그것으로 인하여 조장되는 퇴영적 현상이 없는 것이 아닙니다.(사실 도연명의 도화원이 농촌인가 아닌가는 분명하지 않습니다. 어인(漁人)이 본 것을 그는 다음과 같이 말하고 있습니다. "토지는 고르고 넓고, 집들이 정연하고 좋은 밭이 있고 아름다운 못이 있으며, 뽕나무들이 자라고 길이 서로 마루 터져 통하고, 닭과 개가 서로 소리를 듣고…….(土地平曠, 屋舍嚴然, 有良田, 美池, 桑竹之屬, 阡陌交通, 鷄犬相聞…….)") 자연 속의 삶이 자연의 단순성, 엄숙성, 아름다움을 배우게 한다면 도회는 도회대로 자연의 단순성에서 얻지 못하는 여러 정치한 감각과 이상들을 가능하게 합니다. 고대 그리스인들은 도회에서의 생활, 폴리스 안에서의 생활이야말로 인간이 인간답게 사는 삶이라는 생각을 가지고 있었습니다. 폴리스의 삶에서 얻은 통찰을 현대 사회의 분석에 사용한, 미국의 정치 철학자 한나 아렌트(Hannah Arendt)는, 사람의 행복 가운데 가장 높은 형태의 행복을 '공공의 행복(public happiness)'이라고 불렀습니다만, 이것은 사람이 폴리스를 구성하고 그 가운데서 동료 시민과 함께 행동하는 데에서 일어나는 고양된 자기실현의 느낌을 지칭한 것입니다. 사실 여러 사람이 모이는 공공의 장소가 있어서 비로소 높이 우러러볼 만한 행동 — 영웅적 위업, 기품, 예의, 관용, 공평 — 등의 덕성이 생겨날 수 있습니다. 또는 도대체가 주관적 존재로 태어난 인간이 자신의 진실을 객관적 진실로 확인할 수 있는 것도 공공의 장소가 있어서 가능한 것일 것입니다. 이러한 보통 이상의 차원에 있어서의 행동 — 고양된 행동을 제외하고도 많은 사람들이 정치에 끌려 들어가게 되는 것은 의식하든 아니하든 정치적 공적 행동에 따르는 특유한 흥분 — '공공 행복'의 예감으로 인한 것일 것입니다. 폴리스를 빼앗긴 사람은 이 여러 가지 의미에서의 공공의 행복의 기회를 빼앗긴 사람입니다.

공공의 행동 — 보통의 차원을 넘어가는 고양된 행동은 공공의 공간의 한 기능입니다. 그리고 그러한 행동의 정치적, 사회적, 도덕적 가치는 분명합니다. 그런데 여기에서 특히 주목하고자 하는 것은 공공의 교통이 단순히 공적 덕성을 기름에 그치는 것이 아니라 개인적 생존도 풍부히 한다는 점입니다. 제일 간단히 이야기하여 그래도 도시의 유혹의 큰 요소 중의 하나는 도시에서 쉽게 취할 수 있는 감각적 쾌락입니다. 이것은 도시의 퇴폐에 속하는 한 현상이라고 하겠지만, 그것은 보다 긍정적으로 볼 수 있는 인간 발달의 부수 현상입니다. 그렇다는 것은 퇴폐와 관계되면서 그것과는 구별되어 마땅한 감각의 섬세화와 고양화도 도시의 소산으로 생각되기 때문입니다. 사람의 감각은, 그것이 당대인의 것이든 아니면 예술을 통하여 전달되는 선대인의 것이든, 다른 사람들의 감각에 중첩하여 비로소 섬세화하는 것이 아닌가 합니다. 이것이 아마 예술가들을, 물질적 뒷받침이 가능해진다는 이유 이외에, 예로부터 도시로 유인하는 중요한 요인의 하나라 할 수 있습니다.

이러한 감각의 섬세화와 다양화는 위에서 본바 공공 행동에서의 도덕적 품격의 형성과는 배치되는 것으로 여겨질 수도 있습니다. 사실 둘 사이에 갈등이 없다고만은 할 수 없습니다. 그러나 동시에 그것들이 갈등이 아니라 조화 속에 있을 수 있는 가능성을 미리부터 배제할 필요는 없는 일이겠습니다. 이 조화는 그것이 가능하다면, 우리의 삶을 더 풍부하게 하는 일이며, 또 공적 인간의 형성이 중요하다고 하더라도 그것은 보다 더 내실이 있게 하는 일입니다. 그리하여 인간의 인격의 보다 넓고 깊고 풍부한 발전과 완성을 생각할 때, 도덕적 인간에 못지않게 심미적 인간도 빼어놓을 수 없는 것으로 생각하는 것입니다.

동양의 인간과 사회의 이상이 농촌적 도원(桃源)을 주조로 하였다 하여도 도시적 인간 표현이 반드시 부정적으로만 간주된 것은 아니었습니다. 구키 슈조(九鬼周造)는 『이키의 구조(いきの構造)』에서 일본의 전통적 도시문화가 만들어 놓은 심미적 인간의 전형을 그려 낸 바 있습니다.[5] 구키의 '멋'있는 인간은, 퇴폐적 요소도 없지 않으면서도, 부정적 인간형으로가 아니라, 이상적 인간형으로 이야기된 것입니다. 다시 말하여, 구키가 말하는 '이키(いき)'의 인간은 의상이나 몸가짐이나 취미나 행동에 있어서 심미적인 인간을 말합니다. 그러면서도 거기에 도덕적 차원이 — 그것이 어떤 것이었든지 간에 — 결여되어 있는 것은 아닙니다. '이키'의 단적인 표현은 이성(異性) 간의 관계에서의 '미태(媚態)'에 있다고 하면서도 그것은 이상주의(理想主義)와 불교적 달관에 이어져 있는 체념에 의하여 승화된

5 九鬼周造, 『いきの構造』(岩波文庫, 1979), pp. 21~27.

상태의 성적 표현이라고 구키는 말하고 있습니다. 그리하여 그것은 사실상 관능적 향수보다는 향수의 포기 또는 그에 따른 이상화—'멀리 있는 애인'에 대한 이상화—에 본령을 갖는다고 합니다. 그러나 이러한 이상주의적 요인에도 불구하고 '이키'의 이상이 철저하게 감각적 또는 감각적이라고까지는 말하지 않더라도, 어디까지나 개인적인 그리하여 궁극적으로는 개인적인 의미에서의 심미적 향유에 머물고 있는 인간 이상인 것은 변함이 없습니다. 출발부터 좌절을 예상한 이상주의에 기초해 있는 것이 '이키'의 이상인데, 이것은 인간의 공적인 차원으로의 진출과 발전을 포기하고 나선 것이라고 하겠습니다.

서양에서도 심미적 인간의 이상화를 찾을 수 있습니다마는, 이것은 구키의 심미적 이상보다는 더 적극적인 것이었습니다. 여러 가지 측면에서 발달된 인간에 가치를 부여한 것은 서양 전통에서 특히 두드러진 현상이었다고 하겠는데, 1993년 6월 19일에 열린 일본 비교문학대회에서도 토의된 바 있는 '보편적 인간(l'uomo universale)'의 이상을 낳은 르네상스기, 그리고 개성의 발달과 그 전인적(全人的) 완성의 이념을 시대적 테마가 되게 한 낭만주의 시대에서 그것은 중요한 관심사가 되었습니다. 말할 것도 없이 어느 사회, 어느 시대에나 모범적 인간, 즉 인간의 어떤 빼어난 면을 보통 이상으로 발달시킨 사람의 전형이 존재하게 마련입니다. 그러나 그것은 대체로 공동 사회에 쓸모가 있는 영웅적 특질, 적어도 도덕적 품성의 인간에 대한 것입니다. 위에서 본 바와 같이, 일본과 같은 데에서도 그것을 볼 수 없는 바는 아니지만, 르네상스의 인간의 이념에서는 사회적 효용과는 별도로 뛰어난 인간에 대한 사회적 인정을 볼 수 있습니다. 이 뛰어난 인간의 특질에는 감각이나 감성의 능력도 포함되었습니다. 이 감각과 감성의 원동력이 되는 것이 인간의 리비도, 욕망입니다. 그런데 19세기의 낭만주의, 특히 독일의 낭만주의는 이러한 감성적 요소를 강조하고, 더 나아가 이러한 감성적 능력의 함양이 인간성의 완성에 필수적이라는 생각을 발전시켰습니다.(이러한 과정을 독일 낭만주의자들은 교양이라고 불렀습니다.) 대체로 인간의 감성적 요소는 반(反)사회적 측면을 가지고 있기가 쉽습니다마는(이것은 유럽 낭만주의 일반에서도 마찬가지입니다.) 독일 낭만주의의 한 흐름은 사람의 감각, 감성, 정열 — 말하자면, 욕망의 생활에 관계되는 여러 요소들이 사회적 기율 속으로 거둬들여지고, 또는 그것과 더불어 개발될 수 있을 뿐만 아니라 그러한 기율을 대신하여 사회적 결속과 질서의 기초가 될 수 있다고 생각했습니다. 이것은 실러의 「인간의 미적(美的) 교육에 대하여」라는 글에 가장 잘 표현되어 있습니다마는 실러는 주지하시다시피 인간의 감각과 정열을 미적 형식에 의하여 형성함으로써 국가의 강제력이나 도덕적 의무의 엄숙한 명령이 없이도 좋은 사회 — 자유롭고 질서 있으며, 인간적 이상의 실현을 약속해 주는 사회 — 가 성립할 수 있다고 생각했습니다.

실러의 비전은 정치적 관심에서 나온 것이었지만(그는 이 편지 형식의 글을 프랑스 혁명의 영향 아래 썼습니다.) 실상은 그것이 시적인 생각에서 나온 것에 불과하다고 해야 하겠습니다. 그러나 사회적 기율을 감성과의 조화를 통해서 또는 기율을 완전히 대신한 감성에 기초하여 사회적임과 동시에 개인적 발달이 가능하다는 생각은 실러보다는 현실적인 정치 이론과 정치 계획에서 계속 나타나는 생각입니다. 마르크스의 초기 저작에서의 소외론도 인간의 감각적, 감성적 실현의 이상을 배후에 지녀 가진 것이라고 하겠습니다. 또는 푸리에(Charles Fourier)가 그의 이상적 공동체의 원리로서 정서적 친화력을 생각한 것은 유명한 이야기입니다.(덧붙여 말하면 푸리에는 인간의 개성적 발달에는 최소 1600명 정도의 구성원을 가진 공동체가 있어야 한다고 생각했는데, 이것은 도회적 모임이 인간성의 발달에 필수적이라고 생각한 까닭이겠습니다.) 달리 또 들 수 있는 사람이 있겠는데, 금세기의 마르쿠제(Herbert Marcuse)는 독일 낭만주의의 정치적 계승자 중 가장 유명한 사람의 하나입니다. 그가 생각한 이상 사회는 이성의 억압적 현실 원리, 작업 원리에 대신하여 '미적 차원(aesthetic dimension)'에 저장되어 있는 인간적 가능성을 실현하는, 즉 성 충동의 평정화, 감각과 감성의 해방, 정념적(情念的) 인간의 충족을 약속해 주는 사회였습니다.

마르쿠제의 유토피아는 이러한 문제를 그가 주로 이야기하고 있는 『에로스와 문명』에서도 짐작할 수 있듯이, 되풀이하여 말하건대, 독일 낭만주의의 유산에 많이 의존하여 제시된 것인데, 이미 비친 바 있듯이, 이것은 다시 서양의 특유한 발전의 결과란 면도 가지고 있습니다. 그러나 이보다 더 중요한 사실은 서양의 유토피아 사상과 계획이, 플라톤에서 레닌에 이르기까지, 억압적 이성을 내세우는 것도 부정할 수 없으나 다른 한편으로 감각적, 감성적, 발전과 충족을 강조하는 흐름도 포함한다는 것입니다. 위에서 우리는 도원과 유토피아를, 하나는 더 소극적이면서 더 부드럽고 다른 하나는 더 적극적이면서 굳어 있는 것이라는 식으로 대조하여 말하였지만, 그것이 전부는 아니라는 것을 여기에서 다시 확인합니다.

5

위에서 독일 낭만주의 이야기를 하는 것은, 말할 것도 없이 그것 자체를 논하자는 것은 아닙니다. 그러할 충분한 준비가 되어 있는 것도 아닙니다. 이미 비친 것으로 생각합니다마는, 이것에 추가 언급함으로써 도원향의 테마의 현실적 관련을 더욱 분명히 하자는 것입니다. 되풀이하여 말하자면 도원향은 인간 의식의 깊은 곳에서 분출하는 행복에의 욕망의 표현입니다만, 이것은 현실에 부딪침으로써 현실의 기율을 받아들여야만 합니다. 이 기율은 물질적 조건, 사회적 강제력, 또는 도덕이나 이데올로기로 변용한 사회적 강제력이 부과하는 것입니다. 그리하여 이 현실의 기율은 원래의 욕망을 짓누르는 결과를 가져올 수 있습니다. 여기에 대해서 낭만주의에서 출발한 어떤 종류의 사회 사상은 — 사실은 이것은 비단 유럽 낭만주의에 한정된 것이 아니고, 예악(禮樂)이나 문화(文化)를 존중하는 동양 전통, 즉 형(形)이나 법(法)이 아니라 예(禮), 악(樂), 문(文)을 통하여 사람을 화(化)하게 함으로써 사회적 통합을 기할 수 있다고 한 동양의 전통에도 들어 있는 사상이라고 할 수 있습니다마는 — 욕망과 사회의 모순이 어느 한 편의 일방적 양보를 통하여서가 아니라 양편의 상호 조장을 통하여, 해소될 수 있다고 생각하는 것입니다. 독일 낭만주의는 그 가능성을 두드러지게 말하였다는 데에 우리 논의에서의 중요성을 가지고 있습니다.

물론 이 심미적·문화적 비전은 어디까지나 비전에 불과하다는 점에 주의할 필요는 있습니다. 사회를 정서적, 심미적, 문화적 관점에서 포착하는 것은 현실적으로는 봉건적, 보수적 또는 전체주의적 정치 체제에 이어지기 십상입니다. 어떤 경우에나 조화와 통일은 억압의 미명이기도 합니다. 사회에 있어서의 사람과 사람의 관계, 욕망과 현실, 욕망과 욕망의 관계를 투쟁의 관계로 보고, 이 투쟁을 규제하는 수단을 권리와 의무의 법률이라고 보는 것은 민주주의입니다. 19세기 말의 독일 낭만주의 정치사상의 후계자들은 민주주의의 밑바탕에 있는 낮은 인간관에 대하여 강한 경멸을 지니고 있었습니다. 이러한 경멸의 정치적 경과는 프리츠 스턴(Fritz Stern)의 『문화적 절망의 정치학(*Politics of Cultural Dispair*)』에 잘 다루어져 있습니다만, 스턴의 말로는 이러한 경멸의 귀결이 나치즘이었다는 것입니다.

어쨌든 인간이 현실의 기율하에서 살아야 하는 것은 피할 수가 없는 일입니다. 현실의 원리, 또는 현실을 인간의 욕망에 따라서 개조하는 원리는 이성입니다. 서양의 주도로서 만들어진 근대는 이 원리의 유보 없는 수용의 결과라고 할 수 있습니다. 이성에 따라서 만들어진 세계가 이룩한 업적은 눈부신 데가 있습니다. 그러나 그것과 더불어 불행도 증가하였습니다. 오늘날 인류는 한편으로 이성적 발달이 가능하게 하는 풍요한 세계를 즐기면서, 다른 한편으로 문명과 더불어 심화되어 가는 불만(Das Unbehagen)을 깊이 느끼고 있습니다. 지금 이 균열을 어떤 유토피아의 계획을 통하여 일체적인 것으로 수정 또는 개조하는 것도 쉽게 가능한 것이 아닌 것으로 보입니다. 사회주의 체제의 붕괴는 이것을 최후로 증명해 보여 주고 있는 것이 아닌가 하는 느낌이 듭니다.

도원향의 이상은 근대 사회와 그 욕망 충족의 체제와는 전혀 다른 이질적 역사, 이질적 경제에서 나타났던 이상입니다. 이것이 근대 사회 속의 인간에게 무엇을 의미할 수 있을까요? 이미 비친 바와 같이 근대는 그것이 욕망 충족의 또는 진정한 인간적 욕망 충족의 연기를 수반할망정 인간의 욕망의 축소가 아니라 확대의 약속에 기초하여 발전되어 왔습니다. 또 그러한 발전은 피할 수 없는 확대된 문제들을 만들어 내었습니다. 욕망의 충족이든, 문제의 해결이든, 복고적 향수에서 현실의 대응책이 생겨날 성싶지는 않습니다. 그것이 바람직한 것이든 아니든 이미 움직여 가고 있는 역사의 현실에 그것이 개입할 수 있는 현실적 계기가 보이지 않습니다.

그러나 도원향의 교훈을 교훈으로서 끌어낼 수는 있지 않나 합니다. 무한의 발전, 무한의 욕망 충족에 기초한 서양의 근대가 무한의 모순을 가져왔다고 한다면, 도원의 모티프는 일본의 보다 부드러운 형태로든 아니면 한국의 보다 매서운 형태로든(중국의 경우는 이 양편을 다 포함하고 있는 것으로 생각됩니다.) 사람이 그 욕망에 대하여 자연과 도덕의 제한을 받아들인다면 일단의 조화와 행복이 가능할 수도 있다는 것을 말해 줍니다. 이런 점에서, 우리가 현실을 생각하는 데에도 그것은 어떤 새로운 암시를 가지고 있는 것으로 생각됩니다.

(1993년)

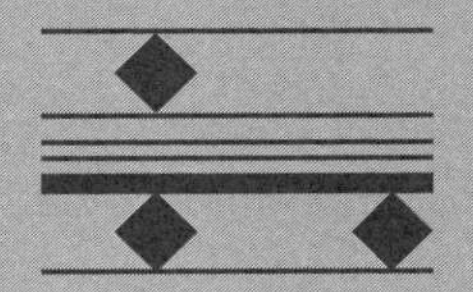

2부

Landscape and Mind

Preface

The essays translated here began as contributions on diverse occasions. Their central concern was to understand landscape in the Korean artistic tradition, though this inevitably involves reference to a similar tradition in China, but the approach is not exactly arthistorical. Attempts are made to give conceptual articulation to ideas of landscape that appear to have been embodied in landscape paintings in Korea. It might be of some help, in order to give an idea of the problematik entailed, to speak a little of the personal background for these hermeneutic attempts. Art history or theory is not my original field; I can say that I simply strayed into it from literary criticism, though literary criticism itself is also a field I had strayed into—this time from English and American literature in which I had been trained and for which I have held academic positions. Studying Western literatures and intellectual history, one from outside the West is inevitably put in a position of comparatist who tries to make sense across different cultures and discursive regimes. But the one who is into the Western fields, while rooted in native lores sedimented in his or her personal life and also in the collective history, is in the need of understanding his or her roots from a point of view which has in great part already shifted westward as it was influenced by the habits of thinking adopted from the West. Going back to Korean literature, Korean traditional painting and things East Asian in general meant for me to return home and ascertain the home from which I had started. (This would not be a unique personal case by any means but an experience shared by many persons now living in a non-Western society which had to adapt itself to the requirements of modernity.) But as I attempted homecoming, I was already at home, which had been there all the time as it was the very ground on which I stood. My hermeneutic attempts then consisted in ascertaining that our traditional culture was grounded in the reality of the world, just as we are in the modern age, refracted differently through cultural constructions of the past as they were, strange and fantastic as they may appear to the modern eye. My central theme is the possibility of realism that comes through prisms of painterly conventions, ideological constraints and cultural habits of the past.

In the first chapter, I try to delineate the idea of spatiality in East Asian landscape painting, trying to situate it in the originary relation of human perception and the world. One can assume that there is always a limiting fundament in any human attempt to understand the world that humans find themselves in. This is very often provided by various kinds of cosmological narratives: myths of origin or eschatologies showing the teleological destiny of the world. In East Asia it is space that, taking the place of these cosmological narratives, served as the generative matrix for explanations of all that is. Inevitably then, cosmological explanations and imaginations, intended to cover the totality of being facing human faculties, tend to take off into the transcendental beyond these faculties. Space, in contrast to various diegetic schemes of cosmological explanation, should, theoretically speaking, remain, even as the totality of all that is, the immanent possibility of the earthly. But artistic imaginations of spatial totality so easily take off into the transcendental, requiring a constant balancing of the transcendental with the immanent The second and third chapters deal with the imagination of space in East Asian and Korean landscape painting and in other artistic representations, as it tries to suggest the paradoxical presence of the sublime and earthly in the human experience of space as a totality. Geomancy, poetic experience of the sublime grandeur of landscape, and the Taoist myths of the land of immortals are some of elements serving to suggest transcendence within the earthly totality of mountains and streams. Some landscape paintings had to resort to them to express the sublime quality of landscape. Especially significant is the idea of eudaimonic fulfillment in some utopian places that inform representation of landscape in East Asian imagination. The third chapter focuses on this. The fourth chapter, however, tries to more precisely define through some examples the embodiment of the idea of space as the totality of things without positing a transcendental source, which I call the ecological sublime. Through out various ways of representing landscape, there is one important technical aspect that distinguishes Asian landscape from the paintings in the Western tradition: the space as depicted in traditional landscape painting was never the one that could be projected from the monocular mathematization of the visual field as in the Western perspectival paintings, which posits the eye of the subject standing against the objective world. The viewing eye in landscape painting is one embedded in the scene represented, and what is posited is the fusion of the subject and the object. The result is the idea of the consonance of spirit running through body and mind, and through the viewing eye or mind and landscape. There are other technical aspects that must be attended to, resulting from the difference in the fundamental assumptions of cosmological nature that are commented upon throughout the book, but we can suppose an important concept that brings about the basic painterly orientation in Asian painting: the way the mind and nature is conceived to interact, by holistic interpenetration, not simply by acute observation from the detached point of view. What was aimed at in the technical strategy of painterly art was therefore to achieve the state of mind that facilitates this interpenetration. But the training required was more than that of a painter. The last chapter is on the meaning of landscape as part of the spiritual regimen of the cultivated person in traditional Korea.

It was Mr. Pak Kwangsung, the publisher of The Thinking Tree Publishing Company, Seoul, Korea, who suggested to me to collect some of my writings on art in a volume for publication. They were published in Korean as a book in 2003. Subsequently, the Korean

Literature Translation Institute, selecting the book for their translation project, proposed translation. I thought I could not leave the task to another translator. Many readers had found parts of the essays not easy to understand and I was afraid that the translator might miss some parts of what I wanted to say. This fear made me decide to undertake the work myself.

The diversity of occasions from which the essays originated left the book deficient in the coherence of plan, in consistence of argument and elimination of unnecessary repetitions. When Mr. Pak prompted me to publish the essays in book form, he was good enough to accept my excuse of lack of time for smoothing out these problems. The best I could do at the time was to write the introductory essay, which constitutes the original version(in Korean) of the first chapter in this book, with the intention to place various observations in the essays that followed in a coherent intellectual perspective. In trying to translate these essays into English, I found there was another problem with the book: it is entirely a different task to address English-reading readers from the task of addressing Korean readers in Korean. I began revising the essays to suit them for English-speaking readers. I could not do much to make my argument consistent or avoid repetitions, for it turned out that it would require casting the whole book again in a new way. Nevertheless, the translated essays are considerably different from the original Korean.

In the following are mentioned the original occasions that put me to the work of composing the essays herein collected and I would like to take this opportunity to thank the mediators of these occasions. The second essay in the book, "Landscape as the Ecological Sublime" was originally read at a conference held at Seoul National University in September 2003 as a preparatory ceremony for the Gwangju Biennale 2004. The third and fourth essays were reworked from an essay read at a symposium on "Ideal Places in History: East and West" held in October 1995 at International Research Center for Japanese Studies, Kyoto, Japan. The last essay was delivered in May 1991 at the Woljun Art Museum, Seoul, Korea. It was orally delivered from the notes, and later transcribed and published in their journal, Hanbyuk Munjip in 1992. Because of the oral nature of the first delivery, it must read differently from the other essays in the book. Also, I could not quite retrieve much of documentation contained in the original notes.

As most of the essays in this book were written as occasional pieces, I thank again the original sponsors and prompters for these essays. My greatest gratitude goes to my Korean publisher, The Thinking Tree, for the initial suggestion and the work of publishing, and also, not the least, for the trouble taken for getting permission for printing some of the paintings used as illustrations, and then to the Korean Literature Translation Institute for letting me translate the book into English with a generous grant.

Prologue

The Perceptual World and Space of Landscape

The present climate of postmodernist scepticism makes it difficult to hold that the aim of painting is representation of reality. The scepticism is justified by the fact that there exists such a diversity of painterly styles from painter to painter or period to period, and from tradition to tradition. Especially, the existence of different traditions of painting found across civilizations challenges representational theories of art. It may not be too difficult to allow for individual variation of style in a generally shared world. The enigma of difference becomes a little more difficult to understand in the case of epochal changes occurring in a more or less consistent civilizational continuity. It is radical divergence in the painterly traditions across civilizations that ultimately force us to resort to the assumption of cultural relativism: that everything is free play of motifs and technical idioms in the idiosyncratic imagination of different cultures However, it would be naive to abandon the mimetic core of painterly art; more fruitful would be to take up the challenge of epistemological investigations into different representational styles: perceptual origins and their cultural and stylistic transformations.

Visual experience is always a cultural construction determined by the epistemic constraints of culture. Even our innocent and unbiased eyes, supposing that such things exist, do not see the outside world completely as it is, but construe it according to intentions of the owner of the eyes running ahead of the act of seeing and preselecting what to see. As our practical intentions determine what we see, it is the artistic intention, however obscure it may be, that determines for a painting the strategy of deployment for the objects represented. The artistic intention is in turn formed in a field of intentions latent in the self-understanding of the painterly art of an age or even of a civilization. However, these intentions shaping art are not completely separate from the ensemble of intentions pragmatically formed. Even when they are unlikely to have pragmatic import as current in the real world, they emanate affective and auratic evocations of pragmatic significance, creating worldly resonance in the minds of the viewers. There are always ample indications that what is intended is the world as we live it in our daily life, and the core of this intentionality points beyond colors and lines to a reality indicated by them. This means that everything really comes under the rule of the epistemic regime obtaining in an age or a civilization. The realism of painting is based, in the first instance, in its reference to a culturally constructed world, however artificial it may be — and this world is real insofar as it is a functioning world in which the life of a people is lived. But at the same time, this world cannot be functioning unless it is anchored in the objective world, however we may doubt its accessibility as a kind of Kantian *Ding an sich*. The full meaning of pictorial realism would be ultimately found in its referentiality to the objective world. The final justification of painting is in this referentiality, indirect and devious as it is. and, oftener than not, the route of referentiality must be mapped through the intricacies of several layers of artistic and pragmatic intentionalities: artistic conventions, the epistemic regime of a culture, and the objective world.

When we try to interpret Asian painting for the modern viewpoint, techniques of representation in the artistic traditions of East Asia on the one hand and those of the West on the other appear so different that the easiest hermeneutic approach would be to attribute the differences to the conventionality of pictorial idioms, and leave them at that. Yet we must assume that the ultimate anchoring of Asian painting, as well as paintings in other traditions, is in the objective world, however devious may be the routes to this objective world. This objective world would of course be one filtered through human subjectivity, which would, however, be regulated into certain constancy by its inescapable bond with the conditions of existence, of which constants in our perception of the world are one. They would form a ground for binding pictorial representation to the objective world.

The bound nature of perception is poignantly apparent in the biological roots of our visual habits. Among psychological tropisms operative in our visual experience, a curious item is a general sensitivity to features evocative of human faces in our environment. This can be then expanded to our appreciation of symmetry in the physical features of the objective world. A plausible explanation for the importance of symmetry is that it has to do with the human apparatus of survival for which symmetrical features form a clue for the early recognition of the presence of living organisms, either as predators, mates or meals.[1] Other compulsive traits in our visual experience may have similar meaning, that is, meaning ultimately to be explained in terms of their biological importance. The important point is that these traits induce the viewers to read an objective world in the ensemble of colors and lines that a painting presents. So even fragmentary evidence leads to a construction of an objective world, such as offered in a painting.

Even more fundamental than perceptual tropisms would be the material means of normal pictorial representation that can be said to depend upon certain modalities of the human mind in its encounter with the objective world. For example, the fact that we see an ensemble of objects represented on a canvas as existing in a more or less unifying relationship cannot be considered accidental. For we see these objects as relating with each other in a certain spatial order. As this order is given a sufficiently large canvas, it tends to organize itself, as recognized early in Gestalt psychology, into the two-tier division of figure and background. Before we see this organized space as referring to the world

---

1 John D. Barrow, *Impossibility: The Limits of Science and the Science of Limits* (New York: Vintage, Random House, 1998), p. 5.

humans actually inhabit, the human mind must be able to read objects rendered in two dimensions as standing in three dimensions. Even this basic grammar in construing any object in its spatiality constitutes a pivotal point of realistic referentiality in the experience of painting. The tendency to see what is there on canvas as a meaningful ensemble must owe to a perceptual makeup stemming from the fact of our inherence in space.

These signs of an objective world, existential or biological, are basic data in all painting, either Eastern or Western. They go into the making of the painted world, selectively transformed by culture. Colors and lines potentially referring to the objective world, or the importance of facial signs or symmetry in the construction of a meaningful pictorial surface are all the rudiments of painting taken for granted. So is what can be called the framing condition of pictorial representation, namely, construction of space in painting.

All these are important in East Asia as they are in the West, but they would go through interesting cultural variation, and it would be interesting to map out in exact terms the way they do. However, of the examples of elements constant in all painterly traditions, the question of space would deserve a special attention, as it seems to mark a fundamental difference in the basic epistemological stance defining East Asian painting as contrasted with the West. (This space is not exactly the same one as occurs in the question of pictorial framing.) For example, while spatiality is most easily suggested in the illusion of the solidity of objects depicted and the three dimensionality of the space created on the canvas, they do not seem to receive too much attention in East Asian painting. Yet this neglect seems due to a special kind of realism in East Asian aesthetics originating at an interesting intersection of biology or perception and culture.

We have remarked on the human propensity to give three-dimensional reading to two-dimensional representation. This applies not only to objects but to space in general, Biologically speaking, it can be said to arise from the need, in the first case, for object manipulation and, in the latter, for spatial orientation as the first requirement for a spatial being that a human being is. Of these two effects of the spatiality of existence, the preoccupation of painters with creation of the impression of material solidity is rather obvious. In any case, there is a common sense assumption that the technical virtuosity of a painter is most easily demonstrated in the impression of solidity produced. Generally, representational creation of the three-dimensional solidity of things is an important aesthetic achievement. But of no less importance is the impression of orderly space enclosing all the objects depicted. The syntactic organization of depicted objects in an orderly space automatically becomes a question as the painters have to deal with the framing spatiality of a canvas, but creating an impression of spatiality, independently intelligible above the syntax of objects, is frequently an important painterly concern as well. We may say that the aesthetics of spatial solidity, whether in general or in particular, is what stands out in painting in the Western tradition. As observed in the above, East Asian painting, in contrast, appears weak on that point. This is the case with the overall effect of spatiality as well as the details of object representation in many traditional Asian paintings. Does this mean that, if we are not to consider its aesthetic achievement inferior, its interest is not in realism, but in something else? The ready answer would of course be that realism or, at least, realism as aimed at in the aesthetics of solidity, does not concern East Asian painting. Culture defines the aim of painting differently, but not in such a way as it would completely sweep off the realistic or perceptual basis from under East Asian painting; what culture does is to induce painting to construct reality differently or to make different aspects of perceptual reality thematically visible. If East Asian painting seems to be neglectful in creating in three-dimensionality or prefers two dimensionality, it is wise to assume that it has its cultural reasons and also its own realistic basis. This question of three dimensional spatiality is of utmost importance because space determines, as the ground of perceptual act and its expressive re-creation, all the other details of the pictorial representation of the world —and the ultimate meaning of art in the economy of human life, at least in East Asia.

E. H. Gombrich, one of the most influential art theorists in the twentieth century, could be called, in his outlook on the relation of art with reality, both a cultural conventionalist and a realist. His major work, *Art and Illusion*, tries to map out conventions of pictorial representations as they developed historically in the West, but at the same time, it explains the historical development of conventions in the West as ever-renewed and ever-advancing attempts of approximation to reality by artists. In his persuasion on the subject of the realistic roots of artistic conventions, Gombrich found support in the psychology of James J. Gibson, who tried to anchor the human construction of the objective world firmly in the data of perception and sought to understand art in terms of perceptual reality, but it is interesting to note, in their understanding of the relation between art and reality, a subtle difference existing in their positions which Gombrich sees and articulates in one of his later elaborations. This difference he explains can be useful in our attempt to ground East Asian painting in realism, especially, insofar as it concerns the aesthetics of solidity, which is in the Western convention a dominant mark of the realistic connection of art. What E. H. Gombrich does is to argue that three-dimensional solidity is not an ineluctable trait of the truthful vision of the world. "'The Sky is the Limit'; The Vault of Heaven and Pictorial Vision"[2] is a short essay of his on the phenomenon of human vision and its relation to art. Though its main subject is not East Asian painting, he makes in this essay an observation that the world as we perceive it offers certain features that could be considered two-dimensional rather than three dimensional. It helps us in our attempt to locate the precise point where culture and perceptual reality cross each other.

According to Gibson, the painterly view that reduces the three-dimensional reality of "the visual world" to the two dimensional "visual field" is entirely artificial. If it forms part of visual experience,

---

2 E. H. Gombrich, *The Image and the Eye: Further Studies in the Psychology of Pictorial Representation*(London: Phaidon, 1982).

An Kyon, *Chunkyung sansudo*(Painting of spring landscape), mid-15c, ink on silk, National Museum of Korea it is only a result of a cultural habit formed in the tradition of paintings. To think that the two-dimensional vision presupposed in the field is based on the realistic ground would simply contradict the biological meaning of vision in the evolutionary scheme of things, which makes it of supreme importance for the human vision to discern the invariant features of the objective world, including its three dimensionality. But for Gombrich, the two-dimensional vision is in itself part of the real experience of the world, and even has a biological role to play for survival. It is natural for the human eye to perceive the proximate objects in their three-dimensional roundedness, but the visual field remote from the viewer would lose its three-dimensionality, and that has a biological meaning.

The case that proves the point is the sky that presents itself as a vault of heaven. In the planetarium, the stars can be seen as displayed on a more or less flat surface of its ceiling(as the surface of the concave ceiling presents itself laterally to the viewer). It goes without saying that a flat sky, which in reality extends into the cosmic depth, is only an illusion. But there is experiential truth, that is, biological truth, to this illusion since it stems from the two different modes of visual perception biologically justifiable: one that works differently in our proximate environs in which the clear veridical perception of solid objects are prominent and another that works in the "enveloping limit" of the visual field beyond these nearby environs. They both have biological significance; the former is needed for our body to deal with the world of objects nearby, while the latter is needed for overall orientation in space rather than for any direct material negotiation with objects. Of course, the two different modes of visual operation cannot be said to have sharp demarcation between them, as the dematerialized distance view can, depending upon changing circumstances, be made into a field of objects for closer examination. Yet it is possible to credit these separate modalities of visual perception with biologically veridical meaning. Painting can then reflect them in their painterly execution, either as flattening representation of spatial depth or full-bodied spatiality.

These two modes of perception explains, Gombrich points out, two contradictory pictorial techniques employed both in Graeco-Roman and Chinese landscape painting: one for depicting houses and rocks in the foreground in their material solidity and the other for mountains and trees in the background flattened out against the sky without any attempt at the impression of solidity. To this basic division can be related other features of painterly techniques that are related to this basic division. A favorite device for masking the jarring effects the contrast creates is to eliminate the middle ground by filling it with haze or mist.

There are other technical features employed in East Asian painting that could be also understood in terms of the different modes of perception: for example, the treatment of objects closer at hand than houses and trees, but for this purpose we will have to refine — at the risk of straying from the main point I am trying to make, that orientational space is in East Asia the focus of artistic engagement with the world — Gombrich's observation on the alternation of flat and solid vision in a single frame of painting. It has been noted in the above that the foreground has to be depicted differently from the background. This foreground can be divided more carefully, for objects in real proximity, such as flowers and birds can be treated differently from houses and rocks in the general foreground. These objects near at hand can be brought to more detailed attention, but this does not necessarily call for creation of the impression of material solidity. Flowers and birds formed subjects of an important sub-genre in traditional Korean painting, in which, however, there was not much attempt at representation of their solidity, either by shading or perspectival deformation; instead, care was taken to depict colors, sizes and other textural tones as if meticulous delineation of surface details sufficed to give reality to objects depicted. The same observation can be made, in comparison, for many realistic botanical illustrations, for example, in Audubon's Birds of America. We must say then that if there is contrast between the two representational techniques, solid and flat, the contrast is not applicable to the foreground and the background differentiation alone. Three dimensional representation is important only in regard to objects that are a little farther in the distance of our attentive engagement than in real proximity at hand. This may have to do with the biological need for behavioral negotiation if we are to move in the space of proximate distance. This need can be said to work itself into our visual experience. It is then more easily satisfied if a visual field, let us say, constituted by a room is seen as a more or less perspectivally structured space, with the floor, the walls and the ceiling diminishing in an orderly recession. John White noted in Chinese painting the rarity of representation of indoor space,

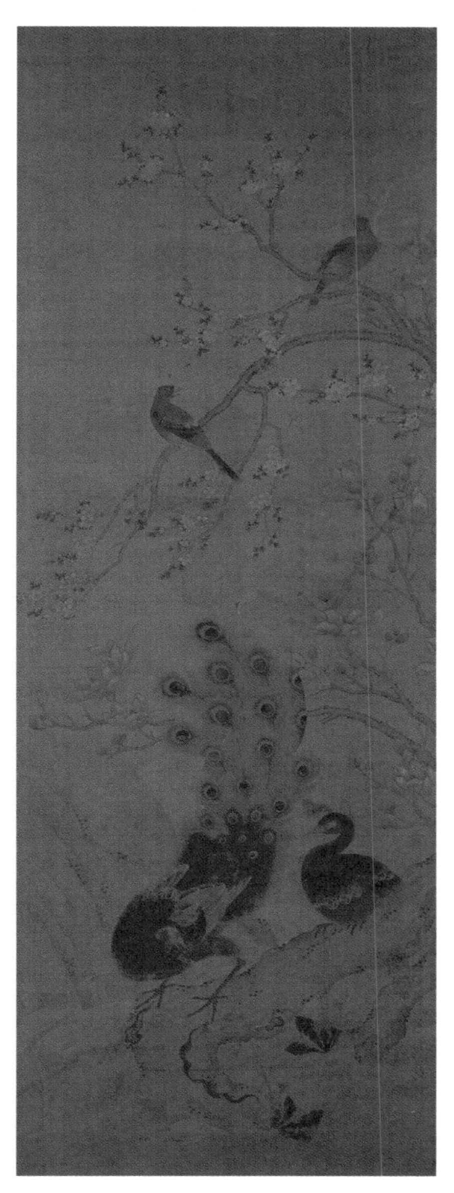

Yi youngyoon, *Hwajodo*(Painting of flowers and birds), late 16c~early 17c, color on silk, National Museum of Korea

and also architectural forms in general.[3] This perhaps corresponds to the missing middle ground Gombrich notes in his discussion of the different perceptual orientation between the foreground and the background. In any case, it is true that in Chinese and also in Korean painting, larger humanbuilt spaces and objects, and, we must add, analogous shapes in nature at a proximate distance, were infrequent painterly topoi, and this must explain the infrequent resort to the aesthetics of solidity. Going a step further, of the two pictorial techniques related to two ways of perceiving the world, the flat technique was a dominant mode of representation, almost outlawing the other.

This is of course not an accident, but a result of a general attitude taken by society towards the meaning of painting in its cultural life, which took most seriously the overwhelming importance of the experience of space as a source of orientation. If landscape was the dominant genre in painting, it was because pictorial representation of the enclosing spatial limit had a special meaning for society. It called for a broad sweeping view of landscape, for which too detailed depiction of solid features would have been detrimental. What was in question was, as argued, the orientation in a broad space.

This need for spatial orientation can of course undergo modulation from the more biologically-rooted to a broader sense of being at home in the world. When Gombrich speaks of the orientation given by the perception of the enclosing limit of space, the orientation cannot be said

---

3 John White, *The Birth and Rebirth of Pictorial Space*(London: Faber and Faber, 1987), pp. 67~69.

to be always of practical import, as observed above, but this is so even if it is not of immediate practical use in our bodily conduct. The mountains serve, in real life, as points of reference for our spatial orientation, but not as pointers for spatial negotiation as on a plaza with houses and people. The plains could, in contrast, become a place of potential disorientation without some geometrical or cartographical indices.(This may be especially the case for Koreans whose land is so mountainous that they could be depended upon to serve as directional pointers, but this may not be a peculiar trait of the inhabitants of a mountainous region.) The firmament, especially, as it is marked by the elliptic plane of the sun or the configured ordering of the constellations as in a star atlas, may serve as such a pointer — in navigation and in the overall sense of a person's bearing on land. If the grand and sublime features of the earth and the sky cannot be practically useful in our daily goings of life in any immediate sense and yet useful in the orientation they provide in spite of its nonpracticality, the space ordered by this orientation can be akin to what is needed by animals and also humans, with their need for a definable expanse of space beyond immediate surroundings — as a kind of "territorial imperative,"[4] a biological drive for an assured territory of living and security. However, this territorial imperative not necessarily attached to the immediacy of life's needs can, in humans, be transformed into an imperative for psychological and existential and, ultimately, metaphysical assurance. The particular form of representation in Chinese landscape painting, if it

---

4 Robert Ardrey, *The Territorial Imperative*(New York: Delta Publishing Co., 1966).

is related to the human need for orientation, can be said to be a response to a territorial imperative, which is then transformed into a spiritual Imperative.

It must be this orientational need made into a spiritual imperative that placed painting high in the hierarchy of the means of spiritual discipline and determined the thematic and technical parameters of Asian painting. John White observed that the certain features of Chinese painting — the absence of perspectival construction, indifference to the representation of indoor space, the rarity of oblique, instead of frontal, view of things, detailed and yet unemphatic depiction of material surfaces — make the painterly "art stop long before the plane can be disrupted by geometric space of obtrusive solidity."[5] These features contribute, as he further observes, to the impression of spirituality or the effect Chinese painting creates of "the calm acceptance, the contemplative natural mysticism, which reached its highest flowering in Taoism."[6]

It is important to understand the meaning of spatiality in East Asian painting in these broad connections. It eventually relates, as I have already suggested in the above, to the way painting is endowed with meaning, for spatiality is in East Asia the last term in the generation of meaning for art, and by analogy, in life. In any painterly project, colors and lines of painting represent perceptual equivalents in our visual experience, but they are represented for their own sake only to some extent. Normal

---

5 John White, op. cit., p. 68.

6 Ibid., p. 67.

expectations are to see them invested with some higher meaning beyond them. Hopefully, colors and lines can form themselves into a configuration that appears to be purposive and meaningful. A broad view of landscape can have a special importance in this formative movement of perceptual data as it would constitute an inclusive ground for meaningful spatial configurations, finally endowing this kind of broadly-viewed spatiality with a special metaphysical status as the meaning-generating matrix. Spatiality is spirituality.

This spatiality, given an emphatic privileged status in Asian painting contrasts with more easily recognizable ways of investing painting with meaning beyond purposiveness of forms. For the meaning of a painting can be enhanced by stories derived from religious, historico-epical or moral narratives. Some of these narratives are episodic. Even what looks like an innocent rendering of simple objects may carry such meaning or are embedded in the matrix of cosmological and anthropological narratives of a tradition. Such an obvious object as the human skull in a Western painting(as in De La Tour's *Mary Magdalene with Oil Lamp*) would have its meaning a great deal reduced if we are unfamiliar with the connotations of the Latin motto, memento mori. (Even in the East Asian tradition orchids or bamboos are understood to have close affinity to the spiritual life of literati as in its quest for integration with the cosmos and society.) However, there are larger narratives framing painterly representations beyond these iconographical stage supports. In the Western tradition, Classical and Christian mythologies and epics of myths and histories provide narrative motifs. In the East, it is the totality of things existing in space that provides ultimate cosmological meaning to pictorial representation.

The contrast is between diegesis and ontology. These two constitute different strategies in the two civilizations in postulating the most inclusive terms in explanatory schemes for viewing things together in a meaningful way — one in sequence and the other in lateral display. They have profoundly differential pictorial consequences. In the diegetic mode, the story unfolds in a temporal dimension outside the space of a painting. It could of course form a cosmological whole, but this whole relates to pictorial space only tangentially, leaving, so to speak, local representation free to be on its own. The ontological totality has to be shown, in contrast, in inclusive spatial terms, as it has no external existence except in the same space as a painting does. In the East Asian traditions, the task of landscape painting was to represent this ontological totality. This mission profoundly affected the mode of existence of painting. In contrast to variability of stories tangential to spatial representation, representation of space, especially, not space as a container of multifarious objects but as a substance in itself, could be extremely boring or at least monotonous. Of course, it could be shown not as such but through represented physical details, but these details must function as allegorical or anagogic pointers, as testified by so many prescriptive techniques found in the essays on painting in China and Korea. In any case, the execution of details in a painting could not be left free, as they were the vehicles of the overall meaning of spatiality, making it impossible to develop the realism of details as could be observed in Western painting.

What does it take to have space get represented in painting, especially, space in its totality as an ontological generatrix? It goes without saying that the canvas, paper or screen, the material site of painterly execution, already represents space, but the space to be represented must be manipulated to imply a space larger in scale, extending beyond it — hopefully indefinitely or to the infinite. This implied space is best shown, not as extension beyond the edge of the canvas or paper but as extension in depth within the canvas or paper and yet beyond it. To imply the depth of space beyond is important not simply because of the technical necessity of pictorial realism, but for another reason, that is, the aesthetic thrill that is generated in this way, as we will reconsider later. The aesthetics of solidity required in depiction of material objects already carries suggestion of an environing space. It is easy to imagine this space being expanding further to include the entire canvas — the canvas as a simulacrum of space infinitely extending, with represented objects as simulacra of real objects placed and perceived as existing in space potentially infinitely continuing. But, of course, it took a long historical development for this space to become a pictorial reality. For only with the coming of *costruzione legittima* in the Italian Renaissance in the West, it was possible, as Panofsky pointed out, "to construct[i. e., in pictorial terms] an unambiguous and consistent spatial structure of(within the limits of the 'line of sight') infinite extension, where bodies and the intervals of empty space between them were merged in a regular fashion into a *corpus generaliter sumptum*."[7] The question for East Asian painting was how to show this space without perspectival construction. And we may suppose that the use of this pictorial technique was precluded not simply for historical failures. Space was required to be, in East Asian ontology, thematized so as to be experienced directly, not merely hinted at as a shadowy presence haunting the rationalized and mathematized space of legitimate construction, which is not always available to the viewer as an experience, sensed and felt.

Landscape of mountains and waters is itself a choice stemming from a cosmological regime defining the role of painting in East Asian civilizations. The choice is appropriate as landscape is an easily available piece of earthly features that suggests space of scale. Besides its physical appropriateness, the sense of sublime it inspires is also important; it testifies to the emotive efficacy of this choice. The space to be depicted is not merely an infinite extension of what can be covered by the human vision, but spatiality that goes beyond it; it is space as the generatrix of everything, including, paradoxically, this space thus intuited —exactly the meaning of the sublime, i. e., what goes beyond the limit of what can be represented or even presented, though its significance is conveyed not cognitively but affectively.(Affective impact is the only way for a hidden presence to be present to human awareness.) This almost seems to call for a diegetic take-off into a non-spatial dimension.

At this ambiguous juncture of the worldliness and its sublime transfiguration comes in —while remaining it within the spatial dimension —geomancy, which is an important element in the designs

---

7 Erwin Panofsky, *Perspective as Symbolic Form*(New York: Zone Books, 1991), pp. 63~65.

of landscape and landscape painting as well as in political thinking and other Asian thought on the conditions of human dwelling on earth. Geomancy is a system of knowledge about variously configured features of terrain. It privileges certain features of terrain, schematically simplifying them, and endowing them with magical potency. These concrete features are seen relationally in overall configuration. Yet the component elements and the overall topology containing them never get reduced to mathematical generalities. It could be classified as belonging to what Lévi-Strauss called "the science of the concrete," and it has its usefulness in its own realm, namely, in the study of those features of the world, as a method of, as Lévi-Strauss says, "a speculative organization and exploration of the sensible world in sensible terms."[8] In any case, corresponding to geomantic knowledge are many features we find in landscape painting—the human habitations, a solitary hermitage or a village, nestled among the towering mountains or the range of mountains staggered one above another in a harmonious configuration. The appeal of these arrangements may be simply due to the attraction of pleasant forms explicable in terms of good gestalt or it may be due to its resonance in some archetypes in our unconscious as explained in depth psychology, but geomantic resources are definitely there to be exploited. Merely coincidental or geomantically-inspired, the psychological appeal of some landscape features seems to suggest that even in pictorial representation everything cannot be told entirely in spatial terms;

---

8 Claude Lévi-Strauss, *The Savage Mind*(Chicago: University of Chicago Press, 1966), p. 16.

but it requires some elements of non-spatial narrative suggestion to endow spatial representation with meaning profound enough to satisfy requirements of the sublime. Besides the sublimity of the landscape of mountains and waters, there are other extraneous elements, that is, extraneous to what is materially represented or presented, that play a role in the transfiguration of landscape into a sublime phenomenon. What appears frequently in landscape painting is the myth of Taoist immortals dwelling in some sublime or ethereal mountain regions. The legend of the Peach Blossom Spring is another transformative agent often evoked in landscape paintings. But what characterizes these metaphorical elements is always, it should be noted, that they concern auspicious geomorphic traits of the real mountains or some happy dwelling places in this world.

This brings us back to the question of transcendental, if not diegetic, generation of meaning in painting. It is important to consider it a little if we are to define more precisely the meaning of space in landscape painting. For it appears that narrative is essential to represent space as the limiting concept of all there is, that is, the totality of things. There are certainly narrative elements in geomancy or the stories of immortals or the Peach Blossom Spring, but they are not full-bodied narratives taking a specific pictorial representation to a transcendental source of meaning, but metaphors of good gestalt become idioms of painting. Nevertheless, it must be admitted that physical space requires, for its transcendental transfiguration, that is, for change of space from quantity into quality, a psychological moment, at which space comes into a sudden illumination lifting it up to what lies beyond it, to a premonition of ontological totality. It is also possible to call it a metaphysical moment when an mundane occasion appears to be invested with "metaphysical essences," which become "revealed, in complex and often very desperate situations or events, as an atmosphere which, hovering over the men and the things contained in these situations, penetrates and illumines everything with its light."[9] At a more familiar level, it could be what happens in an epiphanic moment of artistic experience, which has become an important concern with many modern Western writers, Proust, Joyce or Ezra Pound. This is the moment when two images or events come together in a meaningful fusion to produce a sense of sudden enlightenment. In any case, it is clear that this kind of the telescoping effect carries a great deal of aesthetic charge. One such moment of the telescoping is Walter Benjamin's "Aura," the "unique phenomenon of a distance," which can occur when "resting on a summer afternoon, you follow with your eyes a mountain range on the horizon or a branch which casts its shadow over you."[10] A person of a more religious disposition may experience it as a sense of oceanic fusion or an ecstatic encounter with the numinous. There are all these elements implied in the space of landscape, but it will be correct to say that, different from aesthetic or religious-ecstatic moment, what

---

9 Roman Ingarden, *The Literary Work of Art*(Evanston, Ill: Northwestern University Press, 1973), p. 291. For Ingarden, what he calls "metaphysical essences," summing up the meaning of a situation as a whole, constitutes one of the most important effects of the stratum of "objectivities" in a work of art. He implies that this is the case in all art, but we may say that landscape painting has a particular concern with space as metaphysical essence.

10 Walter Benjamin, *Illuminations*(New York: Schocken Books, 1969), pp. 222~223.

occurs in the experience of landscape — at least the way it is figured in traditionallandscape painting — is a moment of eudaimonic fulfillment. What the land of Taoist immortals or the Peach Blossom Spring signifies is a happy condition of existence in harmony with nature,

But is this moment merely psychological — the moment that seems to reveal space as something more than the sum total of intervals between things? Suggestion has already been made in the above that it could have to do with metaphysical essences — properties, to extrapolate a little, that belong to the primordial origination of being and existence, which could be conceived as an event in space. At least it is something that opens up in the initial encounter of human subject with the world. In this sense, it is not entirely psychological, but has an ontological significance. Merleau-Ponty was speaking of the ontological status of space, half-subjective and half-objective, when he said that in reflection 'I catch space at its source and think at the moment of the relationships(among things) which underlie this word, realizing that they live only through the medium of a subject who shall describe and sustain them, and passing from spatialized to spatializing space."[11]

It is true nevertheless that the space of landscape, even if it has some metaphysical or ontological justification, does not have the objectivity of space found in perspectival construction. Panofsky's description of the development of perspectival art was also a survey of the emergence of

---

11 Maurice Merleau-Ponty, *Phenomenology of Perception*(New York: Humanitie Press, 1962), pp. 244~245.

the modern mind, with its geometry and science. It naturally partakes of the habit and authority of the scientific worldview. However, scientific objectivity is a product of a certain operation on subjectivity and in that respect the objective world, envisioned in science or in orderly pictorial composition, is only a choice of one possibility among many possible worlds, and this operation has consequences in our understanding of the world and the mode of existence of humans as beings-in-the world. The modern world is one made possible by the objectifying processes of science and we cannot afford to deny its claim to truth. However, it is possible to say that the spatializing space, which I have been suggesting has affinity with the spatial sense embodied in landscape, has claim of primordiality, which can be neglected only at a cost to the fulfilling relationship of humans to their roots in nature.

This space is, to say the least, a product of attempts to think in the sensible. In so far as that the sensible is the medium human beings inhabit in their unadulterated naturalness, it can claim experiential realism. Perspectival construction is a product covariant with the emergence of abstracting, geometrizing mind. Mathematization at work in it is effected as a result of the methodical elaboration of subjectivity into abstract rationality, Paradoxically, it is this methodical elaboration, turning thought into method without substance, that becomes the agent not only of objectivity, but also more seriously, of artistic realism. The exemplary realistic painting would be the 17th century Dutch painting with its concentration on descriptive fidelity. The world it depicts is a world filled with the factual details of life. These factual details are produced in a method akin to that of scientific objectivity, identified with what would be seen through the camera obscura. Svetlana Alpers finds the origin of the Dutch realism in Keplerian optics, for which the objective world is with what is mirrored in the retina of the eye. The result is an "deanthropomorphiz[ed]" vision. For the eye here is "a dead eye, and the mode of vision. or painting……is a passive one."[12] The reductive epistemology of the Keplerian vision is correlative to the use of such an optical device as the camera obscura. And all has to do with the rise of scientific thought. The reduced subject, posited in the practice of science or assumed as a habit of artistic perception, is not always so passive. Alpers recognizes a more active involvement of subjective intention in the art of Italian Renaissance. The perspectival construction of the pictorial plane, for instance, inevitably entails significance evaluatively hierarchized in the deployment of objects on canvas. Objects deployed in a certain order imply practical and philosophical intentions that forerun the line of vision. As against the constructive interventions of the Italian paintings, the Dutch art of description is more passive and more pliant to the addresses of the objective world. Perspective is there as a received technique for depicting things of the world, but it is used primarily for marshaling them into an order of the whole. There are these differences, but central to the Western traditions, both Northern and Southern, are the importance of the representation of an objectified

12 Svetlana Alpers, *The Art of Describing: Dutch Art in the Seventeenth Century*(Chicago: University of Chicago Press, 1983), p. 36.

world and a methodical elaboration of subjectivity. Close involvement of geometry and mechanical devices in the development of perspective need not be invoked here. In both traditions. what underlies artistic realism is the scientific ethos; representation of objective facts, uses of shade and color for their enhanced solidity and perspective as design for overall spatial order. All these are part and parcel of the objectifying spirit found in science with its laws and experimental devices.

As observed, identification and construction of an objective world requires a certain operation on the modality of subjectivity, whether in science or art. In describing the realistic effects of 17th century Dutch painting, Alpers quotes Paul Claudel (regarding Vermeer's *Soldier and Laughing Girl*): "Ce qui me fascine, c'est ce regard pur, dépouillé, stérilisé, rincé de toute matière, d'une candeur en quelque sorte mathématique ou angélique, ou disons simplement photograpique, mais quelle photographie; en qui ce peintre, reclus à l'intérieur de sa lentille, capte le monde extérieur."[13] What is involved in the creation of the painting is the gaze purified, stripped, and dematerialized; the external world is caught through the gaze thus operated upon, This is basically the operation exemplified in the Cartesian cogito, which makes the thinking self the pivot of lawful construction of the objective world now available for impartial and dispassionate viewing. The realism, variety, and freedom of post-Renaissance Western painting, including its Dutch variety, is certainly an offshoot of scientific development in European

---

13 Ibid., p. 30.

world outlook. The purified eye makes it possible to see the world as an object standing against it, and then as a "visual field" of colors and shapes that could be pictorially ordered. What it sees is grasped as what it finds, but needless to say, it is also what it constructs. The world experienced visually is what is found as possibilities of visual orders. These orders arise from what is there in the world but they are also products of human activity. Painting participates in these constructive activities. Principles of construction make the freedom and variety possible. Nevertheless, they must arise not simply from the imagination of the artist but must coincide with the laws of nature.

The status of the subject in East Asian painting is quite different from the subjectivity of the modern West. It is not a subject that exists as a point of view, disengaged and against the landscape being looked at. It is, on the contrary, a subject locally engaged and embedded, and therefore multiply in communion with the natural world. The subject is more at home in its setting, and freer in a way, not too intent to come to grips in a monocular orderliness, with what stands against it. Yet there is an impersonality in the viewing eye of this subject as it is imbued with a cosmological outlook on landscape and its features. (We may think of the impersonality of the implied eye in the visual products of conventional or popular nature, and replace its conventionality with a culturally ordained cosmological aspiration.) It is cosmology that emblematically sustains a landscape or its memory as a meaningful whole. The viewing eye and the subject behind it are part of this cosmology. If there is any operation to be performed on the subject, it is for the benefit of making it the recipient of the vital force, *ch'i* or the spirit, *shen* permeating through the cosmos. What animates painting is "the motive force of heaven and "the dwelling place of the soul." And its art therefore consists in making "spirit consonance" complete.[14] The assumption is that there is a correspondence of spirit and matter at the nodal point of human subjectivity and the objective world. This assumption may be favorable to a more comprehensive and holistic apprehension of human being as being-in-the world. Hence, the perception that there is spiritual meaning in East Asian painting more markedly than in paintings in the Western tradition.

But of course there might be difficulty in validating the implied world-view of landscape. Its relevance can be said to lie more in the fact that it justifies an ethical life in attunement with the world perhaps not the world as it really is but, conversely, a world built by the ethical life thus chosen. For foundational assumptions about the world are determined by significant aspects of material reality, privileged from an ethical point of view attuning itself to what is technically possible in given conditions of existence. They constitute themselves into a biased epistemic regime bringing all cognitive and representational adventures of a culture under its control. If we see a heightened sense of spirituality in East Asian painting, this spirituality must be seen as the controling genius of the epistemic regime thus constituted, apposite to the material

---

14 The importance of *ch'i-yun*, spirit consonance or resonance, conforming to the force at work both in the mind and the world, is a phrase become a cliche in the art of painting. The formula here is by Kuo Jo-hsu(c. 1080), in Susan Bush and Hsio-yen Shih(eds.), *Early Chinese Texts on Painting*(Cambridge, Mass.: Harvard University Press, 1985), p. 95.

world and selectively engineered to suit ethical choices made. The resulting correspondence of spirit and matter gives painting a strong regulative function; for spirit functions always as parti pris in favor of mastery — mastery of itself and the material world. From this could be understood the fact that in Confucian Korea, painting was part of the spiritual regimen in the making of accomplished man, the scholar-bureaucrat. Of the subdivisions of the art of painting, landscape painting occupied the peak in the generic hierarchy of painting as it stood for an ecological totality of life, with strong regulative or ethical implications: how one should live. This can be exemplified in the figure of a noble scholar in contemplation of the sublime sight of nature, or a fisherman or woodsman living a simple life of natural economy.

The spatiality of landscape as an intuition of ontological totality, and the discipline of spirit involved seem to suggest a cosmological and anthropological conception conducive to an ecological wholeness in human life and has a lesson to teach in this age of human alienation and ecological crisis. For the purified self admired by Claudel or by Descartes is also afflicted with the irresistible urge to control the world from which it extricates itself. There has been ample argument about the devastations wrought on human society and its earthly environment by the purified thinking self of the Cartesian origin, and there is always attraction in the conceptions of the mode of human existence more multiply connected with its earthly environments. But the totality of landscape, as in the case of other totalities imagined by humanity, has its limits. This we could easily extrapolate from what we have said above on the monotony of landscape paintings. The regulative status of landscape as embodying the metaphysical ground plan of the totality of all that is requires that landscape be iconically repeated. The monotony of repetition, as we have noted before, is a required condition of anything with regulative force. Freedom of variation gets severely restricted. Neglect then follows for the whole spectrum of the perceptual experience of humans outside the enveloping limits of space: occluded is what occurs in the foreground, the proximate middle ground, the middle ground, with diverse human events in these grounds vital to pragmatic interests of humans. All these have homologues in the practical life of society in general. But in apology, we may note that landscape is never a totalitarian idea, either in art or life. Landscape, totalized as it had to be, remained within the concrete geomorphology of earth, tied to the experiential reality of ordinary human life. This anchoring in concrete reality prevented the totality of landscape not only from taking off into the freedom of mathematical abstractions but also from more nefarious projects of the totalization of human life.

The important point is once again that landscape, while pointing to the metaphysical totality of existence and its environment, remained true to the world perceived by the human senses. Needless to say, its truth is modulated by culture. The idiosyncrasies of techniques for representation of reality arise in relation to the matrix of cultural history with a historical orientedness in its patternment of the world. In viewing the art work of the past age — for example, Asian art, which has become alien even to us, who live within the tradition that contains it — it must be re-interpreted by tracing out the seams that tied together reality and biases of cultural preoccupations and resulting formations. But even these latter elements coming from cultural peculiarity must be located within the common reality of the world we inhabit and differently construe.

More generally, we may say that the cognitive universe of humans is constituted of multi-layered speculative organizations of the sensible world containing various levels of supersensible abstraction, of which art is itself one, and they carry their own validity. Folk tales, apothegms or epigrams offer wisdom of life as exempla, not as theorems deduced from a general theory. Geomantic knowledge of terrain and environment has its own wisdom to offer, and at the same time works as delimiting constraints for more scientific construction of the world. It is true not only of geomancy but also of the cosmology and cosmologically-justified ethic of pre-modern Asia, with its emphasis on ecological conformability. All this has to do with various attempts at organization of life within the realm of experience, very often analogical rather than theoretical, and they have their validity as long as application remains within the same realm of the sensible. What is suggested in East Asian landscape painting could be considered to represent a more holistic view of human condition and may supplement with its ecologically situated self the scientific and alienated world created by the "disengaged punctual subject"[15] of the modern West.

---

15 Charles Taylor, "Inwardness and the Culture of Modernity", in Axel Honneth et al(ed.), *Philosophical Interventions in the Unfinished Project of Enlightenment*(Cambridge, Mass.: MIT Press, 1992), pp. 98~100.

Varieties of Experience in Landscape

Sense of Land in Literature

What does it mean to have a sense of land in life? It certainly has practical meaning, as the earth is the fundamental support, taken for granted and unacknowledged too often, for all human activities in this world. Odd as it may sound, geographical survey must be considered one of the most fundamental science for understanding human existence on earth; only for ordinary mortals it is carried out intuitively than systematically or scientifically, but the intuitive sense, if not science, of land has as much practical import as its scientific elaboration as it is an important factor in the condition of human dwelling on earth. Insofar as it concerns our emotional relation with nature, much of aesthetics has to do with this intuitive sense of land; it best gives satisfactory expression to it. However, this cannot mean that our aesthetic sense is more important in terms of causal precedence. It may be just the other way around, and the aesthetic sense rises from some deep-lying biological needs and informs the intuitive sense of land. What is clear is that features of terrain, various especially, of a large expanse of land have important psychological meanings from a mild sense of well-being to a kind of mystic ecstasy. Landscape painting, as expressions of the aesthetic experience of land, has its realistic roots, but its realism carries reverberations from these multilayered biological and psychological dimensions, which constitute its intriguing mystery. And of course, it is natural that sense of land is expressed in other expressive mediums besides paintings: poetry, literary and folk myths, geomancy, but it most significantly underlies a quotidian sense of topology. Landscape painting merely stands at a strategically central place in these constellations of our territorial sense. It often relies on resonances from them to make its point. We will look at some of the cultural fund from which it draws its resources.

The sense of the lay of land forms a natural part of being at home in the world. It forms the substratum of quiet confidence in life the dweller of a place carries with her in her daily goings-about in the business of life. This sense was perhaps more easily there in the premodern era, while frustrations of modern life are in no small degree due to the perturbation of this natural sense of the world. Many pre-modern narratives begin as a convention with an initial mise-en-scene in terms of a general overview of the lay of land; the temporal unfolding of action requires as the reminder of the earthly setting of human life a topographical composition of place, which sometimes includes symbolically important landmarks; for example, as in the reference to five symbolic mountains found in the opening scene of the eighteenth century Korean romance, *The Dream of Nine Clouds*, which begins:

> The five sacred mountains of China are Mount T'ai in the east, Mount Hua in the west, Mount Heng in the south, another Mount Heng in the north, and Mount Sung in the center. Mount Heng in the south is the highest of them…….

Only after this overview of land is introduced the time, and then one of the characters: "In the time of the T'ang dynasty, an old monk from India…….[1] The same kind of overall territorial sense seems to have been common even on less marked occasions of life. Even in an official communication about the repair work that needs to be done of a local academy written in the course of performing bureaucratic duties by the philosopher Yi Toegye(1501~1570), serving as a county magistrate, we note that it begins with an overall survey of the whole terrain that sounds like a verbal landscape painting:

> River Chukkae has its source on the slope of the Sobaek Mountains, from which, flowing through the town of Sunhungbu where the illustrious

---

1 Translation of Richard Rutt in Peter H. Lee(ed.), *Anthology of Korean Literature: From Early Times to the Nineteenth Century*(Honolulu: University of Hawaii Press, 1981), p. 163.

scholar of Koryo An Hyang used to have his dwelling, it reaches
the village, deep-set in a secluded nook where clouds hover
in a peaceful valley. In this valley gathered a group of scholars
who sought, far from the strife of the worldly crowd and retreating
to the leisurely fields and quiet waters, to purify the will,
study the way and discipline the work of their life…….[2]

This depicts the place of the origin of the Confucian academy, Sosu Seowon, An Hyang founded. Yi Toegye's main argument concerns of course the need of repair and reconstruction, but his justification for it by implication includes the beauty of the terrain in which it is situated.

The site of An Hyang's academy is suitable for scholarly retreat. The panoramic presence of landscape nurtures a sense of receptive composure suitable for philosophical pursuit of Confucian scholars. But the entirety of the landscape cannot be said to be present there all the time as when it is surveyed from a distance. Even so, it has a way of making itself present in the mind of the dweller in nature. One way this happens is through aura — to use the term Walter Benjamin made famous. It designates a moment when a telescoping of near and far occurs, almost casually, as what is far and remote dissolves in the immediacy of perception — distance collapsing into immediacy. In another place, Benjamin called it "the unique manifestation of a distance."[3] The aura is

2 Yi Hwang, *Hankukui sasang daechonjip X*(Seoul: Donghwa chulpansa, 1976), p. 171.

3 "On Some Motifs in Baudelaire", *Illuminations*, p. 188.

certainly an experience of a privileged moment, but it is not far from the way we experience the world as we see it as a part and a whole, as is clear in Benjamin's example. But this auratic experience can easily go over into a kind of mystic experience. For the essence of the "oceanic fusion" lies in the telescoping of near and far, part and whole. The aesthetic experience of landscape starts as quotidian experience, but goes over into mysticism.

But the paradox of the design — the sudden opening up of the quotidian to a larger reality — is more easily depicted in poetry, which has a great deal to do with epiphanic moments in quotidian reality. In some poetic depiction of the experience of landscape, the extramundane suggestion sets a metaphysical fringe to the pleasure of landscape and going a step further points to the possibility of the mystic incorporation of the whole, landscape, real and metaphysical, in an intense poetic ecstasy experienced here and now. In Korean classical literature, the outstanding example of the depiction of natural beauty would be Chong Chol's *Kwandongbyolgok*[The Song of the Region beyond the Eastern Pass] where the pleasure of natural scenery is carried to the ecstatic fusion with landscape and with the starry universe. But once again there is ambiguity about the mystic intent of the fusion. For it does not go off into a transcendental realm but merely oscillates within the heavenly possibilities of earthly fulfillment.

Especially to the point is the concluding part where the rapid journey through the land, with all the obligatory references to the sublime features of mountains and waters, as if to sound off the reverberating suggestions of the totality of the land, launches the poet finally into cosmic space and vision. The end of the mountain journey leads the poet to make a cosmic leap, but there is also evasive rhetoric that makes it unclear whether this cosmic leap is meant literally or considered as something achieved only by the main force of visionary energy welling up in the poet. The literal or visionary experience is, in any case, mediated by the beauty of the scenery he sees, and especially by the spectacle at the land's end, which is also his journey's end, of the fury of the whales whose blowing and rolling seems to strike against the skies, causing the miracle of mid-May snowfall. The whale probably represents the marine version of the dragon, the chthonic reptile, in the Korean iconology, now turning into a uranic power in the midair. And in the next tum of this travel poem, the momentary vision of the dragon yields to a suggestion of a composed erotic rendezvous with the moon and the translunar immortals.

> Journeys have their end, pleasures of nature endless.
> My heart is full; the traveler's regrets overflow.
> Shall I unmoor the raft of the immortals
> And sail to Altair in the Constellation of Aquila?
> I cannot look into the roots of Heaven, must be content
> With a climb to the Pavilion of Sea Prospect and ask,
> "Beyond the sea is Heaven; what is beyond Heaven?"
> I see now the whales in their frenzy. They blow,
> Roll and play in confused tumult. As if silver mountains

Tumbled down, falling over the six parts of the universe,

What is this white snow in the long skies of May?

Soon the night comes and the waves are lulled;

As I wait for the bright moon to rise inches from me,

Coming up over the Divine Tree in the East Sea;

Do I see or not, a long shaft of auspicious light?

I raise the pearl screens and sweep the jade stairs,

And sit up for the morning star when I find

A sprig of white lotus, Ah, sent by whom? I wonder.

The suggestion of the sprig of white lotus is that a lover who sent it as a present is nearby. But the erotic suggestion must be said to refer more to the kind of ecstasy experienced in nature than an actual encounter with the lover. After this intimation of a lover's close presence, the poem moves on to the scene where the poet drinks with the moon and falls asleep to dream a last scene of consummation in which he drinks again with the immortals from the other world and comes to know his putative own identity as a fallen immortal himself.

Lying down with the pine roots as my pillow,

I fell into doze, and in my dream I saw an immortal,

Who said to me, "Don't I know you? You are

An immortal from the upper world, now exiled,

Having misread a letter in the Book of Yellow Court,

Now languishing among men pining for our upper world.

Stay and drink this." Holding the Dipper, he poured
The Eastern Sea into my cup. After three or four cups,
I felt a breeze under my armpits lifting me up,
As if I could fly into the vast void of nine thousand li.
"We would bring this drink to the four seas
And make all humanity drunk, and we'd meet then
To drink together again," thus ending his words,
He flew up to the void on the back of a crane,
The music of the jade flute sounding in the midair;
Did I hear it yesterday or the day before yesterday?

The poem ends with the poet's return from his cosmic vision to the earthly landscape:

Awakened from the dream, I look to the sea;
I cannot fathom its depth nor its end; the moon alone is
Bright on a thousand mountains and ten thousand valleys.[4]

The fact that Chong Chol's cosmic vision ends in a sort of palinode confirms the immanent anchoring of his vision in this world; He clearly recognizes that there is something artificial and contrived in his vision of cosmic ecstasy, as is evident in his hedging maneuvers at the point

4 Chong Chol, "Kwandongbyolgok" in *Hanguk kojon munnak chunjip III*(Seoul: Minjokmunhwa yonguso, Korea University, 1993), pp. 222~227.

of entrance into the vision, and now his return to the earth is firmly established. In general, we may say that, in the old Korean thinking, landscape is the entelechy of place, one attained here and now.

The Geomantic Science of the Sensible

The general sense of land was not meaningful not simply as what is experienced psychologically or aesthetically, but evolved into the practical arrangement of life on earth. For psychologically and aesthetically satisfying places are also good places to live — as they become associated with the magical potency of these qualities. This meant, for pre-modem Koreans not free from magical thinking, that the one could live in a place where not only practical needs of life could be easily met but also promises of also good fortune are to be found in certain places with pleasing qualities; land retained to that extent an emotive quality beyond its practical use. The science that provided guidance, meeting both these practical and magical requirements was geomancy, a peculiar body of knowledge for siting auspicious places — for state planning and family estate if they were to make the optimal use of the fortunes of life on earth. Geomancy is based on the actual knowledge of land, systematized analogically, but much of it intuitive. Its wisdom at the same time coincides with what is psychologically and aesthetically appealing. Its influence on landscape paining cannot be overestimated.

In traditional times, the site and the surroundings of a house one likes to build for personal use could not be easily planned and reconstructed through engineering technology but they had to be found, like an *objet trouvé* is found, resorting to the sensuous perception of land above abstract conceptions. This is also the case in civic plans. In pre-modern Korea, there must have been contrasting pulls from the two different modes of conceiving ideal places, one magical and the other geometrical, but not in such a sharp distinction from each other partly because of the inevitable, small scale of social engineering in an autarkic agrarian economy that Korea was, and partly because of the governing epistemic regime that put more emphasis on the concrete given of sensory reality and was likely, when it came to a more systematic generalization, to favor an analogical, as it were, against a digital, way of thinking, resulting in a kind of the science of the concrete.[5] An archaic science that met these emotional and practical needs was in pre-modern Korea *pungsu(fengshui)*, usually translated as geomancy, which exerted pervasive influence in the terrene planning of sites for cities, palaces, houses and graves. Whatever its status as a body of knowledge may be, it attempted to combine the aesthetic or sensuous and the rational in terrene thinking by elaborating the direct experience of land, accumulated in anonymous tradition of observations, into a conceptual system, unscientific as it may look to the modern man. Geomantic considerations were fundamental when a group of Confucian idealists,

---

5 Claude Lévi-Strauss, *The Savage Mind*(Chicago: University of Chicago Press, 1966), p. 22.

in 1392, in league with a military general set out to establish an ideal Confucian state, replacing the Buddhist dynasty of Koryo, and planned a new capital, its site, palaces and streets, which became the matrix of the present city of Seoul where the original ground plan, geomantically guided, can still be read off. They were an important factor in siting places of personal or familial habitation as well, though in the popular practice it was more important in siting graves in places of magical power. Geomancy also served as an important guide in search for good places to live, which sometimes formed an important component strain in Korean political thinking. We can also find traces of geomantic thinking in poetry and art, though the flow of influence might have been the other way around, or the experience of land itself might have been the originary marix from which all else flowed.

Geomancy indeed forms a pivotal knot for the exploration of the archetypes of terrene imagination at work in the Korean mind in its imaginative and practical projects. A diffuse and complicated body of lores, it is of course not easy to summarize and especially to make it meaningful in modern terms. But the archetypal design of a geomantically auspicious place can be rather easily deduced: It is normatively an expanse of a valley placed within a system of concentric mountain ridges; in the case of a grave, or even in siting a village, with what is called *hyol*, an imaginary hole at the center of the whole arrangement, which holds earth energies concentrated together.[6]

---

6 The simplified version here is deduced from the detailed description of the geomantic features

This is the basic shape and lay of land we can see in the manuals of geomancy, but the influence of the geomantic thinking is so pervasive, as observed above, that there is no topographical description without its trace in it. A passage from a landscape poem by Pak lnro(1561 ~1642), extolling the beauty and comfort of the poet's place of retreat may be quoted to illustrate the influence, and to give some flavor of, the symbolic language of geomancy.

> I climb a high hill and look about in four directions'
>
> The land is laid with the Black and the Red Birds,
>
> The Dragon on the left and the Tiger on the right,
>
> Where the mountains cease, there sits a hut, like a snail,
>
> Among the tangled green vines, held up with sticks,
>
> Sheltered from the winds and looking to the sun
>
> The mountains are to the back and the waters in front,
>
> Five willow trees standing by the river…….[7]

The description of the land in the above is done in terms of the symbolic language of emblematic animals designating mountains: Birds, the Dragon, and the Tiger. Other features of the land also show typical geomantic practical connections: the advantage of the sunny

---

of auspicious sites in Choe Changcho, *Hangukui pungsu sasang*[*Korean Geomantic Thought*] (Seoul: Minumsa, 1984), pp. 21 ~40.

7 Pak Inro, "Nogaega[The Song of the Reedy Stream]" in *Hanguk kojon munnak chonjip III*(Seoul: Minjokmunhwa yongguso, Korea University, 1993), p. 476.

location sheltered from the winds, the mountains in the back and the river in front. The same geomantic configuration also forms a central design of reference in such a book as *Taekrichi*, The Book of Livable Places, an eighteenth century geography book, which surveys the Korean peninsula for the purpose of reviewing its localities for their qualifications as livable places(kageuchi) far from the madding politics of the dynasty.

The prescribed configuration of land in geomancy no doubt combines various influences and considerations. There are metaphysical underpinnings to geomancy as it speaks of the harmony of the five elements and the flow of *ch'i* that could make a certain location a place of magical power. When the four factors of "the mountain, water, points of the compass and the human element" are mentioned as the important markers for topographical notation, these are also talked about as if they concerned defense, protection from winds, water supply, the advantage of the sun in cold weather.[8] Also, there may be in its lore residues of myths and legends, such as the myth of immortals inhabiting places of natural beauty, the legend of the immortal, who was found to be living in a jar constituting a world by itself by a Fei Chang-fang, and is sometimes referred to as hosun, the immortal of the jar, as the story is told in Houhanshu[9] or Tao Yuan-ming's story of the Peach Blossom

---

8 Ibid., pp. 32~40.

9 The importance of this story in the Korean tradition of the myth of the immortals, along with the Peach Blossom Spring, is pointed out in Yi Yonchae, *Koryosiwa sninsonsasangui ihae*[*The Poetry of the Koryo Dynasty and the Understanding of the Myth of the Immortals*](Seoul: Asea munhwasa, 1989), p. 53.

Spring. These possible influences come together to suggest the kind of delineation of the topographical configuration we have summed up in the above.

But the real source of the attraction exerted by the land thus configured may be psychological. A psychoanalytical approach will not find it hard to see it as carrying sexual suggestions,[10] or as having traces of the infantile memory of mother, as in Erich Neumann's interpretation of the monumental female figures of Henry Moore, which he sees as combining maternal images with the features of landscape.[11] Yet the

---

Professor Yi quotes landscape poems with reference to the immortal of the jar. One by Kim Kukki begins:

The trees and the rocks mingle;
Winds and the smoke run together.
I seek the sun and the moon in a jar,
And search for immortals in the world.
The water comes down from the peach village.(Ibid., p. 59)

The same motifs of the jar and the peach are also featured in Taekrichi where the author quotes a poem by Choe Jon, depicting Kyongpodae, a well-known scenic place on the East Coast on the peninsula, which reads:

Once in the jar in the Bongraesan,
Three thousand years have passed without my knowing.
Now I see the silver sea, vast, clear and shallow;
Having come flying today on the bird of heaven,
To see no one standing under the blue peach tree.

Yi Chunghwan, *Taekrichi*, a modern translation by Yi Iksong(Seoul: Ulyumunhwasa, 1993), p. 179. The original book is conjectured to have been completed in 1751.

10 The sexually suggestive relation between land and humans is observed by the geomancers themselves. See Choe Changcho, p. 37.

11 See Erich Neumann, *The Archetypal World of Henry Moore*(New York: Pantheon Books, 1959),

psychology of a geomantic landscape may be more broadly interpreted than in narrow psychoanalytical terms of sexuality or maternal memory.

Ernest G. Schachtel, in *Metamorphosis*, which attempts to sketch a general theory of human development, notes in the growing process of a person two fundamental tendencies, in constant tension with each other, one of which he calls "the embeddedness principle," representing the desire to remain in the protected environment of the early infanthood, and the other "the transcendence principle of openness towards the world and of self-realization which takes place in the encounter with the world."[12]

The emphasis on the enclosed nature of the auspicious place in the geomantic or geographic description certainly seems to speak of an embeddedness principle, a general tendency of a human being to withdraw to a protected condition of existence, prefigured in the maternal womb. Curiously enough, however, besides what could stand for the regressive tendency of withdrawal into the womb, there is invariably in the geomantically auspicious configuration of terrene features a prescription for expanding ranges of mountains, often not directly but symbolically present, or inaccessibly remote and fading away into the horizon of a particular place of choice. In the auspicious

---

pp. 16~18. Neumann, a long with his own interpretation, cites from A. D. B. Sylvester's Catalogue for a Moore Exhibition in 1951: "It [The Reclining Figure from 1929] draws an analogy between a reclining woman and a range of mountains which announces the treatment of the female body as a landscape that characterizes most of Moore's later reclining figures."

12 Ernest G. Schachtel, *Metamorpnosis: On the Development of Affect, Perception, Attention, and Memory*(New York: Basic Books, 1959), p. 157.

place, there ought to be a *chusan*, the main mountain, which is seen to be relayed by way of a *chosan*, the ancestor mountain, to the entire system of the mountain ranges of the peninsula radiating from the Paektu Mountain, the sacred mountain, which is also hypothetically related to the mountain systems of China.[13] A similar suggestion of further ranges, now in the downward direction, as it were, is also contained in the concept of the *chosan*, the courtier mountain, lying to the horizon, as if paying respect to the *chusan* and its system, which is often reflected in the compositional design of painted mountains. The system of *chosan*, *chusan* and *chosan* may have been influenced by the hierarchical order of the monarchical society, but, if it were, it must be just one of the causes overdetermining it.

At this point, however, it is important to observe that the geomantic prescription requires, in an auspicious place, more than enclosedness. *Taekrichi*, more concerned with the question of good places to live where a family could be founded with dynastic continuity and could be supported in its material needs than with places of simply auspicious omen or magical power, still puts a great emphasis on the importance of natural beauty that must be found in the vicinity of a materially favorable place of habitation, as a source of spiritual consolation or aesthetic

---

13 Korea had a strong cartographical tradition as is often observed by Joseph Needham, for example, in his *Science and Civilization in China*, Volume III(Cambridge University Press, 1959), where he treats the earth science in China. It is to be noted that in the old Korean maps there is a great attention paid to clearly marking out the systematic concatenations of mountain ranges, which makes one speculate on the relation between this cartographic feature and the geomantic need to see a place in relation to the totality of mountain ranges as the source of strong earth energy.

satisfaction. "Mountains and waters[that is, landscape] please the spirit and brighten the heart," Yi Chunghwan writes. "Without their benefit in the place of one's habitation, one lapses into rusticity." But he does not forget to add, "where there is a beautiful landscape, there is often little advantage for a good livelihood; it is not for man to live in the sands like turtles or to eat dirt like earthworms……[14] By thus ambiguously adding on the spirit-pleasing landscape, Yi Chunghwan is creating a place of eccentricity to the concentric enclosure of a livable place Psychoanalytically and from the viewpoint of material and psychological advantages, this feature would be difficult to explain unless we think of some such principle as a transcendence principle.

From this it would be possible to say that the requirement of suggested expanded ranges of mountains beyond the place of habitation may meet at least in part the extraversion of human energy to "openness to the world and self-realization which takes place in the encounter with the world." But what is required seems to be more than a worldly openness. The geomantic emphasis on the enclosedness is not to be abandoned as one moves out to the open world, and the world beyond it. If further ranges are there, they must be only suggested, not actually accessed; not like an opportunity waiting to be taken, but standing and looking, to serve as a suggestion of a realm lying beyond reach: if it is to be accessed, it is only as a spiritual adventure. Joseph Campbell has written of the primal myth of spiritual transformation which goes through the

---

14 Taekrichi, p. 196.

cycle of "a separation from the world, a penetration to some source of power, and life-enhancing return."[15] We find a similar schema here, topologically trasposed. The meaning of *Taekrichi*'s eccentric addition to the concentric place of happiness lies in the author's wish to suggest this separation from the world and penetration into a deeper source of power. The transcendence from the concentric rings is not horizontal but vertical, not this-worldly but otherworldly.

Its instruction is, however, not to leave the world, but to make it more complete. In *Taekrichi*, the separated place of natural beauty adjacent to human habitation is definitely part of the design of the whole. As in the primal myth of the archetypal journey of the hero through heaven and earth joining the microcosm with the macrocosm, there is a return in *Taekrichi* in that its vision is of earthly adequacy, which precisely demands a transcendence to make it complete; in reality, perhaps it may mean simply occasional visitations of a vision of fulfillment enjoyed in a landscape of natural beauty. A similar suggestion of transcendence is found in paintings and poetry, we may note, though this time it is summed up in the Chinese source. *The Mustard Seed Garden Manual* prescribes that a good *Sanshuii* painting must contain suggestions of places that look inaccessible: among "the twelve things to avoid" in landscape painting is, says *The Manual*, the depiction of "scenes lacking any places made inaccessible by nature."[16] Yet this inaccessibility may

---

15 Joseph Campbell, *The Hero with a Thousand Faces*(New York: Meridian Books, 1956), p. 35.

16 Mai-Mai Sze, *The Way of Chinese Painting: Its Ideas and Technique, with Selections from the Seventeenth Century Mustard Seed Garden Manual of Painting*(New York: Vintage Books, 1959), p. 133.

not be merely a property of what lies beyond this world, in the realm of the unknown. It is, once again, in this world and out of it, as a guarantor of the possibility of a totality. This ambiguously this worldly and transcendental, overall territorial sense carried by the pre-modern human, reinforced by culture, was naturally spilled over to something like mysticism in Taoist paintings or in such work as *Kwandongbyolgok*, merging yet, as noted in the above, the more elevated sense of land in the real landscape. Or conversely, here the elevating landscape was made part of the everyday sense of land.

The Epistemic Regime of Land and Utopia

Land is, all in all, in the East Asian mind indeed the ground of much of human endeavors, material or mental so that it could be taken as to form a generative matrix for thought, making it difficult to distinguish between what is realistically applicable and what is epistemologically legislative. Geomantic thought naturally connects with the idea of liveable places, which expanded, as we have noted, into a utopian idea concerning communal planning. What is most intriguing is its expansion into the concealed substratum of the possibility of thought. Geomancy, a body of concrete topographical knowledge, becomes, through the development of analogical thinking, an epistemic matrix of a abstract thought.

Michel Foucault, in the preface to *The Order of Things*, speaking about the occasion from which the book arose, confesses that the laughter caused by a strange system of classification Borges claims he has found in a "certain Chinese encyclopaedia" set him on the investigation into the order of things, the epistemic regime, that an age —mainly the age he calls the Classical Age in European history —devises to give coherence to its world. Borges' Chinese encyclopaedia divided animals into categories with no discernable principles of coherence, as animals were classified, to cite a few samples, into those belonging to the Emperor embalmed, sucking pigs, those that have broken the water pitcher, the ones included in the present classification etcetra. Why does this Borges' classification system appear ludicrous or incomprehensible? Foucault' s explanation is: it appears so because "he does away with the site, the mute ground upon which it is possible for entities to be juxtaposed."[17] Classification or orderly thought cannot proceed without a space. a table, tabula, which the mind needs to place things on in order to arrange them in a meaningfully coherent system, and the absence or instability of this space causes problems to our thought process. The site Foucault has in mind is mainly a empty grid-work for deployment by thought of its objects or, we might say, following the Kantian insight, space as the formal principle of intuition and thought without which the objects of intuition or thought cannot be deployed.

Is this space real or simply metaphorical? There is always vacillation

---

17 Michel Foucault, *The Order of Things: An Archaeology of the Human Sciences* (London: Tavistock Publications, 1974), xvii.

in our thought process between the two possibilities, as it is difficult to determine clearly how much it depends on pure abstraction or metaphorical extrapolation; the vacillation can lean more heavily to one side than to the other. The abstract postulate of thought, space or spatiality, may have originated in the actual experience of land or earth before it could become a necessary condition for sensibility and thought. Or the reality of land may be just an illustration of space that has a more primordial origin in the realm of abstractions. Though Foucault does not develop his idea fully, there is in his discussion of the Borgesian humor suggestion of the possibility that an actual sense of land or earth might be involved in our conception of the order of things which in any case requires blank spaces mentally postulated where things can be put in propinquity as if in real spaces. But he is never clear. His rumination on the meaning of spatiality hovers between its meaning as the matrix of thought and its imaginary extension to a condition of life that could be manipulated for its optimal fulfillment. When he speaks of utopia, one is not quire sure whether it is an epistemic significance or an imagined place of practical fulfillment that he is speaking about. "*Utopias* afford," against the discomfort of disorder, "consolation [he writes]: although they have no real locality there is nevertheless a fantastic, untroubled region in which they are able to unfold; they open up cities with vast avenues, superbly planted gardens, countries where life is easy, even though the road to them is chimerical." Here utopias are at least what could be imagined as a project feasible in reality, but his *hetrotopia*, the anti-thesis of utopia, is conceived more metaphorically than literally.

"*Hetropoias* are disturbing, probably because they secretly undermines language, because they make it impossible to name this and that, because they shatter or tangle common names, because they destroy 'syntax' in advance, and not only the syntax with which we construct sentences but also that less apparent syntax which causes words and things (next to and also opposite one another) to hold together."[18]

We may say that in East Asia the sense of land works unhesitantly as the basic template or at least as the pivotal point of reference in thought and action. This sense is more literal than metaphorical while Foucault tends to be more metaphorical than literal. The difference comes perhaps from the general pragmatic turn of Asian thought so that the sense of land is significant not simply as an element in cognitive act but in its pragmatic utility —in its promises of assistance in the practical management of life, individual and collective. Spatiality is, in other words, the regulative principle in leading a good life, or, more simply, provider of wisdom for practical management of life. Land as the spatialized matrix of thought, so to speak, fuses with desire for a good life and becomes the source of guidance for practical action —for utopian fulfillment of life or at least for optimal liveability. lf the sense of land works as the basic template of thought, it does so more as the ground of thought for utopian fulfillment of life than for algorithmic maximization. In this respect, the Foucauldian term, utopia, I referred to in the above has more reality in Asian thinking and space, as a utopian idea that weaves itself in East Asian thinking, known or unknown, into all sorts of speculative operations on human activities. So the sense of land leads to ideas of utopia.

Utopia is more a cognitive matrix than an imagined real place, but what is in question here is not simply cognitive: utopia is an idea that arises in the mixture of knowledge and desire, resulting in projects worked out with cognitive certainty for practical implementation in reality, and then in these projects there is no distinction between knowledge and desire. The utopian projection of desire can be considered indeed an elemental ground for much of human thinking especially when it is directed to the pragmatics of life, We have, in Foucault's speculation on the mind's order-making activity, taken a look at the ambiguous roots of thought and practice in space, with utopia as a limiting concept for both. But utopia is, needless to say, a political idea, usually a totalitarian project — a strange conceptual combination of politics and land. More generally, however we may say that political ideas concerned with communal integration, however, involves some utopian suggestions. Benedict Anderson's thesis is well known by now that the nation state comes into being with the construction of an imaginary equivalent to it, if not a utopian projection for it. Political ideals are consciously conceived and advocated as goals of collective action, and then they can be worked into an ideology that try to bring the totality of collective, or even individual life, under its design. But even in the absence of conscious projects, a social body must be mentally present, if only in some diffusely imagined form, to become a reality in the practical

---

18 Ibid., xiii.

and mental life of its members, furnishing regulative ideas for conduct of life in collectivity — more ubiquitously regulative for not having been articulated in clear conceptual terms. These normative conceptions of collective existence, often elaborated into utopian myths and fables seem to exert especially a potent force in societies before the coming of *Rechtsstaat* or constitutional state, more or less rationally conceived and regulated. They serve as fertile grounds for germination of regulative political norms as they work, or could be manipulated to work, more insidiously, in the unconscious processes of collective life. The sense of land was an important element in these utopian myths and fables in Korea in traditional times.

Korea was an ideological state from the late fourteenth century on until the early twentieth century, consciously constructed to realize a program of Confucian ideals through political means. It was difficult for Koreans during this period to conceive of their society apart from this program. What is remarkable is that this political program had a very close relationship with various conceptions of land. There were constant reference, invocation and reminder of a good land in the Confucian ideals of state, but the practice of Confucian political philosophy also depended a great deal on many imagined mythical projections of ideal states and places. The reign of Yao and Shun, the most important utopian yardstick by which the temper of an actual state of the affairs of a king's reign could be measured was invoked as an ideal condition of harmony with the requirements of an agrarian economy with multiple roots in land. When the capital city of Seoul was built, it was geomantic knowledge that was mobilized to work out the ground plan of the city so that it could be aligned with the coordinates of Heaven and Earth to assure auspicious reign by the Confucian kings. There were other visions and utopian motifs, but they too were related to the sense of land as experienced by its dwellers, that went into the imagining of community in the Korean society. Confucianism was its official ideology but Buddhism was never completely excluded, in spite of frequently expressed ideological antagonism to it; it had its myths of the pure land of the West and other paradisal places. Taoism, less vigorously combatted against by Confucian orthodoxy, had the myths of immortals leading happy untroubled life in remote ideal, mostly mountainous places. They all influenced aesthetic expressions in painting and poetry, but what is peculiar to the imaginary life of society in the production of regulative ideals, especially as they applied to concrete projects of life were, as we noted, myths of good places to live, interpreted in the mythic language of geomancy for use in various divinatory and practical purposes.

All these come together to form the folklore of land in the Confucian construction of an ideal state. At the same time, it may worth noting that there could also be conflict and tension among the various elements of the chthonic font of the Korean society. It is this conflict that gives stronger appeal in imagination to the mythologies of land. The idea of good places to live in concrete physical terms could be set up against a particular conception of political utopia which involved more or less abstraction and totalistic planning, though both are concerned with utopian dreams of ideal places. The former concerns ideas of a good society, rationally thought out and systematized to meet various organizational needs of social and political life, while the latter has more to do with the intuitive sense people have of the forms of nature, and the desire to flee from the restrictions of an organized political utopia or a political community with utopian pretensions. Also, in issues involving practical ecological decisions, there could be conflict between the two ways of conceiving ideal places, one based on large scale rational thinking, and the other on immediate sensuous experience. The contrast and ensuing conflict, nevertheless, are not too great. This was due in part to the conditions of life in the pre-modern era. In a small agrarian state such as Korea, civil engineering on a totalitarian scale was an alien idea. Even politics was not an affair of development but that of equilibration of what is already there. When land was involved in civic planning or communal or household management, the question was mostly that of finding and locating an auspicious place rather than technological construction of a place. For in the circumstances of a more favorable ratio between man and nature prevailing in the pre-modern era, it might have been easier to move to a place where various demands of economic and social life found a happier equilibrium. And this move could also be imagined, starting from reality to its ideal versions, narrowing their gap. It is, however, not completely unwarranted to think that the aesthetic idea of landscape also played a role in the reconciliation of the two possibilities of utopian thinking, as it acted as a regulative idea in the utopian fulfillment of human life on earth and embodied a fundamental sense of life in harmony with the natural earthly environment, blending in it eudaimonic fantasies and geographical reality, and offering normative standards for thinking about places of habitation and utopian restructuring of the earthly environment, and the criterion for testing out the resulting product, as we can see in the most enduring myth of communal and personal eudaimonic fulfillment in East Asia, the Peach Blossom Spring, Tao Yuan-ming's creation become an archetypal popular myth of an agrarian community where dogs are heard barking among the children and the aged are depicted as being engaged in the neighborly intercourse of daily life.

As we have seen, poetry was an important channel of expression for the sense of land that would contribute to humans' dwelling on earth, but poetry too relied frequently on the folklore of geomancy for its iconographical resonances. Since geomancy partook emotive allure of magic, spatiality, as the limiting concept of the totality of all there is and cannot help taking on some transcendental quality, and working as an incitement for experience of the numinous; though more thaumaturgically effective for here and now than for what lies beyond it. In poetry and other expressions of land there are, inevitably, suggestions of spiritual ecstasy, adding the *frisson métaphysique* as is often expected in art. This spiritual element is found in landscape paintings. But it had to be restrained by the concrete sense of life on earth, but this restraint must account for the connection of the sense of land with ideas of political utopias. Thus, the mysticism, aesthetic and popular, if it was such, had to be qualified and to be brought down to an earthier level. What we see in the landscape poems is a sense of the totality of a given terrain, and it too veers in the final analysis to a quantitative expansiveness, in line with the proto-scientific impulse towards theoretical comprehensiveness of geomancy and the ideals of a realizable political utopias. The point of saying all this is to repeat the argument that the landscape sense of land was part of everyday life, and the matrix for various pre-modern ways of sensing, feeling and thinking. To understand landscape is to understand the epistemic framework of the pre-modem Korean mind.

Landscape as a Schema of Fulfillment

Painting could be said, in any tradition, to be explained at least in part as a mimetic attempt to represent the world as it appears to the human vision. This mimetic impulse in human beings, would require complex causal explanations, but there is no doubt that the act or the result of representation often acquires meaning beyond the pleasure of represented factuality, and it is this possibility that justifies acts of representation. This meaning attaching to representation could be of religious, mythical or historical nature, but in the Asian tradition, it seems to have come, in pictorial representation, simply from the great dimensions of the natural world human beings inhabit — the dimensions that could be thought to extend to infinity, which are then imbued with a sense of the transcendental. Of these great dimensions, it was more often depth than lateral extension that was important, possibly because it could be called an existential dimension, as Merleau-

Ponty said. For "it is the primordial experience from which the world springs."[1] Needless to say, one of the central problems of painting is that of how to create a sense of three dimensional space on two dimensional pictorial space; in the words of the authors of *The Mustard Seed Garden Manual*, "on the flatness of the picture plane, to achieve depth and space.[2] This problem arises naturally as it is an inescapable feature of our visual experience, but it fascinates us not simply because it is a fact of perception but because it is felt to conceal the mystery of the presence of the world. It was especially a central concern of pictorial techniques as it was a means of reaching out to the totality of things. Painting would lose a great deal of its *raison d'être* without it.

There are various ways of creating the illusion of spatiality, manipulating the sizes and nature of objects being depicted, the amount of ink applied, variation in brush strokes and washes, etc., but of all these the most important is manipulating points of view to create the illusion of depth. In Chinese landscape painting, there are three ways of doing it: *kao yuan*(high distance), shen yuan(deep distance) and p'ing yuan(level distance). "When these effects of distance are absent, making paintings appear flat, it will be a real disaster," *The Mustard Garden Manual* authors declare, "resulting in the loss of all respectability: when these faults [of flatness] are made in a landscape painting, they are like vulgar and shallow characters, or like runners and menials (who are crude

1 Maurice Merleau-Ponty, *Phenomenology of Perception*(New York: Humanities Press, 1962), p. 256.

2 Mai-Mai Sze, op. cit., p. 132.

and insensitive). When the hermits in these pictures see such things, it is enough to make them abandon their families, flee their huts, and holding their noses, run away as fast as they can."[3] The significance of the inaccessible places in landscape or views of mountains receding into the far sky or into the misty void may also be regarded as a technique of creating illusion of spatiality. They are ultimate markers signifying that space goes on without end, or, in other words, we may say that spatiality, so to speak, comes into its essence only when it becomes infinite; the presence of inaccessible places is the guarantor of spatiality in landscape painting, with their suggestions of infinite distance and eventually the transcendental realm beyond mortal reach.

This problem of pictorial space in Asian landscapes can be compared with a similar problem in the Western tradition. Though there are, in Western painting too, things that could be done, to suggest space, with objects, colors, and compositional techniques, space became stabilized as an elemental background for all depicted objects and events at one stroke with the perspective construction invented in the Renaissance. In a perspectival painting, space subsists as a serene and supreme presence, almost never disturbed by whatever the painter does with his object of depiction, as it is neatly ordered in mathematical exactitude, while the vanishing point plays a significant role, though it may not be always directly visible, as the guarantor, like the inaccessible places in Asian landscape, of the infinite continuum of space. The Western perspective

---

3 Ibid., p. 209.

Caspar David Friedrich, *Chalk Cliffs on Rügen*(1818, oil on canvas, Hamburger Kunsthalle)

is an innovation in pictorial technique, but, as Erwin Panofsky argued in his seminal study of Western persepctive, *Perspective as Symbolic Form*, it is a development that proceeded along with the discovery of space in mathematics and science as a continuum extending to all directions without limit, infinite, uniform, homogeneous, and mathematically measurable.

Especially significant for our purpose is the revelation of space as infinite, now becoming a totality without any outside to it. As it came to enclose everything, one effect was that space did away with any need for transcendence, and as Panofsky says, "vision of the universe, so to speak, detheologized." Before that, infinity was conceivable, for philosophers like Scholastics, "only in the shape of divine omnipotence, that is in a *huperouranios topos*(place beyond the heavens)." Now this becomes part of nature,[4] although this also means both doing away with the divine and transcendental and bringing it down closer to the world. For the curious result of the whole process was that, while "perspective seals off religious art from the realm of the magical……, from the realm of the dogmatic and symbolic," it makes it a direct experience of the beholder, "in that the supernatural events in a sense erupt into his own, apparently natural, visual space and so permit him really to 'internalize' their supernaturaliness."[5] But another important aspect to this whole development is the fact that if the transcendental realm was brought

---

4 Erwin Panofsky, *Perspective as Symbolic Form*(New York: Zone Books, 1991), pp. 65~66. The original German publication was in 1924~1925.

5 Ibid., p. 72.

down to the earth, it was done by a subject looking through a window and organizing his visual field according to mathematical principles; that is, the principles, however objective, that come from the subject. This means in the final analysis that the subject can create space from where he is placed, wherever he goes, and therefore, he does not have to worry about space as long as he has the rules of perspectival construction in him.

In Asian landscapes and in the Asian mind, space could not be made invisible; it had to be suggested as locales of extensivity here and now that could be viewed and felt, eventually coinciding in a general undefined way with the whole of the pictorial space, as it does in Western perspectival painting, though not so neatly and completely. It could not establish itself, however, as an abstract container of things, stable, taken for granted and always available, regardless of things contained in it. It was more a function of concrete things being attended to and depicted. It was more like what Panofsky calls the aggregate space of the Greeks to whom "space was…… perceived not as something that could embrace and dissolve the opposition between bodies and nonbodies, but only as that which remains, so to speak, between the bodies."[6] However, the bodies that had special significance for Asian landscape painters were objects in nature, especially, the sublime features of the earth as represented by mountains and waters, as they indicated what obviously extended beyond humans, potentially into the infinite

---

6 Ibid., p. 41.

and the transcendental, but also as they inspired in them an aesthetic emotion close to a religious ecstasy in the presence of the numinous. Yet the important Point to remember in this connection is that these sublime features of earth were very much part of their everyday life; in fact, throughout the geomantic literature, we find the emphasis that the good mountains, while they should inspire some separateness from worldly life, should present more mild, benevolent-looking rounded features than austere, forbidding, awe-inspiring features: they were to be part of the world where humans feel at home. If they represented a kind of transcendental realm, they were transcendental both in the sense that they suggest a realm beyond the human world, such as the world of immortals, and in the epistemological or Kantian sense that they represent a constitutive principle, prior to experience, but operative in it, making it possible.

Once again, how does the painter represent these various qualities of space on the pictorial space? There are, as observed in the above, brush strokes, division of the visible field into several layers, or evocation of the sublime features of the earth that could be resorted to, but there were other resources that could be drawn upon; subtle variation in the placing of spectatorial gaze which could psychologically draw the viewer into the suggested reality of a landscape; mythological associations in the features of terrain; geomantic insights into auspicious geomorphology. One good example of landscape painting that illustrates in a summary way or almost in a schematic fashion all these resources of painting for projecting space as depth and totality would be Chong Son's

Kumgangchondo, a seventeenth century Korean landscape painting.

Chong Son(1676~1759) would be perhaps the most famous of all traditional Korean painters, and his *Kumgangchondo*[*The Complete Picture of the Diamond Mountains*] is the most famous of all his paintings. Chong Son's fame derives from the fact that he was the most prominent of the school of painters who developed the style of painting called "*jinkyung sansu*"[real landscape of mountains and waters], which attempted to depict, instead of imagined landscapes of Chinese and mythical provenance, real places in Korea — in his case, not only the famous mountain sceneries throughout the peninsula but also the sceneries found within the circuit of his quotidian life in and near the capital city of Seoul. If he is celebrated for his depiction of real places in Korea, did he in fact succeed in giving realistic representation to these places? If he did, how did he do it? These simple questions do not seem to be asked often among his modern admirers, taking for granted that his nationalistic devotion to his native country, which they share, must have served him well in achieving his aim of realistic representation of the land. However, if realism was his aim, it remains to be deciphered or interpreted for us. Interpretative mental operation is necessary to see how his paintings, and for that matter, other paintings usually in the category of realistic landscape paintings, could be seen as representing "real landscapes of mountains and waters."

The Complete Picture of the Diamond Mountains would especially need an interpretative effort before we could be persuaded of its realism. The

Chong Son, *Kumgangchondo*(The Complete picture of the Diamond Mountain)(1734, ink and light colors on paper, Ho-Am Art Museum)

title itself should start the viewer of the painting on some mental effort in pictorial hermeneutics. The Diamond Mountains occupy a large land area on the east coast of the Korean peninsula, and it is reputed to contain all together twelve thousand peaks. The title itself suggests that it is going to present the entirety of these in one integrated visual scene, not snapshots of scenic spots in the Diamond Mountains. However, if we take the title literally, what Chong Son intended to do in *The Diamond Mountains* was beyond any representational feasibility. To say this is, however, to accept certain assumptions about painting, that a painting basically is representional art that attempts a projection of an experience simply at the visual plane; and this visual plane is what could best be constructed from a single fixed viewpoint. The assumptions involved really refer, we must say, to the principles of Western perspective painting. But the implied intention in Chong Son's painting is clearly not a single-eye rendition but a more complex composition of the experience of the landscape. The methods of organizing pictorial space must have been different in East Asian landscape and that difference would apply to Chong Son's painting. Needless to say, the monocular representation of a visual field is an artificial construction. In an ordinary experience of the mountains, the viewer would be a traveller who would be moving through an expanse of the terrain, and even when she stops to acquire a panoramic view of the landscape she is travelling through and to construct a stationary impression from a single resting place, the experience of the entire terrain would make itself felt overlapping with it; the experience, even the visual one, would be more like a combination of mobile variations on a distilled essence of the landscape as a whole. It is for sure that there would be much more fluidity than permitted in a monocular construction. How does the experience of the whole make itself present in a single instance of visuality? I have spoken of the auratic experience of Benjamin, and suggested that it was more readily available to the premodern Korean. But how could the auratic whole be made visible on the pictorial space? The pictorial techniques involved wait to be explored, as we will see later. But one of the easiest way of implying the whole in a part is to resort to extra-pictorial supports, such as narratives, which is familiar in the Western traditions as a way of giving an extra meaning to a pictorial representation. This would be also used in East Asian paintings, for instance, myths of various ideal places in Taoism, in poetry and folk beliefs. Geomancy would be another source of suggesting a meaning beyond immediate visual availablility. But as is the case of geomancy, these signifying supports are not simply narratives, as they are closely tied with the formal features of the land being narrativised. Either as narratives or geomorphic myths, the codes and conventions of the culture were important, as the artistic intention had a metaphysical dimension beyond the rendering of the mere auratic or the lived experience of land; it was not only to give an overview of a large tract of land but also suggest the totality of land as the ground of being, all that is: it had to carry ideological and conceptual significance. Along with the claim that it was a credible expression of lived experience, it was as much a schematic elaboration of what might have been originally given as a lived experience.

As observed in the above, Chong Son's *The Comlete Picture of the Diamond Mountains* is not a representation of a visual scene in a sense similar to that in the Western perspectival painting. The most salient point in this difference would be the position of the eye. In contrast to the visual arrangement made from a fixed monocular point of view in perspective, East Asian painting, having no such point, has been characterized as being imbued with multiple points of view or a moving point of view. A good characterization seems to be a kind of an embedded eye suggested in French geographer Augustin Berque' s judicious understanding of *Sanshuiihua*, which, "instead of integrating space according to the unique viewpoint as in 'legitimate construction,' moves the point of view to the middle of the landscape."[7] This move of the point of view, as Berque says, does more justice to the lived reality of landscape. It is perhaps true also in Chong Son's case, but it must be admitted that the method of the embedded eye is schematically enlarged as it is to cover the vast expanse of terrain, much more than could be credibly covered in one unified experience of the land. Chong Son's attempt to be true to the lived experience of place and give a global sense of landscape, as it were, oversteps its limits as it encloses the whole area of the Diamond Mountains, and has to rely on a conceptual scheme. At the same time, it would not be true if this conceptual scheme, did not immediately sensed part of the experience of a landscape. To assess the

---

7 Augustin Berque, "La Transition paysagere comme hypothese de projection pour l'avenir de la nature", *Maitres et protecteur de la nature*(Seysell: Champ Vallon, 1991), p. 220.

realism of the schematic enlargement of the felt experience of terrene globality, we will have to determine how a cartographic foreknowledge really forms a part of the lived land experience. And in fact, a great deal more is involved in it—perception, conceptual scheme, and then other mental preparations, such as, for example, meditative exercises. That is what Berque suggests when Berque emphasizes the holistic approach required in the composition and appreciation of a *Sanshuiihua*, which contrasts, he thinks, with the objectifying approach in Western painting governed by Cartesian dualism.

> Here [that is, in *Sanshuii*] is no dualism, no Cartesian intuitus (gaze) of the subject on the object, and even no gaze upon the landscape; it is within him that the painter carries the landscape; he expresses it, as a long preparatory experience (that is, *ascesis*) and meditation have made it possible for him to be permeated with its breath(*ch'i*), its rhythm(*yun*) and its correspondences(*hsiang*), which out of the multiplicity of entities make up a harmoniously and organically integrated order. The movement of the brush responds to natural rhythms, and the painted work follows the harmonies with which the universe resonates.[8]

The complex process of experience thus described applies to the pictorial representation of landscape in painting, but a similar process must be said to be at work in the original experience of landscape,

---

8 Ibid., p. 220.

which painting reproduces. Either in the lived experience or its pictorial representation, the important point in Berque's description is that a great deal of psychological processes are involved in the landscape experience, either raw or represented. The painting is then, rather than an attempt at objective rendering of visual impression, creation from inside as the landscape is lived in the psychological processes of the painter. It is an attempt to recreate a total experience of nature.

The psychological aspect of the experience of art, and, by extension, of landscape experience is generally important as the intention is a holistic immersion in the experience. This can be seen in the statements made by the artists about the impulses that motivate their artistic intentions: to use paintings as mnemonic devices enabling the artist to re-live his experience of landscape in the mind. As James Cahill reports, the early fifth century Chinese artist Tsung Ping "painted on the walls of his room the landscapes he remembered from the travels of his more robust years, so that he could reexperience the spiritually elevating sensations that roaming among mountains and rivers has inspired in him," and the eleventh century Kuo Hsi also had the same sentiment: "The man of high principle······ cannot easily shake off his responsibilities to society and his family and live as a recluse in the mountains, although he may want to do so," and hence his desire to paint forests and streams and have them hung in his room as paintings.[9] The

---

9 James Cahill, *The Compelling Image: Nature and Style in Seventeenth Century Chinese Painting*(Cambridge, Mass.: Harvard University Press), 1979, p. 63.

verse written on the righthand corner of Chong Son's *The Diamond Mountains* shows that he has a similar motive in painting it:

> Granted leave from duty, I walked through it,
> To adumbrate its likeness and enjoy it
> By the side of my pillow to my heart's content.

The enjoyment derived from the recollection of the mountains and streams was, needless to say, aesthetic satisfaction it afforded, but this satisfaction could not be simply stated in formal agreeableness: it carries various connotations and fantasies of sensuous pleasures, with the memory serving as their incitement, as described in. Chong Son's verse, whose last lines are translated in the above.

> The twelve thousand peaks of the mountains of rocky bones,
> Who could depict the true face of them, with what sympathy?
> Myriad fragrances waft and move to the edge of the Eastern Sea;
> The massed air majestically fill the space of the world;
> Blooms of lotus blossom with its clear iridescent colors;
> Groves of pines and spruces half hide the dark mysterious gates.

The psychological impact of the mountain experience is thus conveyed in the immediacy of senses going beyond visuality, but the details of the description, fragrances, busang, here translated as the Eastern Sea, but actually the mythic tree at the edge of the Eastern

Sea, the *ch'i*, the vital force, here translated as the air, the lotus of clear bright colors—these are all marks of a paradisal place in the Taoist and Buddhist mythologies, and there is no doubt that the artist is trying to evoke associations of the locus amoenius of Taoist and Buddhist origins. As a matter of fact, the diamond of the Diamond Mountains designates a spiritual state of enlightenment, the Diamond World, usually symbolized by the lotus bloom,[10] but another name for the Diamond Mountains is Bongraesan, a place where the immortals of Taoism are supposed to dwell. It is perhaps this name that is important in interpreting Chong Son's painting, for it can easily connect with other imagined representations of the place, for example, in the sculpted peaks in the *Poshan hsianglu* from the Han dynasty and also in another similar object from a Paekche tomb excavated in 1993, thus offering the artist a way of pictorial evocation of the more than ordinary nature of the experience of the mountains. The sensuous details in the verse thus receives an iconographical reinforcement. The experience is then a little more than ordinary bringing it close to the ecstatic enjoyment of landscape as in *Kwandongbyolgok*.

It is natural that the empathetic re-creation intended by the painters by way of landscape painting should be repeated in the similar effort by the viewers. Though there must have been responses of psychological

---

10 Yi Chunghwan, in *Taekrichi*, marvels at the fact that the Diamond Mountains existing in the east is already mentioned in the Buddhist scripture of *Avatamsakasutra*(p. 157), obviously unable to entertain the idea that, even without the fact of the name having been derived from the same source, the description in the scripture was applied only by an imagined resemblance to the existing mountains.

Poshun hsiungiu(Censer, Han dynasty, China)

Kumdongyongbong bongraesan hyangno(Censer, Baekje dynasty, Korea)

nature to *The Diamond Mountains* antiphonal to its originary experience, we may cite evidence of such efforts on the part of viewers, in a collection of poems, though about another landscape painting, that attempted, in place of spectatorial appreciation, to recreate in the medium under their command, that is, poetry, what might have been the original experience projected by the brush strokes on the canvas. An Hwijun and Yi Byonghan have published some time ago a monograph on An Kyon's *Mongyudowondo*[*Dream Wanderings in the Peace Blossom Spring*], a fifteenth century Korean painting. They included in it twenty-three poems of empathetic *Nacherleben* by diverse hands from the fifteenth through the nineteenth century. They are not art criticism, but attempts to retrace and re-create in poetry the original experience the painter tried to project. All the poems try to re-create the scene in the poe tic medium, examining the details of the painting one by one and making them overlap with some fantasies of their own. We may take as an example So Kojong(1420~1488)'s poem. It begins with an obligatory reference to the origin of the legend of the Peach Blossom Spring, the subject of the painting, but he soon turns to the depiction of the scenery in an active mode as if he were trying to enter the scene of the painting.

> The ticking of the water clock is slow;
> In the painted pavilion sleeps a man,
> The stars shining cold in the night sky.
> Thoughts are sweet as in the immortals' hills,
> As strange things of the world crowd his pillows.

Silence reigns in the house located in the deep valley
Among the bamboos, and sweet are the fragrant petals
Mirrored in the stream. I wake from my dream,
But I know the world of immortals are nearby.

Needless to say, the subject of An Kyon's painting is an unreal world, the Peach Blossom Spring, and the title suggests that it can be approached only through dreaming, which naturally invites the viewer, in a similar manner, to dream, or daydream, into this unreal world; therefore empathetic approach can be said to be obligatory in this instance. But even in the case of the landscape of real mountains and waters, we may say a similar empathetic dreamwork is a desired manner of response. For the promise of landscape is always transport into a realm beyond what is factually present. In the passage quoted above, the author's dream in the Peach Blossom Spring comes to an end as he wakes up in this world, but in a typical oscillation between transcendence and immanence: It confirms the proximity of the transcendental realm of the immortals, which is then followed by a celebration of the mundane realm containing the possibility of the fulfillment of the happiness as enjoyed by the immortals of the dream world. The story of the original fisherman who found the Peach Blossom Spring could serve as an example.

Escaping from the world, he by chance became an immortal;
Following a small trail, he came upon another sky,
Hollowing out a cave in the rock, and building a cottage,

An Kyon. *Mongyudowondo(Dream Wanderings in the Peach Blossom Spring)*, 1447, light color on silk, Tenri University Library

How long he lived, feeing himself on flowers and fruits!

Many a spring he passed as in ancient times,

While the dynasties of Han and Chin passed in wars.

A taintless dream was thus passed on to the world at large

What the spirit of the earth has ever kept concealed.

The dream of a happy life told in the myth can always be retrieved by those who are willing — the poem thus draws the lesson.

> To enter the immoral world, one need not go back to the origins;
>
> Try the magic of abridgement and there are mist and spring here.
>
> There is a cottage among the flowers by the rock with its gate half open,
>
> And a boat floats, moored by the river untuffled by no high waves.

The picture given is that of a modest life in a natural setting, which any willing person can create for himself. It is a life of retreat one builds but also it is placed in a larger context which attunes it to the whole of the world, as So Kojong suggests in his verbal reproduction of a part of the scene in the painting.

> Heaven's reluctance yields to the revealed jade brightness of the immortals,
> The silk canvas abridging in it the myriad things of Heaven and Earth.
> Mountains ranging near and far concealing and revealing one another;
> Flowers and trees, tall and short, blossoming at the right moment.
> Sitting still and reading and viewing paintings, among rising incense,
> One remembers the time when one went wandering freely in the air.

Yet towards the end of the poem, there is another turn in the empathetic play of the poem with the painting as the poet turns more resolutely to the reality too far from the Peach Blossom Spring or even from a humble retreat in nature. The end of the poem becomes a recantation as the poet laments: "I would be a hermit, but where is the money/with which I could buy a mountain?"[11]

To return to the general question of pictorial representation, the psychological orientation noticeable in the creation and reception of paintings may be considered too subjective and therefore selfindulgent,

---

11 An Hwijoon and Yi Byonghan, *An Kyonkwa mongyudowondo* [*An Kyon and his Dream Wanderings in the Peach Blossom Spring*] (Seoul: 1993), pp. 271~272.

but it is also possible to say that if Chong Son's *The Diamond Mountains*, and other landscape paintings with transcendental or totalistic intentions are trying to re-create a more primordial reality of man's insertion into the world. William James thought that the primordially given in man's experience of space is "an element of voluminousness", "a feeling of crude extensity."[12] This voluminousness is more like a large amorphous blob of impressions, memories and desires evoked in the mind. The utopian or eudaimonic fantasies of the landscape painters and poets take off from the experience of this voluminousness of spatiality, more real in the mind than in its objective existence, which becomes then the very ground of exultation, of an experience of totalistic union with nature.

This leaning towards totalistic union is latently the subject of many landscape paintings, The problem is how one can suggest the sense of totality in pictorial terms, It could be done by emphasizing the techniques of the voluminousness of spatiality in the flattening of the horizonal features of a landscape or by placing mists and clouds in the middle ground or by various methods of emphasizing the depth of space as instructed in such a manual as *The Mustard Seed Garden Manual* or it could also make use of mythological stories as in *Dream Wanderings in the Peach Blossom Spring*, placing evocative features on the landscape, in which geomantic knowledge could be of great use or it could rely on

---

12 William James, *The Principles of Psychology* II(New York: Dover, 1950), p. 134. The phrases are quoted from Edward S. Casey, "'The Element of Voluminousness': Depth and Place Re-Examined,' in M. C. Dillon(ed.), *Merleau-Ponty Vivant*(Albany: State University of New York Press), p. 1.

a schematic summing up of various myths and archetypes of a paradisal land as in *The Complete Picture of the Diamond Mountains*, in which a basic geomantic layout of land and the archetypal images of the traditional mountain of immortality, Bongraesan plays an important role.

However, we have to observe once again that in spite of attempts to a totalistic experience, patent or latent, in landscape, there are usually suggestions present in many paintings that it is not a special kind of experience, something extraordinary added to our life otherwise dull and undistinguished; it is special and it is not, in that it is only a specially marked development from the mode of experiencing the world normative in the cultures and societies where these landscapes were produced. Chong Son's painting was, as noted in the above, meant to be a reminder of his travel in the Diamond Mountains. The reminder perhaps should not be taken simply as that of a spiritual experience he had in the mountains but as that of the real travel he undertook in the region. The painting contains in fact all the important landmarks of the area, including the famous Buddhist temples. The title of Chong Son's painting *Kumgang chondo*, which I translated as *The Complete Picture of the Diamond Mountains*, can be translated as The Complete Map of the Diamond Mountains, do standing more often for map than for picture. Similarity of the overall configuration of the painting to the most famous map of the capital city of Korea has indeed been noted.[13] The cartographical character

---

13 Entry, "Chong Son" in *Hanguk inmul daesachon* [*Encyclopaedia of Korean Biography*] (Seoul:

of the painting is there even in the style of the schematic elaborations used in the painting, which carries suggestion of a diagram, although, if it is a diagram, it must be considered a diagram for an ideal place, which enjoys a privileged position in our scheme of apprehension of the terrestrial *Umwelt* of human life imaging forth tropes of happiness, while also determining our sense of place in the mundane setting as well. There was a close connection as a matter of fact between paintings and maps. Writing about the Soochow painters of the sixteenth and the seventeenth century, Cahill notices the resemblance of their landscapes to "picture-maps, such as one finds printed by woodblock in the local gazetteers,"[14] though they are far from being the realistic representations of the Soochow mountains that served as the source of inspiration. They might as well have been the maps or might have shared the same origins. Or simply there was no clear demarcation between the realm of practicality and that of aesthetics —at least in originary impulses behind landscape, which then left their traces even in the increasing autonomy of the aesthetic realm.

Isn't practicality implied even in the technical features of the painting, for instance, in the style of drawing prominent in landscape painting, with its way of strongly marking the outline, rather than the texture, of things traced by an instrument of painting which is also for writing, for signifying, not for representation, namely, the brush? If there was,

---

Chongshin munhwa yongkuwon, Chungang ilbo, 1999).

14 James Cahill, op. cit., p. 7.

for all the impression of the otherworldliness, the practical relation with land was in turn informed in great part by the aesthetic sense of land as represented in landscape painting. Practicality and the aesthetic existed interpenetrating each other. They met in the archaic science of geomancy, though it presented itself as a serious performance in practicality alone. The interpenetration also accounts for such an oddity as more than three thousand poems included in the official geographical survey of Korea, *Tongguk yochi sungrami*[A Superior Survey of Land in the Eastern Country], completed in 1484 under the royal order. *Taekrichi*[Note for Site SelectionsJ, a speculative survey of Korea by Yi Chunghwan(1790~1752), purporting to be a practical guide for finding livable places, devotes a great deal of space to aesthetically satisfying landscapes, which both lifts these places up into a spiritual realm, and provides guiding clues for earthly habitation. In a sense, a painting like Chong Son's constitutes a quintessential expression of the traditional, not simply aesthetic, but geographical sense of land.

It will not be entirely out of place to attach a remark here on the relevance of this principle of aesthetic primacy even in practical affairs of human beings. For it would place what we have observed about Asian landscape painting in a broader cultural matrix which regulates all conceptual, expressive and practical activities of human beings in historical communities. Augustin Berque, whom we quoted above, expressed misgivings about the dehumanizing quality of the rational conception of space in the post-Cartesian West, which makes spaces "un espace homgogene, isotrope et infini: l'espace universel de la 'construction legitime,' mathematiquement necessaire,"[15] and has proposed that by the help of the spatial sense embodied in sansnui, which is in his mind more concrete and truer to the psychological and ecological needs of humans, we could make a "transition paysagere" to a new future, developing a better relationship with land, ecologically more harmonious and aesthetically more satisfying. We noted in the above the interpenetration of the practical and the aesthetic in the Asian sense of place. It is, however, the aesthetic that dominates, if we take the aesthetic to mean things related to our senses; in the case of land and landscape, a concrete sense of place, both practical and spiritual. The aesthetic experience of landscape strongly influenced the symbolically laid cities, villages and houses in pre-modern Asia, and helped develop such a pseudo-science of ideal places as geomancy, while in the West the mathematization of the world brought about by Cartesian rationalism shaped the aesthetic experience of Western man, the legitimate construction of Alberti working as symbolic form informing rendition of reality in art but eventually in the planning of cities and houses.

Of course, I cannot be too sanguine about the promise of *Sanshuii* for a saner relationship with nature especially if it means, as Berque seems to imply, mostly freedom to engage in post-modernist experimentalism or creation of landscaped gardens in residual urban spaces as shown in a landscape garden near the Otonashi Bridge on the Shakujii River in

---

15 "La Transtion paysagere", p. 219.

Tokyo.[16] *Sanshuii* is one element in the whole mentality of a civilization, which makes it difficult to detach it from its matrix, and as such it is itself never a faithful representation of the originary experience of brute reality. It has its schematic distortion, shackling mind and nature. It is nevertheless correct to observe that there is a fundamental difference between the two modes of land perception, Western and Asian, and it originates from the deeper roots of civilization with profound difference in epistemic regimes. It may be also true that the Western attitude towards land is informed to a lesser degree by the aesthetic sense of land, that is, the concrete sense of lived reality and more by the Cartesian mathematization of space. It will not be easy nevertheless to judge which civilization has give humans better houses and cities. Yet the ecological disaster now spreading throughout the world must have to do with the loss of the concrete sense of place an ordinary mortal may have in the economically, ecologically and aesthetically satisfying environment, securely established on a good low land guarded by the mountains, near and far. At this point we can only say that different ways of relating to land and imagining ideal places on earth have different merits and demerits, and we can learn from different traditions, and having learned and enriched ourselves in this learning, we may hope to move on to a better future with more felicitously felt and imagined places and more humanly built cities and houses.

---

16 August Berque, *Nihonno fukei. Seiyono keikan*(Tokyo: Kodansha, 1993), pp. 72~82 et passim.

Landscape as the Ecological Sublime

Asian art exists embedded in the totality of the cultural life of society of, more generally, in the entire epistemic regime of society or even of the entire civilization. This is so in most traditions, but it appears to be more the case in Asian painting, which did not lead as an autonomous life as it could, let us say, as in Western modernity. This is of course only a relative affair, any art would not make sense except in its cultural context. But the way it is related to this context can vary. All visual arts have perceptual immediacy as they are always open to the viewer's sensory inspection, but needless to say, the immediacy becomes meaningful in the viewer's mind only as it resonates through the whole landscape of meaning in a specific cultural configuration. A painting or a piece of perceived detail in a painting usually yields its meaning in terms of a narrative or an iconographical tradition, as, to borrow an example from Panofsky,[1] let us say, a male figure with a knife, in the Renaissance painting, would: he represents St. Bartholomew, traditionally one of the Twelve Apostles who is said to have done his missionary work in India until his martyrdom in Armenia. While perceptual realism is, especially to the Asian eye, what really marks Western paintings as a whole. one is surprised by narratives that saturate them —classical, Christian, or historical narratives or tableaux from the life of nobility. (The existence of narratives outside the pictorial frame might have allowed the concentration on perceptual realism, which eventually led to the complete autonomy of pictorial art in the modern age.) In contrast to these allegorical narratives that complete the meaning of the perceived details of a painting from outside the pictorial frames, we find in the Asian tradition, except in Buddhist murals, the paucity of larger allegorical stories, of which paintings illustrate some episodes decipherable in a given diegesis. It does not mean, however, that there are no cultural thematics framing, in broad non-diegetic scenarios, significant motifs: let us say, four plants representing the princely man's virtues or configurative designs of landscapes, with mountains, rivers, trees and rocks as places of contemplation and habitation. Yet within this cultural thematics, an Asian painting normally completes its meaning within itself—not, of course, divesting itself, as in modern painting, of allegorical and representational references to reality or its narrative unfolding; but retaining, of these, at least the representational reference.

---

1 Erwin Panofsky, "Iconography and Iconology: An Introduction to the Study of the Renaissance Art" in *Meaning in the Visual Arts, Hammondsworth*(Middlesex: Penguin Books, 1970), p. 51.

The representation will be to the totality of the world, which is taken to constitute the ground of meaning. It is in this connection that landscape takes its precedence in the hierarchy of pictorial genres in the Asian tradition, as it purports to approximate this totality as the ground of meaning in place of a diagetic reference; it is as if the meaning-giving narrative is contained in the whole of the pictorial tradition, which is then represented by landscape.

The unemphatic nature of the allegorical or diegetic elements in the Asian tradition of painting and the supplementary importance of landscape as the master narrative of pictorial representation — this is not entirely, of course, due to artistic reasons, though techniques and institutions of art must have played a part in it. Explanation should be the other way around. It has ideological origins. The importance of landscape painting was recognized early in the East Asian tradition, for example, as early as in Tsung Ping(375~443)'s preface to "Painting Mountains and Waters" where he speaks of the benefit of "a landscape painting through which he can engage in exploration of the four corners of the world, and come, without let, face to face, with the uninhabited fields."[2] But we can say that in Korea, the predominance of landscape painting becomes definite after the Confucian revolution that established a new regime in the fourteenth century. Whatever the chronology may be, it is safe to say that landscape painting has a great

---

2 Quoted Yi Sungmi, "Hangug-in-gwa sangurim[The Koreans and Mountain Painting]", Choi Chungho(ed.), *San-gwa hangug-in-eui sarm*[Mountains and Korean Life](Seoul: Nanam, 1993), p. 151.

deal to do with the kind of secularism as represented by Confucianism, which saw, along with Taoism, in nature the supreme matrix of creation, not in some transcendental realm. For the totality of nature as an object of this creative source is best represented in pictorial terms in a landscape covering as large an expanse of space as it is possible. while other representational topoi taken from nature may be said to constitute episodes from this landscape as all that there is.

To say this is to attribute spiritual significance to landscape painting or the experience of landscape, which could be either in pictorial forms or in actual peregrination in the wilderness. Travelling in scenic mountains and waters, and recording the experience in paintings, poems and essays were wide spread among the pre-modern Koreans.[3] The experience had, if not religious, at least quasi-transcendental significance. The special appeal of landscape as a transcendental substitute was similarly there in the idea of the sublime in the Romantic Europe. The Romantic artists of Europe, faced with certain aspect of nature seeming to transcend the compass of the cognitive faculty of reason, made use of the aesthetic category of the sublime to describe their experience. The sublime was felt to be present when nature was approached in its great size, power and majesty. A sense of religious awe as in the presence of something divine was often the resulting affect. What is represented in numerous Asian

---

3 Ko Yeonhi, *Choseon hugi sansu kihaeng yesul yeongu*[The art of nature travels in the Late Choseon Period](Seoul: Ilchisa, 2001) is a study of the practice and institution of nature travels in seventeenth and eighteenth century Korea, which promoted, in combination, travel, literature and painting.

landscape paintings can be said to be a variety of the sublime. It had to be given emphatic repetition, for in the non-theological cosmology of Taoist-Confucianism, as noted in the above, nature as a whole was to serve as the final determinants of human existence.

The practice of landscape was important, as observed, in the spiritual life of the pre-modern Koreans. It was literati, par excellence, who were, as the upholders of the spiritual values of society, to be the more authentic agency of pictorial truth than the professional painters. Re-creation of nature in a landscape of scale, as in the conventionalized topoi of natural life, birds, flowers and other emblematic plants, was to have in their hands the real meaning of spiritual exercises in natural piety. Emphasis on conventional procedure in execution and techniques can be also placed in this cosmological status of mountains and water, as one could not be expected to depart from the hallowed regimen of spiritual exercises. Everything was to be governed by this spiritual mission of the painting.

How does nature come to have meaning? If the main concern of landscape painting was the experience of the mountains as the site of the sublime or the transcendental, what mattered was the meaning of landscape as a whole, not the details that make up the whole scenery, one might say. But, of course, the whole must be built up from parts. It was, in landscape painting, not only a technical necessity, but part of the message to be conveyed. For the meaning of landscape was derived as much from its anchorage in the concrete reality of the physical world and life lived in it, as it was to be guided by what is perceived. We may then start from an examination of the details that built up to the whole of landscape. As we have observed in the above, pictorial details often derive their meaning from the narratives supplied from tradition. Thirteen men sitting around a table in a certain arrangement would not be recognized as a depiction of the Last Supper by Australian Bushmen, as Panofsky points out[4] that is, if they are completely without proper biblical knowledge in the Christian tradition, But if nature and its pictorial rendering in landscape painting is to have meaning, without too much help from iconographical traditions, how is it effected?

Cross-references of various kinds even within a closed ensemble of objects, depicted or observed, seem to be one way of making significance emergent without the help of mythologies. Baudelaire saw nature as forests of symbols because he found that synaesthetic correspondences across sensations of different sense organs ("Les parfums, les couleurs et les sons se repondent"), that is, between the different modalities of sensory input, give rise to words and symbols, appearing to address passers-by meaningfully, though confusedly. Baudelaire's synaesthetic correspondences across different senses are important in verifying the reality of what is perceived in our senses. In art works, they are means employed intuitively by painters for buttressing the illusion of reality; painted satin cloth, a visual sketch, becomes real as it evokes the texture appearing palpable by touch or, to cite an example from Asian poetry, distance becomes real when the matinal temple bell is said to sound

---

4 Erwin Panofsky, op. cit., p. 61.

across it.[5] Redundancies create meaning, not only in senses but in objects and patterns.

More importantly, analogies are powerful semiotic tools in any reading of the external world. A whole cosmology can be built on them. As far as our concern is the visual world, it is patterns that become basic elements in the semiotics of painting. Various parts of a perceived world tend towards meaning as they form analogous patterns. The etymology of *wen* or *mun*, literature or letters in Chinese and Sino-Korean, comes from patterns. justification for literature, and for that matter, for arts, was found, through etymological connection, for example, in *Wenshin tiaolung*, in its being an activity of discovering and inventing significant patterns in the universe, heaven, earth and human affairs, these patterns ultimately legitimized by the cosmology of Yin and Yang. Literature and art constituted an ongoing application in details and specifics of the patterning activities of the cosmos. Meaning is generated then by creating a network of patterns echoing each other at the perceptual level in the real or the painted, and these perceived patterns are also to have cosmological, ethical and moral implications, because whatever significance one sees in the objective world must have existential relevance to humans. Thus, a painting in the East Asian traditions would constitute an analogical and metaphorical reading of patterns in nature, these patterns moving from the physical to the moral and ethical and to

---

5 In a Tang poem, "Staying Overnight at Feng-Chao", by Chang Ji, "From the Hanshan temple in the faraway Kao-shu castle, the sound of the bell reaches the boat in the middle of night."

the cosmological.

What is most interesting is perhaps the way pictorial techniques, while they appear to have been deductively derived from the overall thesis of nature as the totality of the world, rely on the details of the objects perceived from afar or close at hand. In some prescribed techniques, the execution of pictorial details prepares the building blocks in the patterned ordering of the world. The Chinese are perhaps most careful in inventing, accumulating and preserving technical progresses in pictorial representations. Manuals of painting abound in advices on how to render leaves of trees or shapes and ridges of mountains in carefully executed techniques. Significant are the figurative terms by which these techniques are explained. The branches of trees are, for instance, to be drawn in the shapes of deerhorns, crab claws or flames.[6] The leaves could be drawn like foot prints of mice or scattered mustard seeds. Their shapes could be abridged into some typical foliate patterns: water plants, chrysanthemums, drooping wistarias, plums, cedars, pine-nut trees or pines. The way the leaves hang on the trees can be drawn like heads held straight, hanging down or looking up. More interesting is the way trees are drawn standing together as they can be made to embody fraternal morals of humans. Trees could stand together looking as if a young person is helping the aged, an adult assisting a child or a host meeting

---

6 The figurative terms of pictorial technique here are taken from An Dongsuk(ed.), *Jeongtong dongyanghwa gibeop*, 6&7, *sansu pyon, sang&ha*[True techniques of East Asian painting, 6&7, Landscape, 1&2](Seoul: Mijosa, 1981), but An's books rely a great deal on the traditional Chinese manual of painting, *The Mustard Seed Garden Manual of Painting*.

a guest. Mountains are also to be depicted in certain styles that could be rendered in metaphorical terms: they could be like hemp fibers in various conditions, that is, spread-out, tangled in disorder, or low-lying like young sprouts. Formations of mountain slopes could have shapes of ax-cuts, large or small, or shapes of lotus leaves.

The figurative language of pictorial technique might have been only a pedagogical expediency, but it must have to do with an intuitive hermeneutic of analogies applied to the world. An important point in this hermeneutic is that analogies are mostly between the grand geomorphological features of mountains and streams on the one hand and familiar vegetative forms and things used in earthier activities of life, such as hemps variously processed for human use or axes employed for wood-cutting, on the other. he mystique of swift and facile execution also reveals this curious conjunction of the familiar and the sublime. In painting and calligraphy, the agility and speed in the use of brush to produce desired effects was highly appreciated. It has to do with the belief that the artist could easily incorporate the creative processes of nature by the mastery of their analogical grammar. Humans and the guiding spirit of the cosmos are one. But this convergence can come together in the practice of mundane crafts, not only in philosophical contemplation or high art, and painting was craft as much as high art. There was something common between painting and hemp-weaving or, to cite a familiar example from Chang Tzu, spiritual mastery and the art of a butcher. In any case, the required mastery of this grammar made the pictorial representation of the world an affair of multiplyoverlaid analogies, familiar and unfamiliar. These could be suggested, as we have seen, in the brush-strokes executed in conventionalized tropes. The world as a carpet of familiar interwoven analogies would be more snugly human.

But, of course, the ultimate justification for human analogies came from sources above the merely human. A more meaningful facade could be put on the world when analogies are made more superhumanly metaphorical as in the rocks and mountains drawn in gigantic animal shapes such as lions, eagles or turtles. More mysteriously interesting are repetitions of a certain identical figuration that brings grand objects of nature and humans together, as in some paintings of Chong Son(1676~1759) where rocks are made to look similar to human figures as has been pointed out by Ko Yeonhi.[7] The important point in the poetics of landscape is of course to suggest the mysterious presence of meaning in the entire landscape which all the depicted details cumulatively configure. We have seen already that there are human parallels, with ethical implications, in the pictorial arrangement of trees. The landscape as a whole must similarly suggest some humanly significant order. The easiest way to make it so would be to establish a hierarchy among the mountain peaks and ranges, such as "between emperor and ministers" as *The Mustard Seed Garden Manual of Painting* says.[8] The hierarchy is of course more than a bureaucratic one. It

---

7 Ko Yeonhi, op. cit., p. 218, 220.

8 Mai-Mai Sze, *The Way of Chinese Painting*(New York: Vintage Books, 1959), p. 203.

must have spiritual resonance. When Kuo Hsi(960~1126) painted his mountains, "he made the main one lofty, sturdy, heroic, and with an air of spiritual purity."[9] However, if landscape is to represent, as suggested in the above, the ground of all that there is, its meaning cannot be exhausted in the suggestions of royal hierarchy or spiritual qualities; it can be fully hinted at only by some quality of the sublime: "boundlessness," present only to thought, or something "absolutely great," running to infinity, as Kant would define the sublime. It is for this reason, one may guess, that *The Mustard Seed Garden Manual of Painting* proscribes in a good painting "scenes lacking any places made inaccessible by nature." The totality of the world can be suggested by accumulated analogies but it must remain inaccessible in the last analysis; it must be all that there is but it spills over the transcendental limit of human existence and knowledge. However, if the landscape must suggest transcendence, it must be recalled that there is, in the secularism of Taoist-Confucian cosmology, no beyond, only the totality of this world. This is of course to posit a paradoxical idea of immanent transcendence. The totality of things goes beyond what we could easily see and experience but it remains in this world. Erwin Panofsky, in his discussion of the ideas of infinity in medieval Europe, says that it could be only "*huperouranos topos*(place beyond the heavens)" a place separate from the earth and yet a material reality present in another dimension.[10] In Asian landscape, infinity or totality is beyond the reach of

---

9 Ibid.

10 Erwin Panofsky, *Perspective as Symbolic Form*(New York: Urzone, Zone Books, 1991), p. 65.

humans and yet a material reality palpably present on earth.

The mystery of the infinity of earthly reality is suggested in various ways — by high mountain peaks, inaccessible places, grotesquely formed rocks, play of mists and clouds around them. The Taoist myths of mortals transported into the realm of immortals are haunting shadows in many landscape paintings. But the earthy infinity is there in the painting not simply as its contents but as its formal principle which organizes the pictorial surface. Many have noted how the viewpoint in Asian landscape painting is ambiguously uncertain compared to the geometrical clarity of the viewing eye in the *legittima costruzione* of Western painting. The ambiguity of the perspectival gaze in Asian painting must be said to have its cause in the paradox of the immanent transcendence of Asian landscape Instead of being overlooking a scene from a fixed point outside it, it is, as it were, embedded in the scene depicted. One of its suggestions seems to be that there is no outside viewpoint opposite the scene. The viewing eye(the spectator's eye) of a picture instinctively identifies itself with the original viewing eye(the imaginary eye projected by the artist in his or her perspectival construction). In an Asian landscape painting, the beholder's eye moves along the scene depicted, empathetically identifying with the viewer or the traveller who is right inside the scene. There are in most landscape paintings human figures, diminished almost to insignificance in nature's immensity, vicariously representing the gaze that moves over the landscape being depicted. This could be travellers, walking or riding a donkey, but it could also be that of a hermit or a cultivated individual looking upward with appreciation and awe to the mountainous crags hanging over him, in a somewhat similar posture to that of a Christian in prayer looking upward, but in contrast, in Asian landscape painting, directed to the middle height, showing appreciative reverence towards the natural scene the viewer is placed in. After all, the possessors of the gazing eye in Asian landscape are not simply artistic or philosophical wanderers in search of the sublime but people who must lead a life there in nature or earn a livelihood, practically adapting to the sublime landscape. They are practitioners of a meditative relation with nature but also inhabitants of nature.

Immanent transcendence, as suggested in the mode of existence for the human figures depicted in landscape, is a precarious condition; it could easily tip in one way or the other. Emphasis in numerous paintings showing hermits and scholars with the obvious aura of spiritual, contemplative or appreciative pursuit in the natural setting or even the figures of a fisherman drifting on a lone boat or returning home with a day's catch or more rarely a woodsman on his homeward path, would be on the side of transcendence, the sublime. Yet properly speaking, whatever transcendence there could be in a world with no beyond, it should overlap with the totality of the earthly environment of human existence—quantitative immensity going through a qualitative change into transcendence. If it inspires awe and reverence, it would be the effect of cumulative mundaneness going over to transmundaneness. As we have observed, there is in Asian landscape painting seldom a narrative elevating the perceptual reality rendered on canvas to a religious, heroic or historical dimension. If there is any story in it, it is that of ordinary earthly life, placed in the immensity of nature — of space but also of time that endures almost endlessly but is never absorbed into the nontemporality of eternity. Though all landscape paintings cannot be said to do so, the early Northern Sung painting, *Streams and Mountains Without End*(*ch'i shan wu chin*), now at the Cleveland Museum of Art, sets up a normative measure for the idea of an immanent transcendence as the totality of the mundane-transmundane, and of inexhaustible and yet non-eternal temporality, behind such paintings. The title itself provides the exact term we need for this totality.

There are in East Asia obviously many paintings with the same or similar title. In Korea, an example would be a painting by Yi Inmun(1745~1821), with the title, *Rivers and Mountains Without End*(*gangsan mujin*) now in National Museum in Seoul. Its dimensions alone bespeaks of the ambition and the intention of the work: 43.8 × 856.0cm: its elongated horizontal size which requires, for inspection, the viewer to move along it as it unrolls, suggesting the endlessness of the panorama of nature. Nature is not there in this painting simply as a majestic spectacle open to human viewing but as the ecological totality of human existence unfolding in the spatial and temporal endlessness Nature is, to be sure, the dominating presence in the painting, with human dwellings and activities peeping out in narrow nooks and crannies completely dwarfed by the towering mountain peaks, sheltering or threatening. Certainly there is a sense of the romantic sublime here. The most eye-catching rock in the painting, the cowled figure of the overhanging crag, is, if we may make comparison, like the huge cliff from the steep crag Wordsworth mentions when he describes his experience of rowing down a river in his native place as a child—a cliff uprearing its head "as if with voluntary power instinct," rising up between him and the stars, and striding after him "like a living thing."[11] The rocky peaks of the painting are in general, as in Wordsworth's *The Prelude*, reminders of "unknown modes of being", "huge and mighty forms, that do not live Like living men."[12]

The Sung painting, *Streams and Mountains Without End*, in The Cleveland Museum of Art, is a more balanced rendition of the idea of immanent transcendence. We see here perhaps an important divergence of the Korean and the Chinese tradition. In the Sung painting, too, streams and mountains, of course, constitute its theme; and they take up the whole canvas or scroll, but they are somehow more in balance with activities of human life carried out among them. These activities do not merely constitute precarious existence in the nooks and crannies of the stupendous crags and cliffs as in the Korean counterpart. Or the scale of human dwellings dwarfed by nature in Yi Inmun is perhaps intended to suggest, when we consider the fact they are placed, not in the foreground but in the remote distance, that they make up an idealized utopian place like the Peach Blossom Spring. In the Chinese painting, human dwellings and activities are there as much in the foreground as in

---

11 William Wordsworth, *The Prelude I, II*, 1805~1806, pp. 401~412.

12 Ibid., pp. 401~412.

the narrow spaces in the background. The impression is that nature is as majestic as, or more majestic than, in Yi Inmun's *Rivers and Mountains Without End*, and as ubiquitous, but they do not dominate as mighty forms with unknown modes of being. The intention of the artist in the painting tends to the sublime, indeed, but it can be said to be not so much romantic sublime that transcends, in the romantic conception, our power of comprehension and our vital power[13] as a kind of the sublime that situates the days and works of human life in their total ecological setting —what may be called an ecological sublime. It is no coincidence that American poet Gary Snyder thought it significant enough to name after this painting his collection of his poetry consisting of his forty-year long meditations on living in nature *Mountains and Rivers Without End*(1996).[14] He also made use of the painting as the endpapers and the frontispiece of this collection. It is in this book that I came across the painting for the first time. Snyder is a nature poet whose life in the American wilderness is in evidence everywhere in his work, but he is also perennially concerned with the mundane work-like quality of human life in ambiguous relation with the physical and geo-historical immensity of the earth —a poet of sublimity but the sublimity of the ecology of earth and human life, not quite of a transcendental realm alone.

The opening poem of the collection, "Endless Streams and

---

13 Friedrich von Schiller, "On the Sublime" in *Naive and Sentimental Poetry and On the Sublime*(New York: Frederick Ungar, 1966), p. 198.

14 Gary Snyder, *Mountains and Rivers Without End*(Washington, D. C.: Counterpoint, 1996).

Mountains(*Ch'i shan wu chin*)" would constitute a best commentary of the painting—at least as an explication of its essential meaning. The poem repeats scenes of nature now verbally transposed, but what is more remarkable is the description of multifarious activities and marks of humans inhabiting the variegated nooks and comers of the landscape. What is noted is as much "a web of waters streaming over rocks, little outcrops", 'layered pinnacles", lakes, inlets, canyons, as "The path [that] comes down along a lowland stream/ [that] slips behind boulders and leafy hardwoods,/ [that] reappears in a pine grove", "tidy cottages and shelters,/ gateways, rest stops, roofed but unwalled work space", "a flurry of roofs like flowers/ temples tucked between cliffs", or "gentle valley reaching far inland." There are in this setting men enjoying scenery and getting ready to play music, people in boats enjoying the drifting with the currents, fishing or lost in thought, rider and walker crossing a bridge, or men carrying things on the shoulders or a horse. In the vastness of the primordial terrain of earth, humans inscribe a labyrinthine net of life with their trails, paths, workspaces.

There is then the mystery of the human mind that takes in, and in a way creates, the whole of the panorama of nature and the ecology of human dwelling. Thus the poem begins with an ambiguous reference to the mind entering into a viewing position.

> Clearing the mind and sliding in
>
> to that created space,
>
> a web of waters streaming over rocks,

air misty but not raining,

seeing this land from a boat on a lake

or a broad slow river,

coasting by

A cleared mind can see the land first as a whole, as "a created space", and zooming into it, it discerns its primordial features, waters streaming over rocks, air and the land, but this view of the scenery could be more concretely transferred to a person looking up from a boat on a lake or river. For a person may be riding a boat either for work or pleasure but at the same time he or she could be aware of the whole terrain at moments of vision and contemplation. But the landscape becomes a spiritual experience as it develops this awareness and then enters reflectively into the mind. One important realization should therefore be the fact that the mind is an essential component in this awareness of nature. Landscape painting is in an indirect way to make the viewer, or for that matter, the painter, see nature as an ecological whole and further to help develop the mind that could see it so. Nature can be said to come into being in its totality only through the human mind: it is "a created space"—created by the mind.

A landscape painting can help enlarge our vision by a doubling of mind that happens in any empathetic viewing of things, especially in painting. If there is in a represented landscape a viewing mind postulated(and often coinciding with the painter), there is, we may say, another viewing mind now looking at the scene depicted: that of the viewer of the painting; it grasps, by identifying itself with the viewing mind of the landscape, which is also the totality of human existence in nature. However, this doubling of the viewing mind can result not only from the relation of the painter and the viewer of a painting, but also from the relation of multiple viewers among themselves. A landscape is, as it were, haunted by the viewing that has been carried out by its numerous visitors, whether real or painted. The viewing mind might be what has been created by the community of these viewers. Snyder therefore devotes a considerable part of his poem noting historical viewers of the painting who had left on it their seals and comments: Wang Wen-wei and Li Hui in 1205, T'ien Hsieh of no clear date, Chih-shun in 1332, Wang To in the seventeenth century. This history of viewing is part of the landscape painted, but into it also goes, though in a lesser way, the history of provenance and ownership, which is noted in the poem. The last viewer most important to Snyder is of course he himself: "I walk out of the museum —low gray clouds over the lake[Lake Erie] —chill March breeze," he reports. It is as if the landscape is there for good, and viewers come one after another, taking part in the communion and departing in transience.

> Walking on walking,
>
> underfoot earth turns.
>
> Streams and mountains never stay the same.

The same sense of the continuity of nature and the transient participation of humans in its mindful creation is repeated in the physical makeup of the panting, which is also noted and given a correct interpretation by Snyder in the note attached to the poem, about how to view the painting: "Unroll the scroll to the left, a section at a time, as you let the right side roll back in. Place by place."

I said in the above that Snyder's poem I have briefly discussed is as good a commentary of Asian landscape painting as any. I used it to illustrate what I perceive to be the essential idea of East Asian landscape painting. Needless to say, he is an American poet very much rooted in his native soil. His view of Asian landscape must be seen as mediated through his sensibility as a modern American poet. In narrating the story of the poem, he says that when he was young, he came across the title of a hand scroll(*shou-chuan*) called *Mountains and Rivers Without End*, perhaps not the same one as referred to in his poem in his collection of poetry, and the title remained stuck in his mind. This encounter occurred in the course of his study of Asian languages and thought. He saw later more Asian landscape paintings in various museums, including a Ch'ing scroll by Lu Yuan, entitled *Mountains and Rivers Without End*. But from early on in his exploration of Asian painting, he "became aware of how the energies of mist, white water, rock formations, air swirls —a chaotic universe where everything is in place —are so much part of the East Asian painter's world."[15] However, as he makes clear in his autobiographical

15 Ibid., pp. 153~156.

references here and in other writings, he had been well prepared for this experience of nature by his upbringing in the American West. If the title, *Mountains and Rivers Without End*, stayed in his mind from his youth, it was because it crystallized his experience of life in nature much more than his immersion in Asian arts and thought. It is his life as much as his knowledge of the Asian tradition that made him an appreciator of Asian landscape painting, a nature poet who is keenly aware of the energies of nature and the seriousness of living among them, and an ecological poet concerned with the devastation of the natural environment in today's world.

The fact that Snyder could be an exemplary interpreter of the idea of East Asian landscape well illustrates its contemporary relevance. If he is inspired by it, he does not represent the vested interest of those who would like to claim it as a part of their cultural heritage but a universal need of humanity for affirming the earth as more than a material resource for exploitation —as a living presence. Asian landscape painting presents the sensory totality of earth as a transcendental limit of life, as a material reality and as a spiritual reality. It gives a lesson perceptually accessible for general humanity in its need for this affirmation, in the ecological crisis of a technological civilization that seems to have forgotten its vital origins. As Wang Wen-wei, quoted by Snyder, wrote:

> The Fashioner of Things
>
>   has no original intentions
>
> Mountains and rivers

are spirit, condensed.

Some may not agree to what is said in the first two lines of the above quotation, but many would share the realization that mountains and rivers are something closer to spirit than matter, and it is a realization that needs confirming today.

Landscape and Mind

Mind as Integrative Energy

We are likely to commit ourselves to a crude and simplistic cliche if we speak of the contrast of East and West as civilizations, and say that the East is a spiritual civilization and the West materialistic. This facile contrast is only a cliche —which would immediately be confronted with the reality, of the East which is nothing if not materialistic as the East, which is in the Korean mind usually Far Eastern societies, has become with its modern development as one of the most dynamic regions of the modern industrial civilization of the modern world. If the contrast still persists in the popular mind but also as an unspoken hypothesis of heuristic significance in many attempts to understand the present situation of Korean society, it comes, at least in part, from a profound sense of disturbances and disjunctions felt in Korean life, individual and collective, brought about by the modern development, the main impetus of which obviously originated in the West, that is, the Western civilization with its science and technology, and values and institutions shot through with rationalistic ethos. Then comes the sense that spirituality was the animating principle of the East Asian societies. The East Asian variety of spirituality had to do with a vision of life in harmony with nature where nature was supposedly felt as an overwhelming spiritual presence permeating both the exterior and the interior life of humans. Any society, if it is to be a viable arrangement of life, must have developed an ecologically sustainable compromise vis-a-vis its natural environment. This would over time present a semblance of a holistic way of life. This, rather than a historical model of harmony, can then be seen as falling a victim to intrusion of alien forces with different paradigms of human life. Our perception of Asian spirituality may thus have to do with the disruptive turn of history that changed the tenor of life in modern times, It may be true at the same time that Korea, and East Asian societies in the past, had to live, as agrarian economy, a life more in tune with nature, which also was an ideological imperative.

We have, in any case, a sense that the impact of the Western civilization with its materialistic and exploitative orientation towards nature has destroyed a more harmonious relation of spirit and nature. It would be wrong, however, to idealize this harmonious relationship or to blame its destruction to the materialistic civilization of the West. The fact remains that jarring disharmony is bound to be felt, as the way of life, basically agrarian, that lasted several millennia, is suddenly transformed into something entirely different — not only different but alien and inauthentic. Environmental problems that arose with technological modernization naturally gave force to comparative awareness of what was nostalgically perceived as a more harmonious past. There are of course other aggravations: the destruction of the communal way of life and its replacement by various projects of modernization bringing together lonely individuals as confused crowds: the disorientation in the sense of life caused by commercial advertisements, raucous political rhetoric and the globalization of information. All these go into the nostalgia for the past, its supposedly more natural and spiritual way of life.

Our understanding of East Asian painting is also in large part influenced by the contemporary situation, as suggested in the above, that compels people to resort to binary opposition as a way of channelling their passion and reason under the impact of the unfamiliar, and yet there is some truth to the perception that painting, especially, landscape painting, worked more as exercise in spirituality-natural spirituality as it were. But there is also variety in spirituality as in materiality. If we think that landscape painting was intended to work to good effect in producing a composed mind which brings it closer to spiritual opening to a more luminous realm than this world, it should be understood in its various nuances. As a way of defining some of these, we can, for example, consider the simple fact that East Asian landscape painting usually extends vertically instead of horizontally as in typical Western painting: an Asian painting stand as a vertically elongated display in contrast to the horizontal rectangle or quadrilateral picture frame in the Western tradition. The rectangle standing on its short side may have to do with the makeup of indoor space in East Asian architecture, the vertical transcription of Chinese characters or the tradition of painting on scrolls, which would naturally hang downward more comfortably. For most viewers, I would say that a painting hanging top down would feel more unstable than a painting lying on its long side (aside from the fact that it would be difficult to do this with a scroll). Though landscape as a major genre was rather a late development in the West, whatever landscape or a depiction of extended setting as an inclusive spatial envelopment of things seem to tend towards a horizontal deployment of panoramic scenes which look as if surveyed from above. This could be the case in the woodblock prints of medieval German towns, such as Heidelberg or the scene from a architectural portfolio of a Renaissance artist, but it could best exemplified in 17th Dutch painting by Ruisdael. Dutch landscape painting might, of course, be considered a natural response to the flatness of the terrain without elevated earthen shapes. But in any case, it is true that there is a sense of quiet restfulness in the horizontally extended landscapes with the material forms of land, houses, vegetation and the sea composed in accordance with the natural pull of gravity to the lower part of the canvas and with the atmospheric clouds and sky in the above; the latter no less suggestive of spatial infinity than the metaphysically charged void of Asian paintings. In contrast to these horizontal representations of landscape, there are more paintings of landscapes in the East Asian tradition with hills and mountains vertically shooting up or mounting on top of each other. They are certainly disquieting.

There is also the fact that in the Asian tradition landscape, as the focus of pictorial representation, had to loom large, not as in the Western tradition of art where landscape appears as an episodic background in paintings with different subjects and themes, for instance, behind the painting of La Gioconda or where it only becomes a subject in itself with the rise of the Romantic sense of nature towards the end of the 18th century. The development of the perspectival construction of painting must have to do with the fact that the subjects of painting were not nature of scale. It was useful as the basic plan of deployment for the forms of humans and things, which stabilizes not only points of view to static monocularity but also the scenes viewed and presented. Perspectival construction was in East Asia never a significant part of painterly technique, with its emphasis on the movement of the viewing subject along with material force(*ki*, *ch'i*), supposedly flowing through the cosmos, which naturally leaves its traces on resulting pictorial products. The movememt of material force is certainly not to be calming — or could be even disturbing. All this comes to saying that, if we regard the representation of natural landscape only from the point of view of harmony and peace, it is possible to say that certain Western landscapes could be more inspiring in that respect than East Asian landscapes generically conceived to convey a sense of peace and harmony.

If we take this canonically accepted purpose of landscape painting seriously, we must think about it in a more complex way. East Asian landscape is indeed conceived more to overwhelm the viewer's mind than otherwise. Looking up massed mountains towering over tiny human figures at the lower bottom, the viewer, who enters into a sympathetic identification with them, is absorbed into the overwhelming presence of the earthen mass fading into an empty space far above. A similar case can be found in the Romantic landscapes of the Western tradition when the artists and philosophers found the lure of the sublime as against beauty, the spectacles of nature, great, vast and infinite beyond the competent measurement of human faculties—as illustrated, to refer to Schiller's enumeration of sublime sights of nature, by "the unlimited distances, and heights lost to view, the vast ocean at his feet and the vaster ocean above him, and, to further allude to a few more of his examples, by Sicily's, and "Scotland's wild cataracts and mist-shrouded mountains, Ossian's vast nature" as against "prim victory of patience over the most defiant of the elements" in "straight-diked Holland."[1] In this sublime vision, nature was an object of awe, admiration and respect as against the pleasures afforded by the comeliness of smaller forms of nature and art. Perhaps it would be incorrect to identify the European sense of the sublime with the hidden spiritual impulses behind East Asian landscape paintings, but there is some commonality between the two. Whenever the spiritual quality of East Asian paintings is mentioned, we hear that there must be *ki un*(*ch'i yun*) material force running through a painting, forming, as it were, the sizing of a pictorial ground. How is this force expressed on the painting? Placing of gnarled forms of rocks or strong scraggy thrust of pine leaves—these things that seem to convey condensed energy in matter may contribute to the effect, and certainly

---

1 Friedrich von Schiller, *Naive and Sentimental Poetry On the Sublime*(New York: Frederick Ungar, 1966), pp. 204~205.

William Blake, *Beatrice addressing Dante*(1824~1826, acryl, Tate Gallery of London)

the depiction of massed earthen forms vertically weighing down must be part of the strategy. The brush technique called *gol pup, gu fa*, the bone method, emphasizing the outlines of the mountain forms and folds in them in strong calligraphic execution also create an effect of power, in contrast to *mol gol pup, mei gu fa*, the boneless technique that blurs the contour of depicted objects in a kind of water color softness. Even the geomantically auspicious site for ancestral graves is not simply a place of repose where everything is seen to be at rest, but a place where massed mountains come to an equilibrium of energies. The force of mountains(*san se, shan shi*) give them propensity for movement even if they are not actually on the move. The mountain ranges in the form of White Dragon and the White Tiger gravitate only in an auspicious site to a poised peace.

The brushwork producing lines of calligraphic emphasis may be also grouped here as part of the strategy of force. Outlines are important, but we do not see painstaking effort to represent the texture of objects, as in Western painting. It is well-known that representation of the soft texture of the curtains hanging down was one of the craft aims of painters in the West. Bernard Berenson once thought that Chinese painting, interesting as it is, does not deserve to be called painting as there is no effort spent on achieving "tactile values." His view may be of dubious validity but it certainly points to an important characteristic of East Asian painting. The artistic intention there is not directed to the representation of objects as they are in the state of spatial repose in which tactility is enhanced, but a communication of energy in the processive onrush of forces in nature. The importance of brushwork and outlines could be justified by this underlying artistic intention, in the same way that strong outlines were important for William Blake, who was preoccupied with the theme of energies, and criticized the soft texture of the paintings by his contemporary Gainsborough. To come back to the same point about the problem of the restful state of mind, it will be rash to dwell on the easy generalization that nature is in the West an object of conquest and not a maternal home of rest, while the preoccupation of the East is tranquility and harmony, or, more simply put, that the East is spirit, and the West matter. We have to see instead that the East has its harmony and conflict and the West has the same in its uniquely mixed condition It would be correct to assume for all human communities similar kinds of aspirations for a harmonious life and similar kinds of frustrations that obstruct them — in different and historically fluctuating configurations.

The above is intended to avoid an easy generalization about the spiritual tradition of the East that is perhaps put forward, I tried to suggest as an enraged protest of the dominated to the dominator in the externally-enforced modern transformation of the traditional societies of Asia. What is more important in this thesis of Eastern spirituality is the occlusion and distortion that occurs in fragmented visions of an organism when it is examined with the guide of an anatomy of another organism, instead of trying to see it as a whole, with the result that some of its parts are identified with mistakenly pre-conceived functions and some parts not clearly assignable to specific functions are overlooked. Something like this may be involved when some non-Western societies are criticized for their deficiency in providing for what is perceived to be essential human needs in the West. And some of attributions for cultural or civilizational inadequacies may be true, too, but they might have emerged as such only as a consequence of the impaired wholeness of the cultural or civilizational fabric as a whole. To rely once again on the organismic analogy, a living organism functions as a whole and maintains its life functions in a healthy condition as long as it is still living, but once it begins to fall into a moribund condition it is defenseless to bacterial intrusions and many life functions fall into the state of disease and rigor. If Korea suffered a body blow in its basic spirit, the cause may lie with the impact of science, technology and institutions animated by Western materialism, but it may simply lie in the blow itself, and, of course, in the weakness in its social makeup which made it defenceless against it. This is not to deny the crimes of imperialism. But it will be right to acknowledge that science and technology and institutions accompanying them are transforming humanity on the global scale therein included the West itself—with destructive effects on historically constituted communities and identities. The Korean or Asian case is only part of the global situation. If spirit is part of our life, it will have to be part of the effort of reconstruction—the reconstruction of what has been damaged and injured to a new wholeness, therein, of course, included what is offered by the West, its science, technology, institutions, and new ideas of human potential.

Nonetheless, we must partially retract what has been said in the above and say that spirituality was indeed important part in East Asia, and it may be part of an important contribution to whatever new integration may become possible in the new order to come. The spirituality we can think of is, of course, what can easily be transferred from one civilizational context to another, but the spirituality is, oftener than not, embedded in its own historical contexts and accretions, which makes it hard to transfer. This is particularly the case with East Asian, as the mode of its existence did not constitute a separate domain in the spiritual economy of human life, collectively or personally or define itself as a form of ascesis in the interest of epistemological purity, but as a part of the ongoing life of mind—a mind taken in its comprehensive breadth, and with some distinctive local characteristics, which I have tried to indicate in the rough swift sketches above. If we can say that faith or reason, as developed in the West could be considered as forms of spirituality constituting autonomous realms of human activity, it existed in East Asia as part of the ongoing life of mind through work and play. One could be part of, so to speak, vita activa in the outside world, but once at home one is expected to return to the comfort or restorative activity of contemplation, and in this, art was to play an indispensable role.

An assumption can be made that the inner life of humans was ecologically conceived in the East Asian tradition, that is, embedded in its entire life context. A central concept in Confucian philosophy is "*Sim*(*hsin*)," which is often translated as "mind-heart." The translation itself shows the complexity of the concept. Sim is the what controls human nature and affects, as it is often explained. It is a higher principle of spiritual life, but what is remarkable is that it is also conceived as what sustains the physiological functions of the human body "It is the master of body;" as it is put in a classical explication of Chu Hsi's Confucian philosophy. "It is the master working in the movement of the four limbs of the body, the grasping of the hands and the treading of the feet, in the thought of food in hunger, the thought of water in thirst, in the thought of thin clothing in summer and the thought of warm clothing — in all these acts the mind-heart acts as master."[2] It is of course also the bearer of *li*, reason, but it can become active because it contains material force, *ch'i*, in it. "Reason combined with material force results in mind(*hsin*)."[3] That is, it works as sensibility and emotion. The spiritual exercises consequent upon this concept of the mind-heart meant not only discipline of mental faculties for higher scientific or religious purposes but attainment of equilibrium in the daily conduct of life, including bodily functions. It therefore differed considerably from the conception of reason or religious faith. It was, in strict conception, not a principle of order to be instituted in the interiority of mind, demanding to eliminate and control according to a procedural, systematic and dogmatic purity as in the concept of scientific reason or religious faith. Openness to experience and needs of organic life is one of its characteristics. But of course, there is an impulse for order working even in this way of conceiving the mind. It could be best illustrated by the emblematic image for this

---

2 Kim Yong-min(trans.), Chen Chun, *Puk-gae ch-ui*(Pei-hsi tzu-i[NeoConfucian Terms Explained])(Seoul: Yemun suwon, 1993), p. 93.

3 Ibid.

psychological principle in Confucian literature: the mirror. The mind-heart is to reflect the world as it is — to keep the processes of the physical world in clarity, not by their reduction to simple paradigms, but simply by attending to it with utmost concentration; it is like the movement of a thin film of attention over the chaos of the phenomenal world, enabling the human organism to maintain quiescence amid movement.

If the mind-heart is an inclusive principle of inner life in its interaction with the physical world, inclusively covering instincts, drives, desires, and rationality, it is essential to keep it in a tranquil condition so that it would contain all different facets of its life in an order of equilibrium. If analysis of sensory data into elemental parts and serialization of these parts in a rational sequence is the basic modality of operation of reason, the mind-heart keeps itself as the substratum of all psychological and mental operations as well as the coenaesthetic senses of the body. At the same time, it becomes the central organ of conduct of life as it maintains itself in the condition of tranquility. The mind-heart contains, as different aspects of its phenomenal manifestation "four beginnings and seven affects," which offered a locus classicus for philosophical discussion in Korean Confucianism because of conflictual possibility among these aspects. In accepting inclusiveness of sim in all human activities, Korean philosophers were risking the possibility of conflict and disorder. The human psyche is a receptacle of reason, *li*, but also a vehicle of the flow of *ch'i*, material force. The tranquil mind-heart is nevertheless the unwobbling pivot in the incessant flow of force, inward and outward.

Art was to be culturally entrusted with this work of balance among various forces. It is in the first place a discipline which brings together the mind, the body and material objects together, but it is par excellence a training of the mind. Mastery of technique, in the training of a painter, comes first because the meaning of art lies in its capacity to prepare one for a disciplined mental attitude through bodily mastery. Training begins within the self, but there is no method for it unless one learns from what has been developed through accumulation of trial and error. Learning from past masters is more important than learning how to paint from nature. But nature works in this self-mastery. Mastery of brushwork, beginning with the hand holding the brush with concentrated force, is completed with infusion of force into the brush wielded. The purpose is to arrive, through the concentrated energy of the body and mind at the relaxed fluidity of the mind that could move with the flow of energy in the physical world. What is aimed at is the balanced simultaneity of movement and quiescence, force and relaxation, mindful inwardness and attentive outwardness. The product is not only an expression of peace and warmth, but also force and its controlled manifestation; an expression of a mind at ease and a mind on the move concentrating its energy into an existential and cognitive readiness. The preeminent artistic intention embodied is a reaching out from details to what is grasped as the structural totality of a scene depicted. In representing mountains, what counts eventually is not detail, but the skeletal outlines configuring a structural whole metaphysically interpreted.

It is significant, in this striving for the expression of dynamis and stasis, that we see in Asian paintings more often strange, contorted,

Chang Usung, *Kiajaengsikdo*(Struggle for Survival)(1987, Ho-Am Art Museum)

gnarled shapes of rocks and mountains rather than smooth, comely looking hills and plains. What is dynamic is expressed not exactly in the gestures of violent movement but in the shapes that contain force within form — a form often reflecting strong vectorial pressure. This has a great technical and spiritual meaning. In artistic representation, the aim is not the static geometry but the dynamics of the world, Paul Klee, in his *Pedagogical Sketchbook*, remarked that a line drawn in painting is not often a simple geometrical line statically lying on paper but an indication of movement; and he sometimes tried to indicate this movement by adding an arrowhead to his line. A line is in many instances to embody the movement of a person walking on the road. The brush with the alternation of strength and relaxation is, in Asian painting, calligraphically exaggerated to embody force moving through nature. We often hear, as in *The Mustard Garden Manual*, of the emphasis put on inner and outer harmony in the act of painting. This could be understood as a mystical injunction for a correct spiritual attitude for a painterly task, but it may be simply an observation about the way the force in the material world is expressed in a metonymic transfer of this force in the movement of the painter's hand and its impression on the represented form. Force is what runs through a process, but the process cannot be represented in static forms. The force, still not fully expended and therefore remaining merely as potential energy, can be only felt in the mind or rather more properly in the tension sympathetically felt in the human body. This tension is there in the arm and the hand of the artist, in the way the brush is moved. But what is interesting is that certain forms let us feel the presence of force or at least tension coming from force What looks compressed, pushing outward, idiosyncratic or structurally directed vectoriallines —all these indicate force-bearing forms. This is what we often see not only in the natural forms but even in human forms, such as crouched aged men in landscape paintings. This way of perceiving the relation between force and form is, I think, also expressed, to cite another Western comparison, the poetry and aesthetics of the English poet, Gerard Manley Hopkins when he spoke about "All things counter, original, spare, strange." What he called "instress" was the unifying energy in the distinctive and individual patterns and designs of objects that impressed as sensation and as a kind of Platonic idea on the perceiver. Its outward expression was "inscape." Hopkins seems to be particularly relevant because of his sense that this peculiar embodiment of force in form brings out the emphatic beingness of material objects, a dynamic stasis in the processive movement of forces.

To put these ideas in another connection, we may recall that Hopkins was sensitive to the ontological strength of an object, that is, the individualizing force that precipitates its appearance as a particular object endowed with the quality of thisness(*haecceitas*), which is perceived as the inner stress in the senses and the mind of the artist. This emphasis on the force of individuation at work in objects would easily connect with a similarly individualizing conception of the personality of the artist. For the artist with a strongly individual personality can be said to be more readily sympathetic to the presence of the same quality outside him. This connection is what we find in the East Asian artistic traditions. There is a misconception about the significance of individuality in Asian traditions when it is asserted that the dissolution of individuals in a harmonious vision of nature is the aim of Asian spirituality. If representation of individualizing forms is important, the individuality of the artist alone cannot be downgraded. Some stock figures for artists in East Asia, on the contrary, tend to be individuals with exaggerated individuality and eccentricity. We have to see, however, that there are various forms of individuality different from culture to culture. If we mean by individuality the assertive strength of personality beyond the conventional norms of society, this strength often comes from a conviction of one's truth in abiding by the precepts of society's norms. This is of course not to say that the eccentricity in an Asian artist is nothing but a reductive version of social norms. But it is correct to say that often individuality is strengthened by the conviction that one is tapping the spiritual sources of society, perhaps not apparent in humdrum life but clearly perceivable to the elected ones. Hopkins with his poetry totally eccentric to his age was a Jesuit priest who wanted to remain loyal to the deeper sources of his faith, which he acquired through a deeply Christian conversion experience. Similarly, the artist in East Asian traditions was expected to be profoundly individualistic to the point of eccentricity and idiosyncrasy, precisely, because he stood uniquely centric to the spiritual sources of his society. This we can see even the contemporary portraits of the artist in traditional style; for example, in the comfortably pliant and yet uncompromisingly erect posture of the flutist dressed in informal casualness in a portrait by Chang Usung.

This is, however, to attribute too much ardor-an ardor of religious kind to the vocation of the artist in Asian traditions. If we do, it would be true only to the extent that art was part of the spiritual exercises of literati in their scholarly pursuit, and to the extent that art was more a holistic experience in this pursuit than a dispenser of simple aesthetic pleasure. Art represented a milder form of the pursuit of individuating perfection and it had the function of restoring composure and tranquility to the mind. But this condition of restoration must be said to have been submitted as the vision of final reconciliation that can be aspired to, and

Chang Usung, *Hoego*(Restropect)(1981, Köln Art Gallery)

then achieved, in the journey of spirit in nature which had its ambiguity. The vision was present to the artist mainly to work therapeutically.

Now let us return to the idea of landscape, away from this exercise of contrariness against simplistic versions of Asian spirituality that animadversions above constitute. What painting, especially, landscape painting, meant for traditional literati can be illustrated from the views expressed by artists about the place of art in their personal life. The illustrations I refer to are all Chinese, though also applicable in Korea, taken from James Cahill's *The Compelling Image*(1982), a study of the Chinese painting of the 17th century. He cites two early Chinese masters, though in a different context, as typical of the Chinese attitude towards painting in general. Tsung Ping remarked as early as in the 5th century that he painted landscapes to reexperience the mountains and rivers he remembered from his youthful days. Kuo Hsi, writing in the early 11th century, said that one cannot easily shake off one's responsibilities of living in society and with family and yet experiences longing for forests, streams, mists and vapours, but it is paintings that enables one to sit in the room and be among streams and valleys, and that it is "the ultimate meaning behind the honor that the world accords to landscape painting."[4] These remarks place the experience of nature in landscape painting squarely in the midst of the real world. Yet it would be superficial to say that the experience concerns the pleasures

---

4 James Cahill, *The Compelling Image: Nature and Style in Seventeenth Century Chinese Painting*(Cambridge, Mass.: The Belknap Press of Harvard University Press, 1982), p. 63.

of the countryside alone or aesthetic appreciation of natural beauty. It is significant that the landscape is remembered, not simply experienced in situ. The remembered landscape must be said, along with the reward of its pleasure, to have therapeutic effect on the one who remembers. It is a reminder that the busy world of social and public obligations is not a totality of the world that is. This act of remembrance puts the mind of the recollector in a broader frame of human existence, the total ecological conditions of life. To view a landscape is first to experience nature and to place one's life in its primordial context; to remember one's experience of nature integrates it in the processes of personality. It is also important to note that remembrance was not merely confined to personal memory. In the traditional conception of artistic training, an essential part was to copy from old masters. A landscape painting was often expected to contain quotations from other paintings. In fact, even in painting trees and flowers, allusive evocations of precedents enhanced the aesthetic effect of a work. But the implication is not merely aesthetic. It was important to remember other paintings as they had helped articulate forms of the experience of nature. It is in any case difficult to master them without the aid of culturally-sedimented forms of articulation. If one needed guides for the discipline of perception for the truth of natural forms, this discipline naturally overflowed into the discipline of spirit. Speaking of the aim of artistic rendering of nature, it was often said that it is not representation of outer forms, but representation of intention(*sa ui, shi yi*) that is important. This must be taken to mean that only the spiritual processes of artistic personality could reach out to nature, another realm of spirit.

The striving for the mutual involvement of personal faculties and the natural world is thus to be taken in a more acute sense than the idea of a harmonious personality often supposed to characterize the accomplished men in traditional times or even *l'uomo universale* of the Italian Renaissance, accomplished and polished both in learning and active life, but not in constant communion with the vital energies of nature. There was always distance in our traditional men of letters from the social world. They would rather be in the wilderness than in court. The offerings of nature certainly had for them a strong suggestion of a transcendental realm in spite of their obligatory worldly concerns. The feeling of reverence for nature is always evident in poetry and writings on poetry and painting, but it is also reflected in painterly techniques. Some of these I tried to explicate in the above in relation to the nature of artistic aims, but, to return to the same subject again, the main compositional principles of landscape painting follow from its spiritual function. The absence of perspectival composition in East Asian painting has been often observed. The *costruzione legittima* is a unique invention of Alberti and other Italian painters during the period of the Renaissance period, but it can be said, in a way, a logical solution necessarily deducible, faced with the task of rendering three dimensional objects and scenes on a two dimensional pictorial surface. Cahill discusses in the book cited in the above how the naturalistic technique in pictorial composition form the West had its influence in China in the 17th century but could not see wide acceptance there, and how the rejection

Chang Usung, *San*(A Mountain)(1994)

of naturalism in favor of expressivist understanding of the pictorial aims can be traced several centuries back in the Chinese tradition.[5] There are various reasons, we can speculate, why the perspective is not called

5 Ibid., pp. 15~35.

for in Asian landscape painting. One had to do with the therapeutic significance a landscape painting was supposed to have. It was not as a viewer but as a visitor that a landscape was to be approached. The visitor, real or imagined, must be thought to be seated within the landscape, looking from his seated position up the towering mountains, or to move within the landscape, travelling along the mountain path or sailing on a boat either at a distance from or closely to the background scenery. The identification of the viewer — for after all, to appreciate a natural scene, one must keep the double vision as a viewer and a visitor/roamer — with the one who is surrounded and immersed in the scenery was the main effect aimed at, while the spectatorial distance assumed in a perspectival construction had tot be discouraged. The function of a landscape painting was to invite the viewer not simply to view a scene but to roam in it, in imagination or in memory. Perhaps the archetypal figure for the viewer to identify with was the traveller, a seeker for a transcendental or totalistic enlightenment, even if this was, by definition and by the suggestion of pictorial technique, inaccessible to human senses. *In the Teachings of Don Juan: A Yaqui Way of Knowledge*, a novel or anthropological report by Carlos Castaneda, the hero-anthropologist who apprentices himself to a Yaqui wise man is initiated into an ancient way of spirit and is made to experience various moments of enlightenment, totally inexplicable in modern scientific terms. One of the high moments in his search for primitive wisdom comes when he is induced to walk into the deep mountains and suddenly faced with a vision of a mountain illuminated in its entirety to an incandescent brightness. This vision is to serve for him as a source of comfort for the rest of his worldly life. Although it would be wrong to emphasize too much the quest aspect of mountain experience in the Taoist or Confucian traditions of East Asia, which is only ambiguously otherworldly, we can think of a similar allegorical meaning behind some landscape paintings — certainly the spiritual comfort they afforded can be considered similar — and see the importance of empathizing with some human figures within them rather than looking out to a whole panorama from one position, narrowly focussing gaze from outside.

The diffusive and de-focussed depiction of a landscape dictated by the spiritual objective is further compounded when remembrance becomes part of it. How does a remembered landscape appear? It would be more of an atmosphere that surrounds a putative traveller than a rational panoptical projection. The bodily memory would not exactly be of concrete objects with enhanced tactile value. If tactility is involved, it might be something more like blurred misty shapes of remote mountains. The prompter of remembrance, in contrast, would be the strong outlines, of terrene features, such as commented upon in the above; now these strong outlines, embodying the energy configuration of land, can be said to have been doubly determined by the phenomenon of memory. For the landscape with strong lines may have, to a degree, served as a mnemonic aid, as a map abstracted from the manifold of reality would, though this map, if it were like one, was never aimed to be a geometrically convincing guide systematically worked out but a rough impressionistic reminder of the outstanding features of land.

The intervention of the psychological and the spiritual is evident even in the traditional method of handling paintings, which of course is again reflection of the orientation of life underlying their connoisseurship. In Korea, and also in China, paintings were frequently not hung up on the walls to serve as part of the furnishing of an interior space and to be looked at both by passers-by and serious viewers. The scrolls, which were the finished forms of paintings, were stored in boxes and separate places, to be taken out for viewing. They were, in a way, like books opened only for serious perusal or for the purpose of refreshing memory. This is once again to say that painting was part of the life of mind or spirit. The pleasure of a painting was not exclusively aesthetic in the sense of having an exact representation of an object or part of the objective world, but it was aesthetic in the sense of renewing one's contact with the life of nature and restoring a composed frame of mind through this contact. All art was regarded from the same perspective: poetry, calligraphy and painting. All these were part of the spiritual exercises of men in their quest for nobler ideals of life. In the dynastic Korea, stigma was often attached to the professional artists, that is, painters. As in their case the aim of artistic practice as a craft was felt not to be exactly part of their overall concern for higher spiritual life, and a work of art, to be considered as properly of higher spiritual import, was to retain some marks of non-professional unfinishedness. This is again to say that art is part of the culturally configured totality of life, and it loses much of its meaning as this changes in a new dispensation of a new civilization and history.

Now returning to the original topic I have started with, that of understanding the Korean and East Asian tradition as one that can be characterized as more spiritual, embattled with the materialistic West, the intruding other. There is obviously in this simplified essentialistic binarism a great deal of false simplification, nostalgically motivated or not, and it can be a source of much distortion, narrow-mindedness and unknowingness, including the fetishizing of certain aspects of the traditional life. At the same time it is possible to see a genuine yearning here for a more integrated way of life, which is yet to come, and to find something that needs to be resuscitated from the past. If the past can ever serve as a analogue for a new integration, it is important to see it as forming an organic whole, from which parts cannot be easily appropriated out of its context. In this organic whole of culture, the human mind occupies a pivotal role as the underlying principle of integration, and when we speak of the tranquility of mind as part of the cultural technologies of the self from the Asian past, we must understand it as a part of a larger whole, the way of life that we have lost.

For I think that there is a good sense in considering the holistic process of the mind as the fountainhead of all configuration of material and social life of a society. The origin of the modern mind in the West, is often located in the Cartesian cogito. To institute a thinking self as the foundation of a civilizational unfolding is to keep in sight a principle of creative fluidity in the midst of the material and social reality of life, which presses on humanity with its hardness. Even the Cartesian mind was aimed at holding this fluidity and hardness together in one coherence, at least as it was originally conceived, so that it could become the foundation for assuring greater satisfaction to human aspirations for a flourishing life. It did not quite fulfill the promise. If it miscarried in many respects in spite of the huge success it had — the success that destroyed the balance of mind, it was because the original mind in the Cartesian construction as the seeker of truth was lost — of the truth in the full context of human aspirations. In Confucian philosophy as well, the mind, though differently conceived as the mind-heart, was indeed a central principle for construction of a harmonious world. There was recently published a novel by Cho Sungki, with the title, *In Search of the Lost Mind*. This is allusion to Mencius's admonition against the loss of the mind-heart, which could be easily misplaced; in that case, as he says, "The sole concern of learning is to go after this strayed mind-heart." But this is not to return to a reductive state of mind narrowed to some fundamentalist core or to stay within the bounds of some rigorist moral precepts, but to be more at home in the fluidity of this world. "To keep as master of all the mind that does not dwell in one place moving with myriad things" — this is one of the most important dicta of Chu Hsi in Korean Confucianism, quoted a hundred times. Not least by Toegye, the most eminent Korean Confucian philosopher of the 17th century, who was concerned above all with keeping the epistemological basis of learning clear, consistent and flexible. In their conception the mind is not only the principle of order in the inner life of a person, but also a principle totally receptive to the truth of the ever-changing phenomenal world.

How does one keep this mind intact as the vehicle of truth for fulfilling selfhood and the world? We cannot expatiate on the philosophical psychology of Confucianism, but I find of an interesting relevance to our topic what I. A. Richards, the early twentieth century English literary critic and theorist, says concerning the nurturing of feelings conducive to the attainment of a sincere mind — a mind that could, according to the Confucian teachings, achieve a harmonious union of the internal and the external, responsive to the inner needs and the stimuli coming from outside. This he says in speaking about the frame of mind necessary for proper aesthetic reception of a poem. But Richards was much taken up with the Confucian theory of mind and the state of sincerity it can achieve, and he developed his ideas from discussion of Confucian teachings. There are four objects of contemplation which would help keep the mind in proper balance: (1) "Man's loneliness(the isolation of the human situation)," (2) "the facts of birth and of death, in their inexplicable oddity," (3) the inconceivable immensity of the Universe," (4) "man's place in the perspective of time," and (5) the enormity of his ignorance.[6] "This list is made up, no doubt, by Richards himself, but it must have been derived from the Confucian text, *The Doctrine of the Mean*, which he refers to; for example, the passage where the vastness of the universe circumscribing human life is narrated: "The Way of Heaven and Earth is extensive, deep, high, brilliant,

---

6 I. A. Richards, *Practical Criticism*(New York: Harvest Books, Harcourt, Brace and Co, n. d. 1st edition, 1929), p. 273.

infinite, and lasting. The heaven now before us is only this bright, shining mass: but viewed in its unlimited extent, the sun, moon, stars, and constellations are suspended in it and all things are covered by it. The earth before us is but a handful of soil; but in its breadth and depth; it sustains mountains like Hua and Yueh without feeling their weight, contains the rivers and seas without letting them leak away, and sustains all things…….”[7] The passage is meant to suggest that learning to be sincere in mind involves learning to place our immediate perception in the vast spatial and temporary dimensions surrounding it. Art, including landscape painting, was part of the culture of the mind and spirit that sought attunement with the world, with the totality of being that is, through inner perfection.

However, if the handful of soil is indeed part of the sustaining ground of mountains and rivers, one can always start from this handful of the soil to arrive at the immensity of the universe and time. Landscape painting can even today serve to bring about a more composed frame of mind, and it can be part of a more integrated order of life yearned after from the ruptures of the modernizing decades. In any case, the happiness of a represented natural scenery is something near on hand and easily available for us, and even the tranquility of mind, if we put out effort to go a little beyond the pictorial surface of a painting. This reminder of the past way of life renewed in the satisfactions of personal life could be an important factor in thinking about the new order of life to come.

---

7 Wing-Tsit Chan, *A Source Book in Chinese Philosophy*(Princeton University Press, 1963), p. 109.

In a symposium devoted to the subject of ideal places in the East and West, held in Kyoto, in 1995, Professor Haga Toru, then of the University of Tokyo, made a presentation comparing the East Asian conception of ideal place with the Western images of Utopian places.[8] His comparison emphasizes the rural quality of ideal places in East Asian imagination, a flourishing and yet modest farming village, in T'ao Yuanming's "Record of Peach Blossom Spring," Haga's main text, with cultivated fields, groves of bamboos and mulberry trees, and well-kept farm houses in contrast to the planned cities of Thomas More's Amaurotum and Tommaso Campanella's the City of Sun(*la citta del sole*). The life led in the perennial source of utopian places in East Asian mind is quite a normal village life, only more harmonious and peaceful than in the real world; villages come and go in affable neighborliness, children play, dogs bark and cocks crow. The life in More's or Campanella's geometrically planned cities is rigorously regimented; upbringing, education, marriage, family, meals and clothing. This is again to risk a gross generalization, but it is probably true that the animating archetypal image of collective life might have been different in this way in the East and the West. Asian imagination was taken up with the idea of achieving equilibirum and harmony within the existing conditions of society or, as these conditions were heavily determined by the agrarian economy of the society, with the natural ecology of the

8 Cf. Haga Toru, "Peach Blossom Spring versus Utopia" in *Ideal Places in History: East and West*(Kyoto: International Research Center for Japanese Studies, 1997).

land, while Western humanity, at least from the beginning of the modern era, felt a strange compulsion for projecting a utopian future by remaking nature according to rules of reason. Our modern history is entirely that of endless plans, successful and failed, to meet challenges of the West in international politics, but also, to emulate its science, technology, economy, institutions, and its spirit, that is, the rule of reason. Even if now these plans are coming to a kind of equilibrium, traumas of the historical rupture remain, and also the dangerous consequences of the global technological civilization seem to become more and more apparent. At this juncture it is understandable that there is a great of looking backward in our musing about the present and the future of our society — to what seems to have been a more harmonious if more modest way of human life, more ecologically balanced and also with more room in the mind for tranquil and active enjoyment of nature.

The reality is, needles to say, that backward look cannot resurrect reality as the return to status ante. In the case of painting as well, it would be difficult to reenact its manners and philosophy. However we admire old paintings, these painting reproduced today cannot help but appear inauthentic. Something lying deep in our psyche has changed, which would not make modern imitation of the past appear authentic. Things have changed. The cities we live in are modern cities, if not Western cities. Things Western have become part of our life. We cannot fend off their intrusion in our life. How our ancient heritage would become part of our present life and how we can incorporate the ancient technique of spirit, its inner harmony attuned to the lasting rule of what there is as a whole, and how our artists can contribute by their work to the creation of a new irenic order — all these remain a task for which we cannot find solutions in the past.

김우창

1936년 전라남도 함평 출생. 서울대학교 문리과대학 정치학과에 입학해 영문학과로 전과했다. 미국 오하이오 웨슬리언대학교를 거쳐 코넬대학교에서 영문학 석사 학위를, 하버드대학교에서 미국 문명사 박사 학위를 취득했다. 서울대학교 영문학과 전임강사, 고려대학교 영문학과 교수와 이화여자대학교 학술원 석좌교수를 지냈으며《세계의 문학》편집위원,《비평》편집인이었다. 현재 고려대학교 명예교수, 대한민국예술원 회원으로 있다.
저서로 『궁핍한 시대의 시인』(1977), 『지상의 척도』(1981), 『심미적 이성의 탐구』(1992), 『풍경과 마음』(2002), 『자유와 인간적인 삶』(2007), 『정의와 정의의 조건』(2008), 『깊은 마음의 생태학』(2014) 등이 있으며, 역서 『가을에 부쳐』(1976), 『미메시스』(공역, 1987), 『나, 후안 데 파레하』(2008) 등과 대담집 『세 개의 동그라미』(2008) 등이 있다. 서울문화예술평론상, 팔봉비평문학상, 대산문학상, 금호학술상, 고려대학술상, 한국백상출판문화상 저작상, 인촌상, 경암학술상을 수상했고, 2003년 녹조근정훈장을 받았다.

김우창 전집 12

풍경과 마음 :동양의 그림과 이상향에 대한 명상

1판 1쇄 찍음 2016년 8월 12일
1판 1쇄 펴냄 2016년 8월 26일

지은이 김우창
발행인 박근섭·박상준
펴낸곳 (주)민음사

출판등록 1966. 5. 19. 제16-490호
주소 서울시 강남구 도산대로 1길 62(신사동)
강남출판문화센터 5층 (우편번호 06027)
대표전화 515-2000 | 팩시밀리 515-2007
홈페이지 www.minumsa.com

ISBN 978-89-374-5552-0 (04800)
ISBN 978-89-374-5540-7 (세트)